JN213483

伊根の龍神

INE no RYUJIN

SHIMADA Soji

島田荘司

原書房

伊根の龍神

目次

プロローグ

龍神さま

1

イカ釣り漁船が、船の右舷左舷に明かりをともして、夜の大海原を走っていました。左右に分けた白波を、舳先からいっぱいに蹴立てて、勢いよく走ります。イカ釣りの漁船は、それほど大きな船体ではないし、軽いので、よくスピードが乗るのです。

船には三人の漁師が乗っていましたが、その一人が甲板に出てきました。額に凛々しく鉢巻を締めて、てっぺんの黒髪が海原を渡ってくる強い風に、勢いよく吹かれます。

「おーい船長ー、このへんでええ、ストップやーっ！」

操舵室を振り返って彼は叫びます。風の音が強いので、大声を出さないと、近くにいる仲間にも聞こえません。海の男は長年の経験で、目印など何もない海の上でも、おおよその場所が解るのです。

「よーし、わかったーっ！」

舵を握っていた船長らしい男が、ガラス窓越しに応え、エンジンを絞ります。轟音がさがっていって、舳先に立つ白波も、次第に小さく、目立たなくなっていきます。

やがて訪れた無音、船側に波のちゃぷちゃぷという音が寄せます。漁船はしばらく惰性で走りますが、その速度も徐々に落ちていって、暗い海のただなかで停止します。

「明かりともせー！」

男は、イカをすくう時の網を床に用意しながら叫びます。

すると、右舷左舷の高い場所に綱が渡っていて、その綱に絡みつかせたコードからいくつも下がっていた裸電球に、さっと明かりがともりました。すべての電球がまばゆく光り、船の上は真昼の渚みたいに明るくなります。

周囲の海は、漆黒の闇の中です。海原にぽつんと一艘だけ浮かんだ小船が、煌々（こうこう）とまばゆい明りをともしたものですから、周囲の闇はいっそう深くなります。わずかな白波の立つ海原さえ見えづらくなって、小船は、雄大な星空に漂う宇宙船にでもなったようです。

船長らしい初老の男が、操舵室からのろのろと出てきます。もう一人、男が続いてきます。漁船の縁の下には、まばゆい光に誘導されたイカが、もう海面付近に浮上してきて、小さな波を立てています。

「見ろ、ここにゃいっぱいおるんや、今宵は大漁大漁！」

縁に手をついていた男が大声をあげます。

「よし、おっぱじめるとするか」

とその時です。彼の背後の海で、ばしゃんと水の音がしました。最初は突風で立ち上がった波程度の音でしたが、いきなり、海中で機雷でも爆発したような、とんでもない轟音が響きました。

「なんだーっ⁉」

驚いて男は叫びます。そして縁のところに腰をつけて反転し、音の方を振り返ります。そして姿勢を低くして目を凝らしました。

闇の中に、これまで見たこともないような、巨大な水柱が立っていました。そして、煙のようにしぶきが風に流れます。

もう二十年以上、毎日のように海に出ているのに、こんな静かな海に、こんな巨大な水柱が立つのは、これまでに一度も見たことがありません。こんな轟音も聞いたことがない。まるで戦争のようです。

轟音、ビルディングのような巨大な水柱、そしてしぶきがたてる、強烈な水の臭いが襲ってきます。その場にいた三人の男の、目と耳と鼻と、すべての感覚に押し寄せてくるような未経験の衝撃、それは、たちまち激しい恐怖に変わります。

「うわーっ、見ろーっ！」

最後に出てきた男が水柱を指差し、喉を限りに叫びます。そして二人の仲間の顔を振り返ります。誰の顔にも、激しい恐怖があります。

「なんだぁ、こりゃあー」

三人は口々に叫びたてます。

水柱の先端が砕けて、ゆっくりと水煙が下がっていくと、あとに、巨大な棒くいのような、それとも大入道のような、得体のしれない何かが立っていました。

巨大な何ものかは、ゆらゆらと揺れます。そして倒れ掛かるようにして前傾になり、そのまま船の方に前進しました。びしょ濡れの何かが立てる激しい水の臭い、そして今まで嗅いだことのない何か得体のしれない生物の臭い。

クジラの臭いだ、船を停めさせた男は思いました。彼は以前捕鯨船に乗っていたことがあるので、クジラの体の臭いを知っているのです。

巨大な何かは、まずばしゃんと体を海面に打ちつけます。すると、爆発のような水音が立ちます。そしてとてつもない水柱。そしてそのまま水面を打ちながら、轟音とともに船に接近してきました。

みるみる近づき、もう二十メートルほどのそばに寄りました。すると、怪物は本当にビルディングほども高さがあるのです。水面下から上体を上げ、ぐんと伸びあがると、てっぺんは上空遥かな闇の中に消えています。船のすぐそばまで来たので、そういうことが解ります。解るようになりました。

「ぶつかるぞー！」

怪物を見上げながら、男の一人が叫びます。

「かわせーっ、船動かして、かわせーっ！」

「駄目だぁ！　間に合わん！」

船長らしい初老の男が叫びました。轟音の中ですから、どんなに大声を出しても、なかなか仲間に意思が届きません。

船の上の男たちの体は、煙のような靄に包まれて、互いの姿が見えなくなりました。それは、怪物のたてる水の煙です。みな、本能的に姿勢を低くします。と同時に、世界が終わるようなとてつもない轟音、破壊音です。そして足がすくわれるほどのとんでもない振動、そして男たち全員、体が宙に浮いていました。

「うわーっ！」

男たちは恥も外聞もなく、悲鳴をあげます。

その感情は、子供の時以来のものです。大人になってからは、こんなひどい恐怖を感じたことはありません。

「なんだー、これはっ！」

そう口々に叫び、自分に何が起こったのか少しも解らないまま、男たちはしばらく宙を飛んで、次々に暗い波間に落下しました。落下してから、これは水だと気づきます。自分の体がどうなったのか、頭がついていきません。

あらゆるものが砕け散っていくとてつもない轟音。船が粉々に砕かれている音です。そして強い重油の臭いがしました。そして何かが焦げるような臭いが続き、一瞬ののちには、それらすべてが水の臭いにかき消されました。

怪物が船にぶつかってきたのです。やっとそういうことが解りました。船が真っ二つに壊されたのです。船の前半部は、白い水煙の中に姿が消えました。とんでもない力で、水の底に押し込められたのです。ボンボンと音がします。舷側に並んで下がった電球が、次々に破裂していくらしい音、轟音の中ではそれらの音はごくかすかですが、聞こえます。

次の瞬間、ものすごい水音とともに、船の前半部が海面に浮上しました。ロケットが飛び出すようなすごい勢い、本当に少し空中に浮かびます。すぐに落ちてきて、水音をたてて、それからなかば沈んだまま、海面を漂います。

ごおーっという不思議な音がしました。今度は船の後半部です。後半部が沈み、すると船室や船底に溜まっていた空気やガスが、ちぎれた断面から、ものすごい音をたてて海上に噴き出してきます。噴き出させながら、わずかに火がついている後半部は、ゆっくりと海底に沈んでいきます。

投げ出された男たちは、波間に漂いながら、互いの名前を呼び合っています。波の向こう側から、かすかに返事が聞こえます。どうやらみんな、無事ではいるようです。

波に浮かぶ人間たちの鼻先を、巨大な何かは、ゆっくりと進んでいきます。どうやら、陸に向かっていくように見えます。

それを横から見た時に、男たちの一人は、あっ、マッコウクジラだ、と思いました。先端が尖ってはいず、繰り出した巨大な拳骨のように見えます。それともすりこぎのように、太い胴体がぶつんと途切れて、絶壁のようです。横から見ると、その拳骨のような頭部に、小さな目が付いているのが見えました。

両サイドに目が付いいた、すりこぎのような、それともマッコウクジラのような物体は、ざーっと轟音のような水音をたてながら、まっしぐらに陸地に向かって進んでいきます。これは、大洗（おおあらい）の漁港にでも向かっていくのじゃないだろうなと、男たちの一人は思いました。大洗の漁港は、男たちの出発してきた港です。港の背後の集落の中には、彼らの家もあり、家族も待っています。

冗談じゃない、と男は思いました。あんな怪物が港に上がっていったら、家族も、街のみんなもびっくりするだろう。はやく帰って知らせてやりたいと思うのですが、帰る手段がありません。無線も海の底です。破壊された船の破片にでもすがって、救助の船が来るのを待つほかはないでしょう。また、たとえ船が無事であったにしても、怪物はものすごい速さで進んでいきます。とうていあれに追いつき、追い越して、先に母港に上がることなどできそうにはありません。

けれど、あれが母港に上がったらどうしようかと思います。漁業組合も市場も、自分らの家も、おそらくすべて、またたくまに破壊されてしまうでしょう。抵抗するすべなどありそうもない。たった今のわれわれと一緒です。家が壊されれば、家族がまず死にます。

しかし、あれはマッコウクジラではないのか？　男は考えます。そうならまず大丈夫だ。マッコウクジラの飛び切り大きく育ったやつなら、どんなに大きくてもクジラなのだから、陸（おか）を歩くことはできません。ずっと水の中にいるだけで、陸には上がらないのではないか。手足がないのだから、陸に上がれるわけがない。道を歩くことはできません。そして手がないのだから、ものを摑んだり、壊したりもできません。そうなら、家族は無事だ。大丈夫だ。

そうだ、そうであって欲しい、男は海に浮かんで考え、懸命に祈ります。

2

東海村の夜が明け、朝日が昇ります。ひっそりしていた海沿いの道にも自動車が走り出して、いつもの朝の情景が始まります。

東海村の原子力発電所の前に、バスがついて、大勢の人たちが吐き出されてきます。朝の通勤の人たちです。大勢の所員たちが出勤してきました。管理職の人たちのうちには、自家用車で出勤してくる人もいて、そういう人たちの自動車が一台一台、玄関脇の駐車場に入ってきて止まります。

そんな朝のひととき、発電所の前の海のずっと沖に、小さな白波が立つのが見えました。最初はごく小さな白波なので、気づく人などいません。けれど白波は、どんどん大きくなります。それは、こちらに近づいてくるからです。見ている間に大きくなります。果てしなく大きくなって、それは、白波を立てている存在が、次第にこちらに接近してくるからです。

発電所の建物の前の広場に、何人か人が出てきました。朝の新鮮な空気を吸いたくてオフィスの外に出てきたのでしょう。じっと立っている人ばかりではありません。朝の体操を兼ねているのかてくてく歩き廻る人もいます。それが終わると、屈伸運動です。かと思うと全然動かず、ぷかぷかタバコを吸う人もいます。そういう動かない人は、白衣を着て、両手はだらりと左右におとてつもなく大きな白波、大きな水煙が立ちのぼっていたからです。

しかし気づいた彼も、何故なのか、静かなものでした。大声をたてるでもなく、ただじっと立ちつくし、海を眺めています。周囲にいる仲間に知らせることもしません。すると体操をしていた男の人も、白波に気づきました。しかし彼もまた、自分のタバコを出して火をつけ、煙を吸い、また吐き出したりしながら、ただぼんやりと迫ってくる白い水煙を眺めているばかりです。そうしていると水煙は、とうとう発電所から五十メートルばかりの位置にまで迫りました。すると白波の間から、怪物の頭部がぬっと突き出して見えました。前進をやめ、怪物は体を縮めてまずうずくまるような姿勢をとり、それからゆっくりと上体を起こします。その時、伸びあがりながら大きな吠え声をあげました。

それは、アフリカの猛獣百頭が声を揃えるようなものすごい迫力です。あたりの静寂を圧する大声。声とともに、上体はゆっくり、ゆっくりと空に伸びあがります。道を走っている自動車が、それを見てびっくりして停車します。怪物のいるそのあたりはもう浅瀬で、巨大な生物ならば足が立つからです。しかし勢いよくこちらに向かってきた巨体が起こした波は、津波のようになって、発電所前の岩場に寄せてぶつかり、天高く、激しいしぶきを上げます。そのまま波は道を満たし、横切り、発電所の敷地にも浸入します。玄関から、施設の中にと海水は音をたてながら浸入して行きました。

どうどうと怒濤（どとう）のような音をたてて、全身から水を振り落としながら、怪物は立ち上がりました。すると怪物は、どうやら、発電所の建物よりも大きな体なのでした。立ち上がり、全身を見せると、怪物は空をつく灰色のナマズのような、それとも岩山のような、あるいはとてつもない大きさのすりこぎのような、なんとも形容のしがたい、不気味なかたちをしています。

そのすりこぎには、巨大な両手と、たくましい両足がついていました。そして上の方には、体の両サイドにまん丸いふたつの目と、大きな口があります。その口が開くと、三角形に尖った黄色い歯が、びっしりと上下に生えて、並んでいます。

怪物は、岸近くなると、ざあざあと轟音をたてながら、水の中をのしのしと歩いて、発電所の敷地前の道に、どんと足音をたてて上陸してきました。地響きで、あたり一面に地震が起こります。発電所の窓のガラスが、振動で次々に割れました。

怪物はのっぺりした体つきなのですが、それでも体に大量の水がついていたらしくて、舗装道路の上に上がると、どどどと音をたてて、大量の海水がコンクリートに落下します。その量たるや、あっという間に発電所の敷地の前庭、駐車場が、池になってしまうほどの水量でした。北の方角から走ってきた一台の乗用車が、その水に呑まれ、引く波に流されて海に落ちてしまいます。

発電所の前に立つと怪物は、ぐうっと上体をかがめると、手を伸ばし、駐車場に止まっていた車の一台をつまみ上げて、発電所の建物の上にぽんと載せました。

発電所の前にいた人間たちは、突如出現した池の中を蟻のように泳いでいます。

怪物は、さらにもう一台の車を手に持ち、面白げに振り廻します。するとその車の後尾のバンパーが、白衣を着ていた人間の一人に激しく当たりました。男はポーンと飛んで建物玄関前の石に叩きつけられ、動かなくなります。死んでしまったのでしょう。すると、不思議なことが起こりました。彼は、みるみる白衣がぼろぼろになり、髪の毛が抜け落ち、頰の肉が乾き、削げていって、ミイラになってしまうのでした。

怪物は持ち上げていた車を、建物の一階の壁に、叩きつけて壊しました。すると窓のそばの椅子にすわっていた人たちが、床にはじき飛ばされて、死んでしまいます。するとまた不思議なことに、その男の人たちの着衣は見るまにぼろぼろになり、肉が乾いて削げ、ミイラになってしまうのです。

発電所の内部にいた人たちが、いったい何ごとが起こったかと、玄関から次々に表に出てきます。彼らの頭上の屋根に怪物は拳をふるい、すると天井が轟音とともに破壊され、崩れ落ちて、彼らの体をなかば埋めるようにして、命を奪います。すると彼らはみんな、次々に骨と皮ばかりのミイラになって死んでしまうのでした。

どうやらこの発電所に勤務する人たちはみんな、元気に働いているように見えたけれども、実はすべて死人で、生き生きと動いているように見えていただけなのでした。

怪物は道路を横切って、発電所の敷地内に入ります。そして右手の拳を振りかぶると、思い切り、建物の屋上に振りおろしました。轟音とともに建物は破壊され、ものすごい土煙があがります。破片があちこちに乱れ飛んで、建物の中に並んだデスクだの、椅子だのがのぞきます。怪物はその上にさらに右足を踏み下ろし、続いて瓦礫を蹴散らし、壊れ残っている建物の一部を足蹴にして崩します。

激しい轟音とともに、あたりにはものすごい土煙が立ち上がります。それはもくもくと、勢いよく空に向かって立ち昇っていきます。怪物はそれから、崩れ残っている建物にもたれかかるように体をぶつけて、自分の体重を使って壊してしまいます。崩れると、今度はそれに手を伸ばして、屋根や床を壊して空にはねあげてしまいます。コンクリートの破片には、人間たちの体も付いていたらしく、何人か人間の体も空を舞います。するとその人間たちも、空を飛びながら、次々にミイラに変貌していくのです。

廃墟になってしまったオフィスの建物の、残りを踏み潰し、両手を使って天高く跳ね上げながら、怪物は奥に向かって進んでいきます。すると崩された建物のどこかに火がついたらしく、瓦礫の山が火事になりました。建物はもうもうとした黒い土埃に、火事の黒煙も混じり、恐ろしいありさまになりました。炎はどんどん大きくなり、早朝のひんやりとした空を焦がさんばかりです。

燃える瓦礫の山をあとにして、怪物はさらに前進します。すると前方に、原子力発電装置の入った建屋が三棟並んでいるのが見えます。ひとつひとつの建物の中の釜には、原子力の永遠の炎が燃え続けています。その炎で水を沸騰させ、蒸気のガスに変えるのです。だから蒸気も永久に吹き出し続けます。その蒸気を発電装置の風車に吹きつけ、回し、その永遠の回転が、果てることなく電気を生み出します。それが原子力発電というものの仕組みです。

原子力のお釜の中には、純度高く精製したウランが、たくさん入っています。ウランには放射能がありますから、これはとても危険な機械です。でも怪物は、おかまいなくそのお釜に向かいます。大変に危険です。もしも壊されると、このあたりには長く放射能を出し続ける汚物が飛び散って、人が住めなくなります。今すぐに、原子炉の火を落とさなくてはなりません。生き残っている人々は、そのことに気づいて今、原子炉の火を落とそうと頑張っているでしょうか。

迷う気配もなく怪物は原子力発電の装置が入った建屋に近づくと、躊躇なく拳を振り上げ、全身を使った一撃を見舞いました。建屋の壁は崩れて飛び散り、中にある危険なお釜がぐらりと揺れるのが見えます。異常事態の発生に、自動警報装置のスウィッチが入ったのか、けたたましいサイレンが鳴りはじめます。背後で燃えている炎の音もかすませてしまうほどの、それは猛然としたサイレン音です。

しかし怪物はまるで意に介さず、さらに拳を振り上げると、もう一発、今度は原子力のお釜に直接、一撃を見舞いました。

どーんというとんでもない音がして釜が割れて破片が飛び、中で燃えている恐ろしい原子の炎がちらと見えました。

どこからか、しゅうという音が始まりました。それは建屋のどこかから吹き出す、水素ガスの音のようでした。

そしてたちまち、とてつもない轟音とともに、建屋は大爆発しました。炎と黒煙が勢いよく噴き上がり、天高く、真一文字に空に駈け昇ります。崩れ残っているオフィスのビルも、この爆発によって一瞬で破壊され、破片になって周囲に飛びます。

怪物はしかし、こんな爆発も意に介しません。体もまったく無傷です。轟音に刺激されたか、猛然とひとつ吠え声をあげてから、隣りの建屋に向かいます。

第一章 LAYLA

1

「読んだよ」

と私は「龍神」と題された、薄い本を閉じながら言った。短編集だけれど、この「龍神」が本のタイトルにもなっている。

「え、で、どうでした？」

と娘は真剣に訊いてきた。

「え、うん、すごいね」

と私は応えた。それ以外の言葉は思いつけなかったし、そう応えてあげるのがよかろうという気分だったからだ。

「なんか、すっごいリアルな感じしませんでした？」

彼女は訊く。

「うん、だね、迫力あるね、これ、童話なんだよね？」

「そう、童話です。仁居見高麿（にいみたかまろ）って人の書いた童話なんです」

「つまり子供向き？　反原発主義の人なのかな」

「そう。京都府の北の、伊根って漁村の出身なんですけど、この仁居見さん、そばに若狭湾の、原発銀座もあるし、福島原発の事故とかもあったし、韓国からの原発排水の問題とか言われてたし、反原発の考え方に染まったんじゃ……、あっ、じゃない、これ書かれたの、三一一大震災の前なんです。だから予言になってるって、当時けっこう評判になったんです」

「ふうん、予言的な童話かぁ……」

「そう。ホント、そうなんです」

「この怪物も、東海村の原発の施設を襲ってるんだよね、真一文字に向かってる。だから原発に怨みを持って、復讐してるみたいだね。これきっと、書いた仁居見さん自身の思いだよね」

「龍神が……」

「そう。仁居見さん自身の姿だよね、きっと。龍神が怒りの化身なのは、彼自身の怒りであり、願望じゃないのかなぁ」

「はい。この怪物も、東海村原発の放射能が原因で、こんな怪物が生まれちゃったの。それで、原発に復讐にやってくるんです。龍神の報復ですね、復讐」

「うん。海の神の、怒りを描いてるんだよね」

「個人的な怨念もあるんですきっと。というのは仁居見さん、膀胱ガンで亡くなったんです、まだ若くして。死ぬ間際、安アパートで、一人で、すっごい苦しんだみたい。自分のガン、仁居見さんは、原発の排水のせいじゃないかって、ずっと疑ってたみたい、だから……」

「なるほど、そういうことがあればね。それ、実際に原発のせいだったの？」

「それはもう解らない。だって仁居見さんのお家の周囲の人がみんなガンになったわけじゃないし、時間も経っちゃったし。でも伊根で獲れるお魚、奇形魚が混じってたり、放射能汚染魚て言われて売れなかったり、いろんな嫌な事件、あったみたい。漁師のみなさん苦労したし、だからそういう経験や、個人的な腹立ちが、こんな童話になったんじゃないかなあ」

「うん、そうだね、それは間違いないね。それで、これがすごいなって思うのは、原発で働いている人たち、実はみんな死人なんだね、すでに死んでいて、ゾンビなんだよね、だから死の瞬間にみんなミイラに変わる。一瞬にして、本来の死体に戻るんだね」

「はい、怖い。これホラーですね」

「原発で働いてる者は、実はみんなゾンビだっていう、これは多分自分の死の病が投影されてるんだ」

「はい」

「間違いないよね。膀胱ガンて、すごく苦しいっていうから」

「はい」

「この童話、京都の出版社で出たんだね」

「最初はそうです。でも賞を獲ったりしたから、あとで東京の出版社でも出ました、評判になって。でも先生、こんな怪物、実際にいるって気しません？」

「え、海に？」

「そう」

「こんな凄いのが？」

「あいえ、こんなに大きくて、陸に上がってきて暴れてモノ壊したりはしないんだけど、海に棲んでる巨大水中生物、先史時代の生き残りの恐竜って、どこかには生き残ってるって気……」

「ネッシーみたいの？」

「そう、プレシオザウルス。だって海って、八十パーセントが未調査なんですよ」

「あそう。君、好きなの？　ネッシー。……好きなんだね？」

「はい、すごい好き！　ロマン」

「観たいの？」

「観たい～、すっごい観たい！」

「それでネッシー研究会に入ったのね？」

「そう、死ぬまでに一度でいいから観たいなって思って」

「ネス湖行ったんだよね」

「行きました～、ツアー。でも、観られなかった、空振り、きれいなとこだったけど」

「そりゃ、残念だったね」

「でも、日本にもいるって聞いてぇ……」

「え、日本にも⁉」

「そう」

「それ、屈斜路湖のクッシーとか、鹿児島のイッシーとかってあれ？」

「あセンセー、よく知ってる、嬉しー。池田湖のイッシー、私行きました」

「観れた？」

「空振り」

「だろうね」

「でもね先生、今度のは、今度こそ絶対本当みたいなんです」

「今度の？　……ってどこ？」

「伊根です、京都の北、日本海。知ってます？」

「ああ、名前は。舟屋があるとこでしょ？　こう、まるーい湾のぐるりにずらっと舟屋並んでて。そして潮の干満差が数十センチしかなくて、だから一階はみんな、船を収納するガレージになってるの」

「そ。よく知ってるじゃないですかぁ先生。行ったことあるの？」

「ない」

「じゃあ、聞いたことないですか？　その湾に、最近龍神が出たって話」

「えー？　知らない。ホントなの？　それ。この童話みたいな怪物が？」

「そうなんです」

「見た人がいるの？」

「はい。あいえ……、でも、すごい話なんです」

「ホント？」

「ホントです。私たちも、研究会もすごい興奮したんです。絶対行きたいって、みんな大興奮」

「どんな話？」

「雨で靄（もや）っていた深夜なんですけど。湾で、すごい水音がしたんだって。ばっしゃーんて」

「ええっ！」

「もう、舟屋のすぐ鼻先の海で。もうとんでもない大きな水音だから、あんな音たてるもの、超巨大な龍神さましかいるわけないってなって……」

「水音……、人間が飛び込んだりじゃ……」

「そんなのちゃぽんて音でしょ？　ぜーんぜん違うんです。ものすごい、もうとんでもない大きな水音。ざっぱーんて。あちこちの舟屋の二階にいた人がみんな、急いで海側の扉開けて見たんですって。そしたら海面がすごい波立っていて、こんな風に上下して、しぶきと水煙がいっぱい立っていて、渦も巻いていたって」

「へえ！」

「近くの舟屋の中には、どうって水が入ってきちゃって。床上浸水。津波」

「ふうん」

「車とか、バスが海に落ちたって、あんな大きな波とか、渦ができるはずないもん。だからもう間違いないって。伊根の人たちもみんな言ってるの」

「まあ、そうねえ、この『龍神』の作者の人も伊根の出で、生まれ故郷だもんね」

「そうなんです」

「自分が龍神に生まれ変わって、故郷に帰ってきたのかなぁ」

「あ、そうかも！　だって、龍神以外に、あんなものすごい水音が立つ理由って、ないじゃないですか」

「クジラが来たとか……」

「そう。まあ、クジラが来ればねー。でもわざわざクジラが来るわけないじゃないですか、何しに来るんです？　それも、湾の奥の舟屋の近くまで」

「まあそりゃ、龍神も同じだろうけどさ」

「伊根町誌って歴史資料見ても、大型のクジラが伊根湾の奥まで来たことなんて一度もないそうです。江戸の初期までさかのぼっても」

「ふうん」

「日本海のあのへん、もうクジラいないらしいしね」

「ああそうかあ。なら不思議だね」

「だから、龍神さましかいない……」

「ちょっと待って」

「はい」

「龍神でも、童話作家が龍神になって戻ってきたにしてもさ、伊根には原発なんてないでしょ？　その他の核施設にしても」

「ないです、すごいさびれた漁村」

「じゃなんで来るの？」

「昔は陸の孤島って言われて、鉄道も国道もない田舎で、船で通うしかなかったんです。そのくらい田舎。雪が降ったらもう孤立」

「でしょ？」

「でも最近は観光地化しちゃって、格好いいカフェとか、料理屋、レストラン、土産物屋とか、かなりできたんです。近くまで、高速道路までできちゃってー」

「それ関係ない。龍神は観光に来たんじゃないもの」

「伊根って丹後地方で、浦島太郎伝説もあるところなんです」

「え、浦島太郎も？」

「そう、だから……」

「そりゃ、なにかあるのかもなあ」

「ねえ先生、なんだと思います？　この水音」

「うーん、解らない。クジラかなあっていうくらいしか思いつかないよ、ぼくには」

私は言った。

「先生、あの……」

「何？」

「あの、御手洗先生にも、訊いてもらえないですか？」

「御手洗に？　何を？」

「水音の理由。御手洗先生がね、石岡先生も、もしかしたらこれかなって何か答え言ってくれたら、私あきらめるんですけど、なるほどなっていう感じの理由。でもやっぱり龍神さましかいないなぁってなったら、私やっぱり追究したい」

「追究……って？」

「だから、伊根行きたいです、ネッシー研究会の者として」

「ええっ！」

「どうして驚くんですか？　だって、こんなはっきりしたできごと、ネス湖にだってないです」

「そうだろうねぇ、もしネス湖でこういうのが起こったら大事件かな」

「それは絶対です。世界中で大ニュース、大事件。日本だから、ニュースにも何にもならないの。変です」

「伊根かぁ、現場検証」

「そう、現場検証。大チャンス。それに先生、まだあるんです、証拠」

「証拠？」

「実在している証拠」

「ホント？」

「うん。私、知り合いの知り合いに海上自衛隊の人、いるんだけど、その人、対潜哨戒機に乗ってるんだけど、対潜哨戒機って知ってます？　先生」

「うーん、よく知らない」

「日本列島の近海、国籍解らない潜水艦が、いっぱいうろうろしているんです。そういうの追尾して、どんな動きしてるか、戦争の危険ないかって、調べてるんです。国際法に違反する敵対的な動きしてたら、攻撃して撃沈します」

「へえー、すごいな」

「どうやって調べるか、解ります？」

「解んない」

「水の中って、電波届かないんです。だからレーダー駄目で、音波探知のみなんです。水中音波探査。だから潜水艦の影見つけて、レーダーで追尾してたら、すっと影が消えるんです」

「深く潜った……？」

「そう。深く潜ったらレーダーに映らないの。そうしたらね、P1とか、P3Cとかって最新鋭の対潜哨戒機は、お腹にソノブイってもの装備しているからね、これをいっぱい落とすんです、潜水艦が潜って隠れた海域全体に。そして音波出して調べるんです、音波なら届くから。原子力潜水艦だったら、発電機のファンとか、スクリュー音とかですぐ位置が解りますけど」

「ああ、音大きいから」

「それでね、画像を作るんです、スクリーンに」

「ふうん。潜水艦のかたちも解るね、それで」

「そうです。そうしたらね、潜水艦じゃなくて、すごい海蛇みたいな巨大な影が映ったんです」

「えーっ、それどこの海で？」

「日本海、能登半島の沖です。こんなふうに、うねうね長い影。今度画像のコピーも見せてくれるって」

「本当なの？　それ。もしそれが本当なら、もう決定的じゃない」

私は言った。

「そうなんです」

さすがに私はびっくりして、口が開いてしまった。自衛隊の最新鋭の電子機器に、そんな怪物の影が映ったというなら、これはもう決定的というものだ。

「どのくらいの長さがあったの？　その影、体長」

「二十メートル以上だって」

私はまた沈黙した。

「ネス湖だってソナーで調べたんですよ、湖面全体。でもなんにも映らなかったの」

「ほう……」

「ね、先生、だからこれ、いかにすごいか解るでしょ？　絶対怪しい、大発見。これはいよいよ本物って思いますよ私。すごい研究対象。ね？」

「うん……」

私はおずおずうなずく。

「日本海ってね先生、知ってます？　魔の海なんですよ」

「魔の海？」

「そう。飛行機飛んでないんです。ＪＡＬとか、全日空とか。飛んでるのはロシアの航空機会社だけなんですよ。成田からアメリカ行くのも、太平洋の上飛んでいくんです」

「え、それ、いけないの？　日米の最短距離って、太平洋の上でしょ？」

「先生、初歩。それ、メルカトル図法の世界地図見てるから。地球は球だから、最短距離は北上して、日本海突っ切って、北極圏通るの」

「え、あ、そうか」

「でもね、日本海って、危ないんですよ。シベリア気団と、列島南の高気圧の差が激しくて、すごい荒れるんです。冬なんて猛烈な吹雪になること多くて、積雪量すごくて、エンジンが凍ることもあるの、そしたら墜落。だから、誰も飛ばないんです」

「ふうん」

「だから案外魔物いるのかも。ね先生、間違いないってもしなったら、私たち決心したら、一緒に行ってくれません？　伊根」

「えっ！」

私はびっくりした。

「ぼくが？」

「そう」

「ぼくがなんで……」

「だって先生、見たくないですか？　ＵＭＡ」

「そ、そりゃまあ……」

「先生、本書いてる人じゃない。これ、本になりますよ、もしも見つかったら、龍神」

「そりゃ、見つかったらね」

「そして写真も撮ったら、表紙に使えます」

「表紙、ま、撮れたらねぇ」

私は苦笑した。

「出版社も大喜び。売れますよー、本。伊根の龍神！」

彼女は空中に右手でタイトルを書いた。

「まさか。見れないよー」

「どうしてですかぁ」

「どうしてって……」

「そうかなあ、会えないかなあ」

「水音だって、きっとクジラが来たんだよ」

「だからクジラいないってばー」

「あそうか」

「でも先生、それだって大事件ですよ。クジラが舟屋のすぐそばまで来ましたって。これだって事件で、本になります」

「クジラで？　私たちって誰？」

「前会ったでしょ？　大学院で。やっちゃん。安子っていうんです。すごく平凡な名前で変えたいって言ってるんだけど。私の名前がなんか派手だから。でも私も、自分の名前、やなんですよね」

私が黙ってしまったから、彼女は私の顔色を見ながら言う。

「ほかにも行きたいって子、出るかもだけど、女ばっかで行くの、よくないかもって思って。誰か男の人、引率の先生みたいな人いた方が、周りにあれこれ言われないかもって思って」

本当にそうだろうか、と私は思う。かえって白い目で見られそうな気がするが。

「引率の先生か……、ネッシー研究会って、女の子ばっかなの？」

「今はそうです。男の人いたけど、もう来なくなっちゃったから。なんか、ばかばかしいって思っちゃったらしくて」

引率の先生かぁ、と私はまた考えた。以前にも、女の子二人を連れてある文学館に入ったら、入り口でカルチャースクールの先生に間違えられたことがあった。

「やっちゃん、今日も来るって言ってたんだけど、急にダメになっちゃって。女の子引率して巨大水中生物見に行くの、やですかー？」

「いや、そんなことはないけど……」

なんだか遠いなと思っていたのだ。伊根はなにしろ日本海側、能登半島よりも先、遥かな彼方である。時間もかかるだろうし、これは長い旅になる。それに、運よく龍神を見られる確率が、果たしてどのくらいあるだろうか。船で見にいこうとなったら怖いし。転覆させられたら凍死だ。

「なんか、先生とひょんなことで知り合って。これも縁だから、私たちの会の顧問にもなってもらえないかなって、いけませんか？」

「え、顧問？」

なんだか話がどんどん拡大していくと思った。

「先生、ＵＭＡ、興味ないですか？」

巨大水中生物、なくはない。しかしネッシー研究会の顧問となると、明らかに向いていないと思う。御手洗と知り合う前は興味を持っていたが、もう遠い昔のことになって、すっかり忘れてしまった。全然知識がない。

「と、とにかく、考えておくよ」

仕方なく私は言った。

「私たちね、実は石岡先生に会えないかなって思ってたんだ、あの喫茶店で」

「え？　大学院で？」

「うん、石岡先生、あそこ好きそうだなって思って」

「そう？」

どうして解ったんだろうと思った。

「サンドウィッチにサランラップ入ってて、ラッキーだった。話すきっかけできたもん。ね、先生、御手洗さんに訊いてみてくださいね」

彼女はもう一度念を押した。

「え、何を？」

「水音についてです」

「あ、水音のことね、うん解った」

「約束ですよー」

彼女はまた言い、それで仕方なく私はうなずいた。

2

そもそも私がその女の子と知り合ったのは、日本大通り近くの、大学院という変わった名の喫茶店だった。

もうかなりの昔になるが、東京の西荻窪（にしおぎくぼ）という町に住んでいた時代、私は御茶ノ水とか山手線沿線によくあった、白鳥とか田園といった名の、古ぼけたインテリアの名曲喫茶が好きで、よく出かけていた。西荻にはあんな大型の喫茶店はなかったからだ。だから遠征していってすわり、シューベルトを聴きながら、好きなミステリーを長々と読んだものだ。時代遅れのそういうインテリアがけっこう好きで、埃くさい空間が、いつも意味もなくもの悲しいような、当時の世捨て人気分によく合った。

しかし今東京に出かけていっても、そんな喫茶店はどこにもない。一軒残らず滅んでしまった。残念なことだ。しかし横浜は、東京に較べたら田舎ということなのか、私などには大いにラッキーだったことに、そういう古色蒼然たる名曲喫茶ふうの大型店が、近所にまだ一軒だけ残っていたのだ。それが大学院という変わった名の喫茶店で、馬車道からは若干の距離があるのだが、散歩がてらぶらぶら歩いてちょうどよいくらいの位置にあった。

妙に細長い店で、入り口を入って延々奥まったあたりに、なんとなくローマの大浴場を思わせるような雰囲気の一角があり、落ち着ける席があった。馬車道はチェーン店ばかりになったので、この頃はよくそこで読書をする。終えたら文明開花の頃「岩亀楼(がんきろう)」という高名な異人向けの遊郭があった場所、今は池のある庭園になっているのだが、そこをぶらついてから帰路につくことをしていた。

昨年の暮れ、その大学院の席で紅茶とサンドウィッチでランチをとっていたら、そのサンドウィッチの中にサランラップが入っていたことがあり、ラップをずるずる口から引っ張りだしていたら、横の席にいた女の子たちが笑って、

「ラップごとパンに挟んで、切っちゃったんですよ、私もやったことある」

と言った。

お店の女の子がそばに来た時に彼女がクレームをつけてくれて、マスターが謝りに来て、その日のサンドウィッチは無料になった。

そんなことで話すようになり、

「石岡先生なんじゃないですか」

と問われた。仕方なく同意したら、自分たちはＵＭＡの研究会で、よくここで研究発表をしているんだと言った。それで私のテーブルに三人の女の子が移動してきて、それぞれノートを広げて、自分が知っている水中巨大生物について私に説明してくれた。

「先生、一九七七年に、日本の漁船の瑞洋丸(ずいようまる)が大きな海洋生物の死体を引き上げたこと、憶えてませんか？」

と一人の女の子が言った。

「ああ……、うん、なんとなく憶えてる」

と私は言った。

「もう、ピンクの肉塊みたいになっちゃってて、なんの生き物だか解らなくて、それで海に捨てて帰ってきちゃったんでしょ？」

「そうです、それ。トロールの網に入ったの。あれ、体重はおよそ一・五トンもあって、体長は十メートルくらい、黒い鱗のついた皮膚が少しだけ残っていて、口には鋭い歯も付いていたんです。日本に持ち帰れたらよかったんですけど、海産物いっぱい積んでいて、その肉塊はすっかり腐っていて、腐敗臭がひどかったから、収獲した海産物も腐ったら大変だってなって、捨てることにしたんです、すごくもったいないことしちゃった」

「あのあとに、ソ連の海洋調査の船が連絡してきて、あの死骸どのへんに捨てたかって、日本に問い合わせてきたんです。それで場所を教えたら、すぐに現場に急行して、もう全部は残ってなかったんだけど、死体の一部を回収したんです。そして、国に持ち帰ったの」

別の女の子が言った。

「へえ」

私は言った。

「それで徹底して調べたんです。日本の学者は、あれは大型のサメだろうって言っていたんだけど、大メジロザメみたいな。でもそれだと、鱗の説明がつかないんです」

「露出した肉に、コラーゲンがなかったんだって」

「だから、大メジロザメじゃないってソ連の研究者が言ったんです。それで、やっぱりネッシーとおんなじ、プレシオザウルスの可能性あるんじゃないかってなったんです、世界中の好事家が」

「プレシオザウルス……」

私は言った。

「先史時代の恐竜の生き残り」

「そうなの？　まさか！」

「だから、やっぱり持って帰っておけばよかったですね、世紀の大発見だったかも知れないんです」

「それを日本人が発見できたのに」

「日本が、ＵＭＡ研究のトップに立てたかも知れないんです」

そんな説明をしてくれた女の子の一人が安子という名前だった気がする。もう一人はアオイだかアサイといったような気がするが、もうよく憶えていない。

それから女の子たちは、世界中の海とか湖に、いかにＵＭＡ、つまりは未確認巨大生物の目撃が多いかについて、私に教えてくれた。

「スコットランドのローモンド湖って淡水湖で、ダイビングしてたリチャード・フレアって人が、ながーい首と、コブのある背中の怪物を見たって報告があります」

「ローモンド湖はね、六世紀から目撃報告があるんです。スコットランドの修道士が、六メートル以上はある、巨大な蛇が泳いでいるのを見たって。水中爬虫類」

「ローモンド・モンスター」

「そう。スコットランドにはこういう話が多いんですよ。ネッシーもね、五六五年に、聖コロンバって修道士が、人がネッシーに襲われているところを、助けたことがあるんだって」

「ネス湖はね、水深が二百三十メートルもあるんです。だからネッシーが隠れるところがいっぱいあるって」

「ううん、ないってよ、あそこ岩盤層だから、水中の横穴」

「え、そう？」

「ネッシーは有名だよね」

私は言った。

「ネッシーは、最近は、巨大なウミガメだって説がよく言われています。先史時代の、絶滅しなかったウミガメ」

「でも、ネッシー以外にも、ＵＭＡの目撃談はいっぱいあるんです。スコットランドはすごく多くて、モラグ湖って湖でも、怪物の目撃があるんです。モラグ・モンスター」

「ストーシーってのもありますよ」

「それもスコットランド？」

「ううん、これはスウェーデン。スウェーデンの五番目に大きな湖で、スツール湖っていうのがあるんです。大きい湖。ここで、もうおおっきなうなぎみたいな生物が泳いでいるの、目撃されています。一九八六年のことで、以来人気者になったんです、ストーシー」

「へえ」

「記念館もできているらしいの」

「記念館ならチャンプだよ。アメリカのニューヨーク州に、チャンプレーン湖っていう湖があって、一八〇〇年代からずっと怪物の目撃談があって、ちゃんとした博物館ができているんだって。ニューヨーク州の議員が、チャンプ保護の法案を通そうとしたことがあるんだけど、却下されたって」

「もういっぱいあるんですよ、アフリカのコンゴ川のモケーレ・ムベンベとか、中国の天地湖のチョンジュ・モンスターとか」

「カナダのマニポゴとか、チェサピーク湾のチェシーとか」

「だからね、絶対にいますよ、巨大水中生物。世界中にいっぱい目撃談があるんだもの。ゴジラみたいに凶暴じゃないからあんまり話題にならないけど、おっきくておとなしい怪物いっぱい。絶対いるって思う」

そう言ったのは、割と派手目な顔だちの娘だった。その娘が、ここからバスですぐの本牧に住んでいるんだということで、なんとなく一番親しくなった。ほかの女の子も、大岡山だか、緑が丘に住んでいると言っていたのだが、自己紹介になった時に、その本牧の子が、恥ずかしそうに名を言った。

「藤浪(ふじなみ)って言います」

「下の名は？」

すると仲間が促したので、私もついて下の名前はと訊き、それで彼女が、

「れ、麗羅(レイラ)です」

と小声で言ったのだった。

「え、おとうさん、エリック・クラプトンのファンでしょ」

と私は反射的に、思わず力を込めて訊いた。

そう口に出したら、知らず私の眼前に数々の風景が浮かんでは、素早くすぎていった。

あれは、私がまだ二十代の頃であったろうか、クラプトンが率いていたデレク・アンド・ドミノスというバンドの「レイラ」が大ヒットした。この曲は彼の代名詞となり、みながこの曲のイントロのリフを猛練習した。ギターフリークだった私も、御多分にもれずに練習した。が、結局私は弾けなかった。

エルトン・ジョンだったか、このあまりに有名になったフレーズを、自分の曲に取り入れたりしていた。イギリスのプロたちも、ファンだったのだろう。そう書いて思い出すのだが、ビートルズのジョージ・ハリスンも、彼の親友であり、大ファンだった。当時のクラプトンは、そのくらい突出していて、仲間たちに尊敬される存在だった。

私にとっても、いや私らの世代、つまり団塊の世代か、おそらく誰にとってもこのイントロのフレーズは、特別な感慨を呼ぶものだ。レイラと曲名を聞いただけで、私の目の前に、高円寺の赤提灯の飲み屋街や、貧しげな商店街が浮かぶ。レイラをバックに、酔眼で歩く視界は、大概そのようなものだったからだ。同世代の誰にとっても、大なり小なりそうであろう。

クラプトン自身もこの曲にすっかり惚れ込んで、その後何度もリメイクしたアルバムを作った。しかし誰もマンネリとは言わず、どれもきちんとヒットした。そのくらいあのイントロは衝撃であり、長い生命力を持っていた。

私らの世代、結婚して子供を作り、それが娘だったら麗羅という名前をつけることが流行した。レイラには、漢字が当てやすかったからだろう。あの時代の子供が——、そうか、思えばもうこのくらいになるよなあ、と私は思い、強い感慨に打たれた。

あの頃私は西荻にいて、友人に会いに中央線を往ったり来たりして、夕刻になれば決まって飲み屋街をうろうろした。高円寺の中央線のガード下に、レイラという名前のロック喫茶があった。薄暗いこの店のすみにひっそりとすわって、定期的にかかるレイラを待っていた。まずはコーヒーだが、時刻が遅くなればビールを頼んだ。そしてふらと店を出ると、述べたような光景が待っていた。

楽しい時代だったとは思わない。辛いことが多く、やりきれないばかりの日々だったが、懐かしいと言えば懐かしい。良い思い出は少ないが、印象が強い時代ではある。

イギリス人は違うのだろうが、私たち日本人には、レイラのイントロが運んでくる光景は、中央線とか、新宿の安酒場の連なり、若い酔っ払い同士のちょっとしたいさかい、どうでもよいような我の張り合い、学生闘争家崩れたちの政治論争、そんな貧しい光景で、思い出せば悲しくなる。思い出話になれば笑うほかない。

あの時代から、私は成長しただろうか——。見ていた夢は、実現できたか。どうにもそうは思えないのだが、まあ多少はそうかも知れない。道端のアクセサリー売りにはならなかった。あの頃自分は、実際にそうなるのではと真剣に怯えていた。道端の石の上にアクセサリーを並べて売る若者が多かった時代だ。

あの時代のことを、この麗羅は知らない。長い時間がすぎたものだなあと思う。私は中央線をあとにして、ずっと南のこんな横浜に移り住んだ。それからは御手洗とともにめくるめく冒険の日々で、中央線もレイラも、少しも思い出すことはなかった。今思いがけず一人になり、そうしたら、あの時間の記念品みたいな娘が、ふいに私の目の前に現れた。なんだか解らないが、すごいなあ、人生とはすごいものだなあと、意味もなく感動した。

「先生、どうしたの？」

と安子という娘が私に訊いた。それではっとわれに返った。知らず、放心していた。

「先生放心。私の名前聞いたらね、なんか、そんなふうになっちゃう男の人います」

麗羅が言った。そうだろうな、と思う。あの時代を生きた父親たち、麗羅は、この国に大勢存在しているはずだ。

「レイラで、思い出あるんですか？」

彼女は訊いた。

「まあ……」

と私は言ったが、彼女らは見当もつかないだろう。どんな？　と訊かれても話す気はない。実際話すことがない。具体的なことは何もないのだ。彼女はロマンス談でも期待しているのだろうが、ただつまらない風景の連なりがあるばかりだ。

ともかくこうして私たちは知り合い、親しくなり、麗羅は、何か話すべきテーマを見つけると私の部屋に遊びにくるようになって、今日にいたるのだが、この大学院での出会いの日の、最も衝撃的な、地獄の入り口を垣間見たような瞬間についても、最後に書いておかなくてはならない。

それからもしばらく雑談を続けた私たちネッシー研究会であったが、麗羅が本牧の自宅とか、近所のカフェの様子などを口にした時、私はふいに彼女の父親に会って話してみたい衝動にかられた。

本牧は以前、「マイカル本牧」と称して、横浜一、二の洒落た地区に脱皮することを目論んだ時期があった。このあたりは米軍に接収されていた時期が長く、街並みがアメリカふうにゆったりとしてこぎれいだったからだが、しかし電車の路線がないので、この計画は見事に失敗する。しかし誘致した映画館やボウリング場の跡地が、今はちょっと洒落たイタリアンの店やビアホールになっていて、あんな場所で、父親とビールを飲んで昔話をしてみたい気分が湧いた。若い頃好きだったポップスとか、心をとらえられ、毎夜浴びるほどに聴いたロックの話などをだった。あの頃、私はそうだったし、娘に麗羅と名をつけるような人なら、間違いなくそうだろう。だから、話は合うに違いないと思った。

「君のお父さん、クラプトンが好きだったのなら、ジョージ・ハリスンとか、ビートルズも……」

と言いかけたら、彼女は、

「あの、先生」

と言って、私の言をさえぎった。

「私の名前つけたの、パパじゃなくて、おじいちゃんなんです」

その時の衝撃は、到底言葉にならない。私は一瞬気が遠くなり、視界が暗転して、冗談ではなく、椅子から床に崩(くず)れ落ちそうになった。

「おじいちゃん、クラプトン好きで……」

彼女は娘の世代ではなく、孫世代だった。

私はそのあと彼女が何を言ったか憶えていない。気づけば私は馬車道に立っていて、馴染みのビアホールの前だった。

3

「石岡先生！」

携帯に電話がかかってきて、出ると悲鳴のような娘の声が叫んだ。

あまりの剣幕に気圧されていると、

「石岡先生ですか？」

と彼女は今度は冷静に、もう一度訊いてきた。

「はいそうですが……」

やっと応えると、

「私、藤浪です」

と相手は言った。

「藤浪さん……？」

すぐには解らなかった。

「麗羅です！」

「ああ、藤浪麗羅さん」

私は言った。下まで聞かないとピンとこない。

「はい。今からちょっとそっち、行っていいですか？　すごいこと聞いちゃったんです。もうホントにすごいこと。びっくりな情報なんです」

「伊根に関すること？」

「そうなんです」

「じゃ、大学院行く？」

私は訊いた。

「え？　先生、行きたいですか？」

彼女は問う。

「いや、別に。ここでもいいけど」

私は部屋にいたのだ。

「じゃそこ、馬車道のお部屋行きます。そこの方が、バス停から近いんで！　あ、バス来た、じゃ！」

麗羅からの電話は切れた。

それから間もなく、ドアの方にばたばたという足音が聞こえて、チャイムが鳴った。開けると、息を切らしたふうの麗羅が立っていた。

「あ、先生っ、入っていいですか？」

と訊くので、どうぞと私は言った。

「紅茶飲む？」

私は訊いた。

「あ、はい、いただきます」

言いながら、麗羅はソファにすわった。コートを脱ぐと、下はミニ丈のワンピース姿で、手にはバッグを持っていた。それをコートでくるむようにした。そういう姿を眩しく見ながら、私は盆に載せた紅茶を運んでいった。

「あのね先生、韓国海軍にキョンボックンっていう潜水艦が進水したらしいんです。推進装置が特殊で、最新で、国家機密らしいんですけど」

急き込むように、麗羅は話しはじめた。

「キョンボックン？　韓国海軍の新兵器？」

「そう、かなりの大型で、だから、重大な軍事機密なんですけど。処女航海で、いきなり消息を絶ったらしいんです」

「へえ、消息を絶った……、消息途絶えたって……」

「はい、行方不明ってこと」

「つまり……」

「うん。沈没……」

「乗組員は」

「行方不明。全員死亡だと思います」

「それ、大変なことじゃない！」

「そう。大事件みたいですけど、軍事上のことなので、しばらく秘密にしていたみたい。だから今でもこれ、まだ秘密は秘密なのかな」

「じゃ誰にも言っちゃいけないの？」

「そう。いえ、もう一応米韓日の同盟国筋には公表したみたいなんですけど、テレビとかのニュースには全然なんないの、なんでかなー」

「へえ、じゃこれ、自衛隊情報なの？」

「そうです。私も一応国防関係筋」

「え、そりゃすごいな！」

「潜水艦って、敵に位置悟らせることになるから、任務中は通信の電波とか、使わないじゃないですか。それに潜っちゃったら電波届かないし。でも試験航海だから、浅いとこ進んでいて、しばらくは通信してたみたいなんです。それで潜ってからも、ずっとアンテナのブイ出して、上の護衛艦と交信してたみたい。だけど、水深三百くらいのところで突然、ノーズ、アップになった。注水！　って、声が入ってて」

「ノーズ、アップ？」

「はい、こんなふうに、お尻下にして、立ち上がっちゃったみたいな格好になって、それで乗組員びっくりして、姿勢正常に戻すために注水したんです。潜水艦て、前と後ろの底部に、バラストのために海水入れるタンクがあるんですけど、前の方満タンに入れたの。ノーズ下げようとして」

「立ち上がった？　潜水艦が？　何かに乗り上げたの？」

「いえ、全然。障害物なんて何もない海の中ですから」

「ふうん、それで？」

「それで、雑音があがあ入って、今度急に、あっ深度下がる、どんどん下がっていくって」

「ふうん」

「それで悲鳴みたいな乗務員の大声がいっぱい聞こえて」

「うん」

「ノーズ下がった、つかまれって」

「今度は下がった」

「引き込まれるって、急降下してると」

「引き込まれる？」

「深海に無理やり引きずり込まれているって、魔物に摑まれて、引っ張られているって、そんな感じのこと、乗組員がみんな叫んでいて」

「深海に引きずり込まれる？　それ、怪物に無理やり？」

「ねー、そうとしか考えられないじゃないですか」

「それで？」

「うわっ、つぶれてる。つぶされてるぞって叫び声がして、すごい破壊音が続いて、それが最後。それで音信がぷっつり途絶えて、以降消息不明。どこか深いところに沈んでるんだって言われてる。今必死で行方調査してるみたい」

「怪物につぶされたの？」

「怪物に、ぐるぐる巻きつかれたんじゃないかって、船体。それでぎゅうっと締めつけられて、くしゃんてつぶされたの。巨大海蛇みたいのだったら、そういうのもあり得るかって思うから……」

「しかし……、本当なの、それ。にわかには信じられない」

「本当みたい。襲われてるところ描いた想像図もあるけど、中世の頃からそういう話、ヨーロッパにはたくさんあるんですよ」

「そうなの？」

「そう。当時は帆船だけど、海の中を泳いでる巨大な海蛇見たとか、そういう目撃談はいっぱい。襲われて、船にぐるぐるっと巻きつかれて、引きずり込まれて沈められたとか、そういう話たくさんあるんです。絵もたくさんありますよ。最近はずっとなかったけど、久しぶりにこういう話が、それも日本海で湧いて起こって、一部の人たち、騒いでます」

「一部の人って、君たち？」

「え、まあ……、そうかな」

「まさにネッシー研究会向けの大事件だなあ」

「でも事実なら……、どう思いますか？　先生。もう信じるっきゃないじゃないですか。だって、できたばっかの最新鋭の潜水艦ですよ。そう簡単に壊れるはずないじゃない」

「うん、そうだね」

「はい。七百メートルまで絶対に大丈夫にできてるんです」

「怪物に襲われでもしない限り、潜水艦が立ち上がったり、逆立ちしたりしないよね」

「そうですよー」

「怪談だね」

「もう、そうですね、こうなったら」

「本当だねー。どう考えるべきかね、まるで仁居見高麿さんの小説みたいだよね」

「ホントそうなんです、というのはね、キョンボックンって、原潜だったって説があるんです」

「原潜？」

「原子力潜水艦。だったら仁居見高麿さんの童話だと、龍神が襲う対象ですよねー、原子力だもん、放射能出すの」

「ああそうかあ、そうだね」

「だからー、ソノブイの画像といい、これはもう信じるしかないですよ、そう思いません？」

「龍神？」

「そう。だから伊根湾に来たのも、やっぱりこの怪物だと思うんです私」

「韓国の潜水艦沈めた龍神」

「そう、まさか何匹もはいないでしょ？　こんなの。潜水艦沈めたこの巨大海蛇みたいのが、伊根湾の奥にも入って来たんです」

「うーん」

と言うなり、私は唸ってしまった。麗羅の話を聞いていると、なんとも、どう考えたらいいのか不明になってきた。私のイマジネーションの限界を超えている。それとも私の持つ常識の範囲を逸脱しているというべきか。そんな怪物が、二十一世紀の今、それも極東島国の近海に生息しているというのか。そんな現実がもしもあるとしたら、到底感覚がついていけない。

「龍神て、もしかしたら、日本海の守り神かなあ」

麗羅がぽつんと言った。

「え、守り神?」

「そう、原子力って悪から日本海を守ってるの」

私は一瞬沈黙し、この言葉の意味をしばし嚙み締めてみた。

「てことは、伊根に、日本海の敵がいるの?」

「うーん、そうなのかな……」

「だから攻撃にやってきた、龍神が……?」

「だから先生、私、絶対行きたいです」

「え、行きたいって、どこ……」

「だから伊根。ついてきてくれませんか? 私知りたい。それから、御手洗さんにも訊いてください。あれが何なのか」

麗羅は真剣に言いつのる。

「だけど、だけどなあ……」

私は言った。

「だけど何です？」

「巨大海中生物ったって、ＵＭＡ？　みんな信じているわけじゃないでしょ？」

「いえ、伊根の人は信じてますよー」

「伊根の人は水音聞いたものね。そうじゃなくて、韓国軍とか、わが国の海上自衛隊とかさ、そういう人たちが信じてるわけじゃないでしょ？　誰も、怪物本当にいるとは思ってないよね」

「ところがぁ、そうじゃないんです」

麗羅は言って、声をひそめた。

「そうじゃない？　何？　どういうこと？」

「海自の特警隊が、伊根に派遣されたらしいんです」

「特警隊？」

「特別警備隊、海自の特殊部隊です」

「ええっ！」

「これ、ホントに重大機密です。口外禁止ですよ先生。海自の、最強部隊です。今向かってます、伊根に。特殊訓練受けていて、空挺降下も、海中行動も、射撃も、格闘技も、すべてピカ一のエリート部隊で、小銃装備も、ロケットランチャーとか、ジャベリンも持ってるんです」

「え、ええっ？　な、なんでそんな秘密情報を君が……」

「私のおじいちゃん、元海自の一佐だったんです、だから」

「そうなの⁉」

「はい」

「しかし、そんな特殊部隊がなんで、まさか龍神の討伐じゃないよね」

「討伐？」

「龍神が村を襲ってくるから、自衛隊が出動して村民を守るとか、龍神を生け捕る作戦とか、そういう……」

「さあ、もしかしたらそうかも……。そうじゃないですか？」

「そんな！　東宝映画だよ、そんなすごいことなの？　おいおい大変だ、じゃ本当にいるの？

龍神……、ていうか、巨大海洋生物」

「さあ、解らないけど」

「そこは訊かなかったの？」

「おじいちゃん、私のこと、子供の頃からすっごい可愛がってくれて、何でも教えてくれる。でも、さすがに特殊部隊の任務までは……」

「海自が出動ってことは、それだけの危険があるってことだよね、日本国に。これ、国防の任務の範疇だものね、龍神が襲ってくるってこと？　陸に上がってくるの？　本当？　それだけ凶暴な生き物なの？　その生物」

「きっと、そうだと思う」

私は口をぽかんと開けた。

「おいおい、えらいことになってきた。それで君、そんな状況の、伊根に行くっての？」

「はい」

「はいって、危険だよ、そうならこりゃ戦闘地域じゃない、戦争だよ。おじいちゃん、許してくれるの？」

「言ってないもん」

私は絶句し、沈黙した。そんな大変な話とは知らなかった。これは簡単ではなさそうだ。軽々に、解った、じゃ伊根に行こうか、などとは言えない。ましてこんな若い女の子を同道してなのだ。

「だから、付いてきて欲しいの」

「ちょ、ちょっと……」

「明日、発ちましょう」

「えーっ！」

「まごまごしてると、見逃しちゃう。上陸のシーン」

「ちょ、ちょっと待ってよ。そんな、いきなり、い、いや、そんな、ぼくなんかの素人が行っても……」

私はほとんどパニックに陥った。

「でも先生なら、出版社とかからの、報道で来ているって言えるでしょ？」

「いや……、とにかく……、君の言う通りだ、御手洗にも相談してみよう」

ほうほうのていで、私は言った。

4

「重力というエネルギーはいまだに謎なんだ、誰一人うまい説明ができずにいる」

と御手洗は言った。しばらく恐竜の話をして、そののちのことだ。

「宇宙を構成する非常に重大な要素のひとつだ。宇宙の謎を解きあかすには、重力への正確な理解が不可欠なんだ。

重力とは何なのか。質量の大きな物体が存在すると、その周囲の時空がゆがめられて、そこに別の物体が落ち込んでくる。ソファの上に大きくて重い鉄の球を置くと、その周囲はクッションが落ち込んで窪みができて、そばに置いていた野球のボールは動きはじめ、その窪みに落ちてきて、鉄の球にくっついてしまう、それが重力の発生だという説明、大昔にアインシュタインが言ったストーリーを、いまだに誰も乗り越えられないいんだ」

「時空のゆがみが重力？」

「そうだね」

「ふうん」

「重力はあらゆるものをゆがめる。光の進路も影響を受け、時間も重力の影響を受け、進行が遅くなる。遠ざかれば速くなる。スカイツリーのてっぺんとその下の地上とでは、時間の進み方が違うんだ。ツリーのてっぺんは、地球の作る重力から遠いからね」

「ぼくらの体も重力を持っている？」

「むろんだが、ぼくらの体の質量はごく小さいから、周囲のものが引きつけられたりはしない」

「でも恐竜なら」

「そうだね、恐竜は重い。ティラノザウルスだって象ほどの体重があるね。だから彼らなら、地球という巨大な質量の状況とか、運動、振る舞いが関係してくる」

「ぼくは、六千五百万年前の隕石衝突によって、地球の自転にブレーキがかかって、一挙に回転が遅くなり、地球の遠心分離力が減少して、恐竜の体重が増えて、そのために恐竜が滅んだという考え方を読んだ記憶があるよ。この考え方は、君はどう思うの？」

「いいね、発想の筋としては賛成だよ。でもその考え方ではまだ不充分だ」

「不充分？　どうして？」

「確かにね、地球という惑星の自転は異常に遅いんだ、一日が二十四時間もあるもの。ほかの太陽系惑星は、水星が一日約一・四時間、金星が一日約二・八時間、木星約十時間、土星同じく十時間、天王星は十七時間、海王星が十六時間だよ」

「ええっ、みんなそんなに速いの？　それはどうしてなんだろう」

「もともとみんな、そんな速さだったのかも知れない。君が言うように、何らかの事情があって、地球が遅くなったのかも知れない」

「そうだよね」

「太陽系の発生が、恒星太陽の周りに集まったガスや塵が回転しながら固まっていって、八つの惑星になったという仮説でいいなら、八つともがだいだい同じくらいの自転速度を持っていてもいいよね」

「うん、そう思う」

「でも今はみんなまちまちだ。それどころか、反対向きに回っているのもいるし、地軸が派手に傾いたり、寝ているものもいる。おそらく、大型の隕石がぶつかったりなど、さまざまな後天的事情で、回転速度が遅くなったり、地軸の傾斜角が変化したりした」

「そうなんだ、だから、自転の方向に逆らう向きに巨大隕石がぶつかってきたりしたら、自転速度は遅くなるでしょう?」

「遅くなるだろうね」

「自転が遅くなれば、遠心力が小さくなって、恐竜の体重は増えるでしょう。隕石衝突は、こういうことも引き起こしたと」

「なかなかいいとは思うけど、ユカタン半島沖のクレーターの規模からは、そこまでの隕石ではないように見えるよ。あの半径なら、自転速度を半分に落としたりするまでの力はないと思う」

「そうなの?」

「それを言いたいなら、金星並みの回転速度を、一挙に地球並みに落とす明白な方法がある」

「ええっ、ホント?」

「うん、地球の場合、あるね」

「地球なら？」

「そう、地球は特殊なんだ。地球のこの遅い自転速度は、月があるせいなんだ。地球の衛星の月は、太陽系の惑星群にあっては、群を抜いて巨大なんだ、母星との比率的にね。この大きすぎる衛星が、地球の自転に大きくブレーキをかけている。ざっと計算して、月がなければ、地球の自転速度は今の三倍にはなるよ。すると一日は八時間、ほかの惑星並みになるね」

「えーっ、本当なの？　そりゃどういう……」

「たとえばね、こう考えたらいいんだ。巨大隕石じゃなく、ぼくらもよく知るあの月という巨大な質量が、ある日遠い宇宙から飛来してきて、地球の衛星におさまってしまった」

「それはホントなの？」

「いや、思考実験だよ。すると地球の自転速度はがくんと落ちて、三分の一から四分の一になってしまう、月の重力、引力の巨大な干渉によって」

「へえ」

「それがもしも恐竜時代なら、地球の自転による遠心力は消滅、恐竜たちの体重は激増して、一夜にして滅んでしまうかもね」

「それはまた、すごい新説だね」

「まあ、ないことではないかもね」

「どうしてブレーキがかかるの？」

「いろいろあるけど、まずは多すぎる量の海水だね、月や太陽の引力が海の水を自分の方に引き寄せて、満潮や干潮を作っている。これは知ってるよね？」

「うん」

「月から九十度の位置にある渚は干潮だ。こうして絶えず起こっている膨大な海水の絶え間ない移動、これは海底では絶えず大きな摩擦になっている。あるいは海水の全体では、毎日の膨大な水の移動にともなって起こる慣性力の干渉で、自転に常にブレーキがかかっている。こういうものによって、自転の速度はみるみる落ちる」

「はあ、そんなことが……、じゃあ地球の自転速度は、今も落ち続けている？」

「ごくわずか、落ち続けているね」

「一日が八時間なら、夜は四時間だけ？　二〜三時間寝たらすぐに起きないと朝だ」

「そうなるね」

「昼間も同じく四時間なら、出勤して二〜三時間も仕事をしたらもう日没、退社しないとね。赤提灯に飲みに行っても、一時間とすわっていられない」

「うん」

「ぼくは駄目だ、水割り一杯飲んだらオヤジ勘定だ、では落ち着かない」

「落語の世界も変わるね。まあ飲んべえは減るだろう、そこまでして飲みには行かない」

御手洗は言う。

「昔の白黒喜劇映画みたいだね」

「チャップリンやキートンの無声映画？」

「コマ落としのね……。毎日あんなふうに、ばたばた走り廻って暮らすのか」

「しかも飲み屋を出たら、空には月がないんだ。表は漆黒の闇だよ。横にいるのが人間か熊かも解らない」

「女の子は危険だね、夜道を歩けないよ」

「闇夜続きでは詩も生まれない。ベートーヴェンやドビュッシーのあの名曲もなしだ。月を眺めて恋もささやけなければ、十五夜のお団子もなしだ」

「そんな生活は嫌だ」

「君は甘党だからね」

「盆踊りもなしか。ぼくは一日が三十時間だっていい、夜はゆっくり眠りたい、ゆったりと暮らしたい」

　私は言った。

「その代わり、みんな三百歳まで生きられるかな」

「生きなくていいよ。そんな暮らしじゃ、長生きしたってしょうがない。自分の年齢なんて忘れてしまう」

「それだけじゃすまないぜ。自転速度が速ければ、大気の移動が速くなる。おそらく毎日暴風雨、砂漠では常時砂嵐、極点方向では猛吹雪の日々だ。海岸には、毎日津波級の大波が押し寄せてくる。月という安定した振り子がなくなれば、地軸は日々移動する。角度も変化しやすい。今みたいに二十三・四度でおとなしく安定してはいない。季節はめちゃくちゃになり、灼熱の夏が来たり、氷河期のような冬が来たりするかも知れない」

「ひどい世界だな。それは地獄だよ。とてもわれわれが住める世界じゃない」

「住めないね」

「しかし太陽系のほかの惑星の上は、みんなそんな世界なのかな」

「まあ大半、そう言っていいね」

「それが普通なのか。月が飛んできたなんて説、はじめて聞いたけど……、そんなことを言う人も多いの?」

「まあ月に関しては、首をかしげることはけっこう多いからね」

「どんな?」

「公転と自転の回数が同じで、いつも表側だけ地球に向けている」

「うん、裏側が見えないんだよね」

「裏では秘密の作業もできる。これがたまたまの偶然なのか。地球からの見え方が、まるで測ったように、太陽とほぼ同じ大きさ。だから皆既日食も起こり得る」

「ああ」

「アポロ計画の時代、月の上にロケットを打ち込んでみたら、ドラが鳴るように月が長く振動して、振動が月の裏側まで伝わった。そのことから、中心部に大きな空洞があると言われるようにもなった」

「ふうん」

「都市伝説的なものなら、まだほかにもいろいろとある、不可解な写真。しかしこれらは確認されていないからね。アメリカのエリア51と似た俗説だよ」

「恐竜は？　月に恐竜はいたことないよね」

「ないね。今までずいぶん多くのものが発見されているけど、隠されていそうなものも含めて、恐竜の痕跡や、化石の類（たぐい）は発見されていない」

「地球で、隕石の衝突によって、粉塵が舞いあがって空を覆いつくして、太陽光が届かなくなって氷河期並みの低温になった。植物が枯れて食料がなくなり、恐竜たちは凍えて凍死し、滅んでいった。常識的な説明はこうだよね」

私は言った。

「うん」

「地上はそれでいいとして、水中はどうかな。海の中、湖の中、水中で生きていた恐竜たちは、隕石の衝突があっても生き延びないかな」

「そうだね、クジラは巨大な体のまま、生き延びてるからね」

「たとえ引力が増し、体重が増加しても……」

「うん、水中なら浮力があるからね。それに充分な広さがあって、濁っても、酸素が減っても、食料の小魚、小エビ、プランクトンにも影響は少ないかも知れない。生存競争が突如きびしくなるなんてことも、案外ないかもね」

「そうでしょ？」

「海底火山周囲の生態系は、独立してるっていわれてるしね、そっちにいるなら……」

「ではネッシー型の水中龍も、生き延びている可能性はある？」

「ネッシー？　またどうして？」

「最近ネッシー研究会の知り合いができて」

「横浜にそんな研究会が？」

「そうなんだ」

「恐竜に関しては、よく知らないからね、答えられないな」

「では伊根の龍神も、あり得る？」

「何？　何だって？」

「日本の京都の北の、能登半島の向こうの、伊根は解る？」

私が言うと、何故なのか、御手洗に息を呑むような気配が感じられた。わずかに間があって、彼は言う。

「ああ、解るよ」

「そこに、つまり伊根湾に、巨大水中生物が出たっていうんだ」

「なんだって？　それはどこからの情報なんだ？」

驚いたように、御手洗は言った。

「自衛隊情報」

「なんと！　君、自衛隊に知り合いができたのかい？」

「うん、まあ、ひょんなことで……」

「お年寄り？　ＯＢかな。それで？　まさか、見に行くなんていうのじゃあるまいね」

御手洗が言ったから、かえってこちらがびっくりした。

「それが、見に行くからついてきてくれって頼まれていて」

「誰に⁉」

「若い女の子なんだ、おじいさんが、もと海自の一佐なんだって。その子が行くから、ついてきてくれって……」

するると御手洗は、顔色を変えたように思われた。別に見えていたわけではないが、そういう感じだった。

「どうしてその子が行かなくっちゃならないんだ？」

「その子がネッシー研究会なんだよ」

「ネッシー研究会？　つまり、ネッシーが伊根に現れたって？」

「ネッシーのお仲間かも知れないでしょ？　プレシオザウルス」

「うーん……」

するると御手洗の唸り声が聞こえた。

「花火大会じゃないんだぞ石岡君。で、いつ行くっての？」

「明日から行きたいって」

「明日⁉」

御手洗はついに大声を出した。どうして御手洗がそんなに驚くのか、私は理解ができなかった。それでこちらが逆に訊いた。

「どうしてそんなに……」

驚くんだと言おうとした。しかしそれをさえぎるように、御手洗が険しい口調で言う。

「石岡君、後生だからそれだけはやめてくれ！」

「え」

と言って、今度はこちらが絶句する番だった。

「どうして？　何故そんなに。伊根っていうのは……」

「危険だ、危険なんだ、本当に危険なんだよ石岡君。近寄ってはいけない」

「えーっ、それ君、本気で言っているの？」

「本気もいいところだ。ふざけているように聞こえるかい？　これが来月とでもいうならまだいいが、明日からなんて。明日からの伊根は、本当に危険なんだ、命にかかわる危険がある、物見遊山なんて、とんでもない、そんなのんきなことができる状況じゃない、面白いものじゃないんだ。絶対に駄目だ石岡君、絶対に行っては駄目だ、大怪我をするかも知れないよ」

「ちょ、ちょっと御手洗君、そんなふうに言われるなんて、ぼくは思ってもいなかった」

「ああ、君の立場ではそうだろうね、意味不明に思えるだろうけど、ここは黙ってぼくを信じてくれないか？　そこを、馬車道を動かないと、誓ってくれないか？」

「そんなに言うってことは、もしかして、伊根の龍神は、本当にいるの？」

「龍神？　龍神とは？　ああ、龍の神かい」

「うん、でっかいそれが出たって。雨の夜に。舟屋の……、君、舟屋って知ってる？」

「もちろん知っている」

「へえ！」

北欧に暮らしていて、日本海べりの小さな漁村の建物を知っているとは、と私は驚いたのだ。

「その鼻先で、ものすごい水音がしたんだって、ばっしゃーんて、バスが海に落ちたようなとんでもない水音。そして近くの舟屋は、津波みたいな水が押し寄せて、床上浸水したって」

そう言うと、御手洗は混乱したようだった。

「なんだって？　バスが落ちたような水音？　それは本当なのかい」

あまりの予想外に、御手洗はわけが解らないといった声を出した。長い御手洗とのつき合いだが、こんな様子の彼の声ははじめてだった。

「そう聞いたよ。明らかに尋常でない大きな物音で、すぐに二階の戸を開けて海を見た人が何人もいるらしいんだけど、海の上、真っ白く水煙が立ってて、海が怪物の胸みたいに上下してて、渦を巻いていたって」

するとと御手洗は唸り声をたて、しばらく沈黙した。

「何が起こっているんだ？　それは、いったいどうした現象だ？」

そうつぶやく声が聞こえた。明らかに、御手洗のイメージが及ぶ以上のことを、私が言ったのだ。聞いていて、いくらかよい気分が私に起こった。自分の言葉が、御手洗にこんな混乱を起こさせた記憶は、私にはそれまでなかったからだ。

「だから、龍神が来たんだろ？　舟屋のそばまで」

私には明々白々のことだが、何かの事情があって、御手洗の思索がそこまで届かないでいる。

「どうして来るんだ？　そんな民家のそばまで」

御手洗もまた、私が麗羅に言ったようなことを言った。彼もまた、明らかに意表を衝かれている。

「だから、理由は解らないけど、龍神が来たんだって。何か巨大海中生物が湾の奥、舟屋のそばまで入ってきたんだって、みんな言ってるらしいんだ、伊根の人たち」

「石岡君、そんな怪物が家の軒先まで来てるってのに、君はそんなところに行く気になるのかい？　怖くはないのか？」

「そりゃ怖いよ」

私は言った。

「じゃあやめろよ。今度ばかりは本当に危険だぜ。君ともあろうものが、どうしてよりによってそんな危ないところにのこのこと。君が寝ている舟屋がつぶされたらどうするんだ」

「だって二十代の娘が、怖いからついてきてくれって……」

「それならやめればいいだろう？　一緒にやめるんだ。二人して病院に行くことになる、いや、病院ですめばいいが。何が起こるか解らないんだ。頼むから、ぼくを信じてくれないか」

「そこまで言うってことは御手洗君、この龍神は、本当にいるってことなのか?」

私が言うと、御手洗はまた絶句し、しばらく沈黙した。しかし今度は考えている。私にはそういうことが解る。長いつき合いなのだ。ずいぶんして、彼がため息を吐くのが聞こえた。そして言う。

「石岡君、いいとも、では本当のことを言う。ぼくには実は情報が入っていたんだ。あまりの偶然に、今驚いているんだよ。まさか、よりによって君が伊根に行くなんてね、そんなことを言い出すとは、思ってもみなかった」

「まさか、おい……」

「なんだい」

「UMA、実在するのか?」

「UMA? UMAって何だ?」

御手洗は言った。

「え、これ英語じゃないの?」

「聞いたことがない」

「未確認、飛行物体……、じゃなくて、未確認……、巨大生物、って意味じゃないの? ぼくはよく知らないけど」

「Unidentified……、ああ、Mysterious Animal か、そりゃ日本語だぜ」

「えっ、日本語なのこれ。知らなかったなあ」

「ともかくだ」

御手洗は言う。

「ああ、うん」

「大学に情報が入ってきたんだ、何かがいるようだ、日本海に。そして伊根周辺に出没している。一部で騒ぎになっている。だから今回だけはよせ、命を落としても知らないぞ」

「えーっ！」

私も大声を上げた。御手洗の反応は、まったく予想外だった。

「どうして伊根なの？　あそこに何があるの。龍神が欲しがるものが何かあるのかな、龍神の好物のエサとか」

「そんなことは知らないよ。しかし伊根の集落が、一部壊滅するという予想があるんだ。舟屋に泊っていたりしたら危険なんだ、命を落とすよ」

「本当に、本当に、そうなのか」

「ここまで来たら、もう嘘は言わないよ石岡君、君とぼくの仲だろう、ぼくを信じてくれ。今まで、ぼくがここまで言ったことがあったかい？　今度ばかりは冗談ではないんだ。真剣に危ない、危険なんだ。そこを、馬車道を動かないと約束してくれ！」

御手洗は言いつのり、その勢いに、私は約束する以外になかった。

5

「石岡先生、私もうスタジアムすぎました。すぐに馬車道です。道までおりてきてくれますか？部屋、鍵かけて！」

電話に出ると、麗羅の高い声がした。風の音らしい騒音もする。

それで、私はあわてて上着を着て、扉に施錠して階段を駈けくだった。頭の中では、今回の伊根行きを断る文句を繰り返し練習していた。

馬車道の歩道におり立つと、抜けるような晴天だった。

「先生、こっちこっち！」

と甲高い女の子の声がして、その方を見ると、小さな赤いスポーツカーが、屋根をオープンにして歩道のふちに停まっていた。寄っていくとドアが開くので、助手席に乗り込んだ。

「あっ、ちょっと待って！」

という間もなく車は急加速で走り出し、助手席で私はひっくり返りそうになった。

「ま、待ってよ、ぼくは」

風の音に抵抗して、私は言った。

「やっぱり行けないんだ……」

そう言うと、殺気立った麗羅の声がかぶさってきた。

「どうしてーっ？」

「あの御手洗が……」

「ダメ！　もう宿予約しちゃったもの。おりられませんよー」

言うなり車は加速したまま信号を右折。どんどん青信号を突破していく。トラックを追い越し、バスをかわして桜木町駅、みなとみらい方向に突進する。タイミングよく、というか悪くと言うべきか、停まるタイミングがないから逃げ出せない。

「先生、シートベルトして！」

大声で命令が来る。

「き、君は飛ばし屋なのかな」

大声で言いながら、私は必死で横Gに耐え、シートベルトをかけた。

「そんなことないです。安全運転」

麗羅も、悲鳴のような大声で応える。

だがどうひいき目に見ても、これは乱暴運転というものだ。腕は確かのようではあるが。

「あのね、御手洗がね、どうしても……」

私はぼそぼそと言い訳を始めた。

「聞こえませーん」

麗羅は言った。

「もう高速です。入りまーす」

麗羅は歌うように言い、加速して左折、みなとみらい入路から、首都高速道路に乗った。

「もう入っちゃったから、このまま東名に接続。先生、ざんねーん」

「あの、でも荷物、ぼくは全然持ってない……」

「ああ、全然かまわないです、そんなの」

「かまわないって、ぼくは着るものがない」

飛んでいく車から空を見る。晴天もあるが、室内にはそれほど風が入らず、寒くはない。足もとのヒーターも効いている。

「雨降るって。すると濡れるよね、これ、この車、屋根がないもの」

「そんなの、幌（ほろ）が出せますから」

麗羅は言う。

「ヒーターも入ってます」

頰に当たる風は寒くはない。しかしカレンダーは二月、真冬なのだ。今日明日、間違いなく雨は降る。天気予報がそう言っていたような、おぼろな記憶がある。

「雨降ったら、ぼくは濡れるし、傘持ってない」

「先生、聞いてました？　部屋は戸締りしてきたんでしょう？」

「それは……、ドアに鍵はかけてきたけど」

「上出来。電気も消した？」

「まあ、消した」

「それなら大丈夫。傘はコンビニで買いましょ。それかヴィニールの雨具」

「でも着替えの下着とか」

「途中の、京都のデパートで買いましょ。ユニクロあるよ」

私は急激に心細くなって、黙った。心の準備というものがまったくできていないのだ。

「しかし伊根ともなると、雪降るかも……」

「暖ったかそうな上着着てるじゃない、それで充分ですよ」

高速に乗ると、麗羅は感心に走行車線に入り、大型のヴァンの背後について、彼女の感覚としてはゆっくり走っている。

「お財布と、携帯は持ってますか？」

「それはまあ、持ってるけど」

「免許証」

「はある、けど……」

それはいつも財布に入っている。

「よかった、それならもう充分です」

「でも、旅行バッグとかない」

「私が小さいの、持ってます。男の人は、短い国内の旅で、キャリーケースとか持たないでしょ？」

私はゆっくりとうなずいた。それはまあ、と内心思う。しかしそれにしてもこの娘は、国内の長い旅をなんとも思っていないのだろうか。ちょっと銀座まで買い物に行くような調子だ。伊根湾までといえば、相当な長旅になる。ほとんど中国地方にかかってしまう。

「君、車でよく長旅してるの？　伊根までくらい、なんとも思っていないいんだね」

「全然」

「え」

「箱根行くくらい。先生、疲れたら、代わってくださいね、運転」

「え、それは……、いいけど。でも君、上手だね」

「私、運転、向いてるんですー。どこまでだって行けちゃいます。ラリードライヴァーになろうかなって、思ったことあります」

「じゃ任せた」

「でも、戦車の運転やってみたい」

「えーっ？」

「最近、多いんですよ、女の子の自衛隊」

「君、入るの？」

「うーん、どうしよっかなー。もう遅いかも」

「この車で伊根まで、大丈夫かなあ」

「どうして？」

「これ、軽でしょ？　そんな長距離ドライヴ、耐えられるかな」

「全然平気です。一応スポーツカーだし、ボンヴァンじゃないから。六百六十ｃｃあるもの」

「ふうん」

納得したわけではないが、私は言った。横浜青葉インターから東名に向けて左折すると、道が混んできた。渋滞が始まったので、麗羅は少し気持ちをゆるめて、私の方を向いて話しだした。

「先生、落ち着きましたか？」

「え、何が？」

「なんか、さっきは、共産圏の不審船に拉致されたみたいな顔してた」

「そ、そりゃまあいきなりだから」

「いきなりってことはないでしょ、昨日もゆっくり説明しました」

「まあそうだけどね」

「御手洗さんがどうしたとか、言ってましたよね、さっき」

「夕べ説明したら、御手洗がびっくりしてね、危ないから絶対に行くなって言うんだ、ぼくに」

言うと、麗羅は目を丸くして私の顔を見ていたが、突然げらげら笑いだしたから、私はびっくりした。

「ど、どうして笑うの？」

「だって、なんか、お母さんみたい」

私は黙り込んだ。

「御手洗さん、石岡先生のお母さんですか？」

「いや、それがね」

「あはは、それが？」

「本当に危ないって。ウプサラの大学にたまたま情報が入ったんだと」

「どんな？」

「本当にいるんだって。伊根に、何かが。多分巨大水中生物」

すると麗羅も笑いを引っ込め、黙った。

「だからね。大怪我する可能性あるから、悪くすると命落とすからって、しばらくは伊根に近寄ってはいけないっていうの」

すると麗羅はまた目を丸くし、しばらくそのままでいたが、何を思ったか、指をパチンと鳴らした。

「やったー、これで私、仲間にさきがけ」

「何？　どういう意味」

「だって、いよいよ見れるかも私、ＵＭＡ」

「はあ？」

「長かったなー忍耐。空振り数知れず。でもいよいよ伊根の龍神、写真撮れるかも。すっごーい！」

「そんな呑気なこと言ってる場合じゃないかも君。伊根の集落、壊滅するかもって、そう言ってるんだ」

「御手洗さんが？」

「そう」

「やったね、うきうき。御手洗さんがそう言うなら、これは本物だぞ」

駄目だこりゃ、処置なし、と私は思った。

麗羅という娘には、生まれついて、自衛隊の血、それともＤＮＡが入っていると思った。冒険体質なのだろう。それとも戦闘家の体質というべきか。しかし、運悪くこんな娘と出会ってしまったせいで、私はここらで命を落とすかも知れない。まあ人間、いずれは死ぬのだけれども、なんとかこの小さな赤い車から、今脱出すべきかも知れない。そうして、タクシーで帰宅すべきか。

周囲を見廻してみる。のろのろ運転だ。しかしここで逃げても高速道路の上、おりる手段が解らない。

「残念ねー先生、ここは高速道路の上、逃げ出す方法は、ありません」

私の心を見透かしたように、麗羅は言った。

「だけど君、ネッシー研究会の面々と行くって言っていなかった？　でも君、一人じゃないか」

私は言った。

「まあこの車、二人乗りだけどさ」

「やっちゃん駄目になっちゃったんです。お父さん、お母さんに猛反対されて」

そら見ろ、と私は思った。

「だからこれで来たの。先生も御手洗お母さんの猛反対、でも拉致に成功、へっへっへ」

麗羅は言った。

「でも君、怖くないの？」

「怖いけど、好奇心が優先」

「仲間いないで、たった一人」

「先生いるじゃない」

「伊根でどんなとこに泊まるの」

「それは舟屋」

「舟屋って、船のガレージの上の二階で、ひと部屋だよ、解ってる？」

「ふた部屋あります」

「布団並べて寝るの？　ぼくら」

「それでもいいですよ。広いもの、大丈夫」

「宿の人、どう思うかな、ぼくらのこと」

「お父さんだって言ってある」

「お父さん……」

「お父さん作家で、取材に来てんだって。だって、事実でしょ？」

言われてみれば、確かにそうだ。

「ま、先生、細かいこと気にしない気にしない。なんとかなりますよ」

麗羅は言う。

東名高速道路に入り、間もなく標識が見えてきた海老名サービスエリアに入った。ここでランチを食べようと、麗羅が言ったのだ。まあ私もお昼を食べていなかったので、反対する理由もない。

駐車場はけっこう混んでいたが、空きを見つけて止め、後部からバッグを取って抱え、モール内のフードコートに入っていく。私も追っていった。ここから逃げても、もう横浜は遠すぎる。

四人用のテーブル席を占め、

「先生、何にします？」

麗羅が訊いてくるのだが、こういうところに入ると私はいつも、何故なのか思考が停止してしまい、いっとき迷った挙句、結局ラーメンとか、日本蕎麦にしてしまう。さもなければカレーだ。アイデアがとんと湧かないのだ。

「カレーかなあ……」

とまた私が力なくつぶやいていると、

「先生、特に考えないのなら、私がいろいろ買ってくるから、二人してつつきません？」

と彼女は提案する。どうやらこういうところの食べ物に詳しいらしい。それで私は、

「ああ、いいよ」

と応えた。

そうしたら麗羅はテーブルを飛び出していき、私が見たこともないようなものをいろいろと買ってきた。まずは不気味なごつごつした褐色の物体なのだが、

「これ、海老カレーパン、先生用」

と彼女は言った。

「上に、エビ天が載ってるの。そしてこっちがね、海老名まん。半分こしましょ！」

そして彼女は海老名まんを半分にして、片方を私の前に置いた。しかし中からエビとともに緑色の餡が覗いていて、なにやら不気味な印象で、美味しいのだろうかと警戒心が湧く。

「食べてて」

言って彼女はまたいそいそと売り場に戻っていく。そして間もなく、湯気を立てるたこ焼きがいくつも載った、厚いまな板のようなものを両手で持って、帰ってきた。

「これ、えびえび焼き、美味しいんだよ」

言って席にすわり、急いで海老名まんにかじりついた。

「美味しい？」

警戒して私は訊いた。

「うん」

と元気のよい答えが戻ってくる。それで私も口に入れた。確かに、色の割に味は悪くない。

「君、詳しいんだね」

私が訊くと、

「私ね、海老名のプロなんだ」

と麗羅は言った。続いてエビ天の載ったカレーパンを二対一くらいにちぎる。上のエビをちぎるのがむずかしかったが、大きい方を私にくれた。これも悪くない。そしてたこ焼き、いやえびえび焼きは美味しかった。

「ね、ジャージーソフトクリーム買ってきていい？　先生いる？」

「いらない」

私は言った。

食べ終わり、続いてドライヴの計画説明に入った。

「このまま京都まで行きます、東名から名神。京都南インター。そして京都のデパートで先生の下着とか着替え買って、京都で一泊します。私、いろいろ電話とかするから、運転代わってくれません？　運転、ゆっくりでいいから。夜までに着けばいいですからね、急がないで」

「うん、解った」

「明日の朝、京都発って伊根に向かいます。京都縦貫自動車道ってのに乗っていけばいいんですから楽」

麗羅は、バッグから地図の載った雑誌を出して広げて見せた。

「ほらここ。五条の先から乗れるみたい。そしたら、二時間ちょっとで伊根に着くから、もう楽勝ですよ」

「へえ、そうなの。そんなのできたんだ。伊根、有名になったのかな」

「観光地になっちゃったみたい。先生何してるの？」

携帯をいじっている私を目ざとく見つけて、麗羅が訊いた。

「え、携帯切ってるの。だって、御手洗が電話してくるかも知れない」

私は言った。

もし御手洗が電話してきたら、私はごまかしきる自信は毛頭なかった。

6

それからは私が運転を代わり、軽四という頭もあるから、あまり追い越し車線は走らず、走行車線にとどまって、バスの後方について、のんびりと西進を続けた。

しかし軽四とはいえコペンは元気で、相当な勢いで飛ばしていくトラックにも、小型のスポーツセダンにも、そう負けない走りをする。山道にかかっても、すごすご登坂車線に入らなくてもよさそうで、普通車と変わらない。大したものだ。

これは私の頭が古かった。私が運転免許を取得して得意になって街を走り廻った遠い昔、軽四と言えば三百六十ｃｃの時代で、あの頃は非力の極みで、山道にかかれば停まりそうになった。都市間高速道路になど当然入れたものではなかった——、と言ってもそんなものは、当時の山口県にはなかったが。

友人が買った軽四輪はマツダ・キャロルと言ったか、遊園地の子供用の自動車みたいで、友達四〜五人が周りに寄れば、みなで持ち上げることもできた。廃車寸前の中古車だから、メーター類は当然のようにすべての針が動かず、タンクに残る燃料の量も皆目見当つかずで、しょっちゅうガス欠で停まった。

そういう時は友人たちで押して帰ったが、そう長く押す必要もなかった。深夜閉店中のガソリン・スタンドがあると、給油機械のそばに車を寄せて、ホースをはずして給油口に差し込むと、ホースの中にガソリンが若干溜まっていて、ちょろちょろと入った。そういうことを給油機何台かでやると、エンジンは見事にかかり、友人の家までは自力で走って帰れた。

走りながらそんな話を助手席の麗羅にしてやると、目を丸くしていた。

「へえー、そんなことできたんですかあ、ウソみたい」

と言った。まあ嘘に聞こえるだろうと私も思う。思い起こせば、夢でも見ていたような時代だ。

「なんか、戦前の話みたい」

確かに、T型フォード登場時代のエピソードのようだ。

今はもう、街にスタンド型の給油機も見かけなくなった。給油ホースは、ガソリンスタンドの天井から下がっている。あれなら、ホースの中にガソリンが溜まることもない。

富士山が見えたらまたサービスエリアに入り、再びケーキを食べている麗羅を横目に、私は紅茶だけで休憩した。

そんな走り方をしていたから、西進の速度は遅々として、日が落ちる時刻になっても、われわれは浜名湖のあたりをうろうろしていた。まあ危険な運転よりはよいのではあるまいか。

助手席でさかんに電話をかけていた麗羅が、

「先生、運転大丈夫？　代わろうか？」

と訊いてきた。あんまり遅いから、しびれを切らしたらしい。しかし、ゆっくりでいいと言ったのは彼女なのだ。

「遅すぎるかなあ」

私は訊いた。

「ううん、そんなことないけど、このままだと、京都着くの夜中になっちゃうかなあ」

と言ったから、やはり遅いのであろう。どうもこの頃は、車に乗っても飛ばすという気分にならない。音楽など聴きながら、のんびり走っているのが性に合うのだ。

しかし東名高速という道路は、昔から思うのだが走りにくい。走行車線にいれば、知らずこんな速度になってしまう。かといって追い越し車線に出たら、今度は段違いに速くなって、トラックと抜きつ抜かれつになり、神経が疲れるのだ。ましてオープンにしてあるから風切り音が大きく、速度を上げる気になれない。

「もうちょっと速い方がいい？」

と訊くと、私を傷つけたくないのか、

「う、うーん、よければ」

と歯切れの悪い言い方をする。それで、たまには追い越し車線に出ることにする。

「そろそろ屋根かけないといけないですねー」

麗羅が言う。確かに、夜はオープンには向いていない。運転席に、それほど風は当たらないのだが、時に非常な冷風が来る。何より音が大きくて疲れる。

かなりの時間真剣に走っていたら、だいぶん走ったかと思う頃、周囲は漆黒の闇になった。

「先生、お腹大丈夫？」

と麗羅が訊いてきた。

「大丈夫って……」

「お腹すかない？」

「あ、うーん、今何時？」

「六時四十分」

「そ、そーだなあ、お腹は……」

と言っていたら、

「あ、豊田上郷、そこ、入りましょう」

と麗羅が標識を見て言った。

駐車場に入り、止めたら、麗羅が幌をかけはじめた。力仕事のようだったから、私も手伝った。モールに入り、トイレをすませてぼんやり地図を見ていたら、麗羅も出てきたから、「たべりん横丁」と書かれたフードコートに入った。

ここは麗羅もはじめてのようで、おとなしく台湾まぜそばなるものを注文して食べていた。私の方はまた、例によってアイデアが出ないので、親子丼ということになった。ウインドウの中の見本が美味しそうだったからだが、食べてみると実際に美味しかった。

「やっちゃんたち、電話したら悔しがってました。行きたかったって」

「ふうん」

「毎日、すごい退屈だって」

私はうなずいたが、心の中では、もしも自分たちがこれから危険に巻き込まれ、外科に入院するような羽目に陥ったら、彼女たち行かなくてよかったと胸をなでおろしたりするだろうか、と考えた。

「思ったより、時間かかっちゃいましたね」

麗羅は言う。

「京都着いたら、もう時間遅くて、デパート閉まっちゃってるから、明日の朝、お買い物しましょ。ホテルのそば、イオンモールとかいろいろあるんだ。洋服のお店、いっぱいあるよ」

と言った。

麗羅が運転席に入り、私が助手席に廻ったら、まもなく小牧インターを通過する。

あれはもう何年の昔になるのか。京都から一人レンタカーを借りて、この小牧まで来たことがあった。インターの北にある明治村に行ったのだ。あの時、私はまだ二十代ではなかったろうか。横の麗羅よりは年上だったろうが、それほどは変わらない。『占星術殺人事件』の謎を日夜追いかけて、夢中だった頃だ。あの頃、日本中のミステリー好きたち、寄ると触るとあの未解決事件の話で持ち切りだった。今は二〇二〇年、もう四十年も昔になるだろうか。ずいぶんと長い時間が経った。

今私は、あの頃は影もかたちもなかった娘と二人で、名神高速を逆向きに走っている。面白いものだ。

麗羅は私よりは速く走ったから、夜の九時前には京都南インターに到着、これをおりて北上すると、すぐにSテラスという手軽なホテルがあって、麗羅は迷わずこれに入った。もう予約がしてあるという。

麗羅はもう何度かここに泊まった経験があり、価格がお手頃なのだと言った。朝食には美味しい焼きたてパンが食べ放題、果汁百パーセントジュースも各種あり、女の子大勢で泊まるのに向いているけれど、場所が盛り場から遠いので、車でないと無理だという。

疲れていたから、すぐにお風呂に入った。これは浴衣を持って、エレヴェーターで入りに行く。黒い大理石張りの大型浴場で、もう誰もいなかったから、広い浴槽にゆっくりと入れ、疲れが取れた。

浴衣を着て部屋に帰ってきて、炭酸水を飲んでベッドに入ると、隣りのベッドに麗羅がいるのに全然気にならず、すぐに眠れた。話好きの麗羅だが、彼女も疲れているのか全然話しかけてこず、すぐに眠ったようだった。

翌朝、階下のレストランで食べるパンは、麗羅が言っていた通り、柔らかくて大変美味しかった。京都は、パンの美味しいホテルがほかにもいろいろあると言う。食べながら地図の雑誌を開いて研究し、私が道を指示しますから、今日はまた運転してくださいねと言った。まだ走ったことはないのと問うと、ないと言う。

朝食を終えて部屋に戻ると、麗羅は自分のハードタイプのキャリーケースから、小さな緑色の折り畳みの旅行バッグを出してきて、この中に、この部屋付属の洗面セットや櫛をもらって入れましょうと言った。私がそうすると、使います？　といって、チューブ式のハンドクリームとか、顔用の乳液を手のひらに出してくれた。

ホテルをチェックアウトして、私が運転してさらに北上、すると京都駅の南側にぶつかる。こちらは八条口と言うそうだが、駅舎に沿って左折すると、すぐにイオンモールのビルがあって、この駐車場にコペンを入れた。

モールを歩くと、麗羅が言っていた通り、ユニクロなどの衣料品や、無数のブティックが各階フロアを埋めている。私は適当に下着やシャツを買った。替えのズボンも一着買い、寝巻きがわりにジャージも買った。私は洋服に関してはあれこれ悩まないので、全然時間はかからない。伊根は雪が降るかもというので、マフラーも、毛糸の手袋も買った。

さらに日用品の店に行き、携帯用のムースだのブラシだのも買い揃えた。それからヴィニールの雨具と、折りたたみ式の傘。雨具やマフラー、手袋は、横浜では持っていなかったから、ちょうどいいと思い、購入した。透明ヴィニール製の雨合羽は、ズボンと上着、二ピース・タイプの厳重なものだ。

麗羅はお菓子の店に行き、クッキーだの、チョコレートだの、菓子パン、のど飴、水などのあれこれを買っていた。それから化粧品の店に行き、もう充分に持っていると思ったのに、まだなにやら買い足していた。

渡り廊下を通って隣りのビルに行くと、そこにはペットショップがあって、麗羅は一直線にこの店に行き、ガラスの中で遊んでいる子犬を真剣な目で見ていた。本牧の自宅には、親が飼っている柴わんこがいるのだと言う。そばの本牧山頂公園を毎日散歩させるのは、自分の役目なのだと言った。

麗羅は、柴犬もよいけれど、自分は小さい犬が好きなので、マルチーズかトイプードルを飼いたいと言った。そういう白い子犬がガラスの中にいたので、まさか今買うと言い出すのではあるまいなと心配したが、近くのベンチに、そういう子犬を連れてきているお客さんがいたので、そばに寄っていってしばらくいじらせてもらい、それで満足して、お礼を言ってから、私の方に戻ってきた。

それで駐車場に戻り、いよいよ伊根に向かって出発した。

7

堀川通に出て北上、五条にいたると左折して西進する。ガソリンスタンドで給油し、かなり走ると京都縦貫自動車道の標識が出た。指示にしたがって左折、ぐるりとループして北方向に鼻を向けると、がらがらの自動車専用道路が始まった。

「がらがらだね、誰もいないよ」

私が言うと、麗羅はうなずき、

「シーズンオフだからじゃないかなー」

と言った。

「誰も、二月に伊根行こうとは思わないんじゃない」

まあそうであろう。空を見れば、いまにも降り出しそうな曇天だ。麗羅も、さすがに今日は屋根を開けようとは言わない。

「この道路、日本海側に抜けるには便利そうだけど、前からあった?」

「八九年頃にできたんだって聞いた」

路面も、標識もガードレールも、確かにまだ古びてはいない。私は伊根にはまだ行ったことがないので、道についても知識がない。しかし伊根は、以前は陸の孤島と呼ばれ、国道も鉄道もなく、船で行くしかないような不便な場所だったと聞いている。

今はこんなふうによい道も通じて、便利になったのだろう。おかげですっかり観光地と化して、洒落たカフェとか、美味しい魚を食べさせる寿司屋やレストランもできて、暖かい季節には女の子たちにも大人気という話だ。日本酒の醸造所もあり、酒好きには好評だという。

「伊根って、今は人気の観光地なんでしょ?」

私が聞くと、麗羅はうなずく。

「『日本で最も美しい村』連合てのに入ってるんだって」

「へえ、漁村なんだよね」

「うん、フランスの真似してそういうの作ったんだって」

「ほかにはどういうところが入ってるのかな」

「木曾とか、湯布院とか……、だったかなぁ」

「調べたんだね」

「そう」

「魚が美味しいんだよね」

「そう。ブリ漁の漁村だから。でもいろんなお魚、食べられるみたい」

麗羅は言う。

「じゃ、魚屋さんがいっぱいある村なんだ」

「一軒もないんだって」

「え、じゃどうするの？」

「港にね、直接買いに行くの。船帰ってきたらね、市やるから」

「へえ！」

まるで弥生時代のようなコミュニティだ。

「奥さんも、お店の大将も」

では主婦たちは、毎日港まで魚の買い出しに行くというわけか。まあ狭い町のことで、家からすぐなのだろうが。魚屋の流通ルートに乗らないから、安いのだろうか。魚は体にいいと言うから、そんな生活もよいだろうなと思う。喫茶店もできたらしいし、読書して、執筆して、私などには案外向いている生活かも知れない。

「伊根、いいところみたいだね、日本で最も美しい村のひとつらしいし、健康にいい魚も獲れたてで安くて、刺身最高、出来たての日本酒も美味くて、コーヒーも飲める」

「牡蠣も美味しいみたいよ、養殖やってるから。先生、住みたい？」

「うーん、いいかもなあ……」

悩みつつ私は言った。

麗羅は言う。

「私は、ちょっとやだ」

「どうして」

「住民みんな知り合いで、窮屈だしぃ、ブティックとかないしぃ、最新情報に置いていかれるかも。それに漁師はちょっと……」

「漁師ダメ？」

「船、酔うから」

「あそう、ワイファイの電波とかも……」

「え、それはあると思うよ。あったかくなったら、土日なんか観光客ごった返して大変みたい、今は。都会とおんなじ」

「じゃ、都会の情報も入るよ」

「でも人口はどんどん減ってるみたいよ。今は昔の半分なんだって」

「みんな都会に出ちゃう？」

「うん、舟屋も空き家になっちゃうね」

「まあ、いろいろあるんだろうなあ、医療機関の問題とかね」

「そう。お医者、あるのかなー」

「陸の孤島は、昔は真冬なんてね、風邪こじらせても死んじゃったとかいうから、医者に行けなくて」

「悲惨。今外国ではコロナってのはやってるみたい。もうすぐ日本に入ってくるかもってみんな言ってる」

麗羅は言う。日本海側は、きっと悲惨な歴史を持っているのだろう。

「しかし龍神さん、そんな観光地に出たんだね。まあ観光地っていっても、あったかい季節だけだろうけど」

「観光地に龍神さま？」

「だって喫茶店も、海べりにあるんでしょ？」

「うん。テラスもある」

「じゃ喫茶店のテラスのすぐ前に龍神さまが出たってことだよね、すごいアトラクションだよ」

「先生、それ違う。ぐるりに舟屋が並んだ入江、伊根にひとつしかないって思ってない？」

「えっ？　違うの？」

「ちがーう、全然違います。入江、四箇所くらいあるんだよ。そのうちの三箇所はね、真ん中にイネカフェあったり、公園や駐車場あったり、漁港あったりして、観光地化してるの。一番遠い、奥まった場所の耳鼻（にび）ってとこなの、そこが問題の入江」

「耳鼻の入江」

「そう、それが今回の目的地。ここが龍神さまが来たところ。観光地から離れているからね、観光客もあまり来なくて、丸い入江のぐるりにぎっしり舟屋が並んでいるんだよ」

「へえ、そうなのか」

「それが、先生もイメージでしょ？」

「うん。じゃ観光地化している入江には、そんなに舟屋はないの？」

「あるけど片側ばっかだったり、一番奥の中央には家なかったりだよ」

「へえ」

「舟屋の景観はまあ楽しめるけど、いかにも日本の秘境ですって感じがするのはここ、一番奥の耳鼻。これは亀山（かめやま）って岬の付け根で、寿司屋とか酒場ができてる地区からは、ずっと離れた奥地みたいなとこ、ひっそりしてんの。ほら、これ、ここに簡単な地図があるよ、見て。伊根湾に沿ってぐるーりって、かなり走ったどん詰まりにあるの」

　麗羅は地図を差し出したが、運転中で見ることはむずかしい。路肩に停めようか、しかし高速道路だからなと迷っていたら、

「あ、味夢の里だって。この先道の駅ある。あそこに入りましょ。お昼食べてもいいじゃない。まだあんまりお腹減らないけど」

　麗羅が言った。

しかし、標識が現れはしたが、「味夢の里」は、それからまだかなり走らなくてはならなかった。走っているうちに、だんだんお腹もすいてくる。

ようやく到着して入ってみると、東名のサービスエリアなどとはかなり趣が異なっていて、駐車場はがらんとしている。車が少ないから、スペースは大半空いている。トラックなど大型車両用の駐車スペースにも、止まっている車は少ない。

「あっ、ここいい、ドッグランある！」

車を止めると、鼻先を見て、麗羅が叫んでいる。助手席を飛び出すと、前方の金網に向かって走っていく。急いでドアをロックして、私もついていった。

緑の金網に、舌を出して走っている犬の絵がかかっている。がらんとした敷地のせいなのか、こんな犬用の施設まで造られている。しかし、金網の中はひっそりとして、走っている犬はいない。

「入っちゃおう」

と言いながら麗羅は、金網の戸を開け、二重になっている内部の扉も開けて、犬洗い場もついた、芝生のはげかかった犬用のスペースに立った、と思ったらいきなり、わーいと言いながら走り出したからびっくりした。ここはドッグランではなかったのであろうか。人間が走る場所か。

金網に沿ってぐるりと一周してから、

「私、こうして走ったら、コロが足もとついてくるところが見えるんです」

と言いながら外に出てきて、

「食べるとこ、行きましょう」

と言った。

しかしこの「味夢の里」は全体的に犬用にできていて、テーブルと椅子はすべてアウトサイド、上に屋根はあるのだが、食べ物は並んだ数軒の店のカウンターから買ってこなくてはならない。それはよいのだが、チーズたこ焼きなど、たこ焼き各種、焼きそば、ホットドッグ、ピザトーストくらいしかない。すべて犬も食べられそうだ。あとは女の子用のアイスクリームやスウィートで、ラーメンもうどんもない。奥まった方向に、室内スペースもあるのだけれど、ここは土産物屋群で、レストランは入っていない。

仕方なく、たこ焼きを買ってきた。まああまりお腹も空いていなかったからちょうどよい。麗羅もふたつばかり、ついてきた爪楊枝を使って食べていた。

「で、伊根の地図は?」

と訊くと、

「あっ、忘れてきた!」

と言う。

「ちょっと待って」

そこで私は言って、立ち上がった。というのは、このドライブインは変わっていて、アウトサイドの屋根の下に、骨董品を売っているコーナーがあった。仏像とか各種の人形、古びた茶碗、そんなものと並んで古本が並べられ、その一冊の表紙に、「舟屋」の文字を私は見ていた。あれが伊根の本なら、地図も載っているだろう。

行ってみるとやはりそうだった。紺色のソフト表紙に「舟屋」の筆文字がある。手に取ってみると、あまのはしだて出版刊行の、『舟屋　むかしいま』とあり、やはり伊根や、その歴史について書いた本だった。古ぼけて傷んでいる割に値段は千百円と高値だったが、参考資料になりそうだから買った。

冒頭に、上空からの伊根湾の鮮明な写真と、これにトレーシングペイパーがかかって、トレペに地名が印刷されたページがある。

テーブルに持って帰って麗羅に見せると、

「わあ、すごーい」

と感心した。

「これは貴重な本だー、すごい。ほら先生、これ見て。この西平田、東平田ってとこが、天橋立の方向から湾に入ってきた伊根の入り口。ここ、みんなが見にくる舟屋群。カフェとかあるの、観光地」

「ああ、うん」

「公園もあるし、駐車場もあるし、酒場とかあるの」

「とっつきの集落なんだね」

「そう。このとっつきの集落は、真ん中にはこういうふうに、半島みたいなの突き出してるでしょ？　だからこの入江はふたつに分かれていて、真ん中の半島にはあんまり舟屋はなくて、こっちの、ちょっと離れたお隣りの入江、大浦、これも大きな入江なんだけど……」

「ああ、うん、そうだね」

トレぺに大浦と書かれている。

「ここもあんまり舟屋はなくて、大浦湾の突き当たりに、伊根の漁港があるんです」

「ふうん、ここまでの三つの入江には、舟屋はあっても、ぎっしり並んではいないってことね？」

「そう、並んでるの片側」

この三つの入江の周辺は、観光地エリアということらしい。

「こっちにぐるうっと迂回したずっと先にある入江、ほら、ここが耳鼻です」

麗羅が指で示す。

「ここがいかにも伊根らしい伊根って場所、舟屋が、狭くて丸い湾ぐるりに、ぎっしり並んでいるんです」

「へえ、君、詳しいんだなあ」

「詳しい人に聞いたの。そいで、勉強したの」

麗羅は言った。

「私、これでも案外勉強好きなんです」

「成績良かった？」

「割と」

運転を麗羅に代わり、また縦貫道に戻った。私は助手席で、手に入れた『舟屋　むかしいま』を、ぱらぱら目で読んでいた。

「ねぇ、伊根って、京都府一の漁獲量を誇る漁村なんだって」

私が小見出しを目で追いながら、麗羅に知らせた。

「へえ、そうですか」

「うん」

「まあ京都って、あんまり港ないですもんね」

「あっ、伊根って、昔よくクジラが来たんだってさ！」

記事を見つけ、驚いて私が言った。

「ほら、やっぱりクジラだよ、湾によく入ってきてたんだ！」

「ああ、昔でしょ？　それは聞いたことあります」

「昔っていっても、戦前まで来ていたんだってさ」

「へえ！」

「耳鼻の入江にも迷い込んだことあって、そうしたら、あのへんの漁師総出で、勇壮な鯨捕り漁を展開したんだって。伊根湾いっぱいを使って」

「ふうん」

「鯨捕りは、なんと言っても、湾内漁業の花形だったんだって。クジラが湾内に入ってきたら、村は俄然活気づいてね、漁師たちみんな、いきり立ったんだって」

「ふうん」

「青島って島があるじゃない、伊根、沖に」

「はい」

「島の左右を船並べて塞いでさ、船べり叩いて脅して、クジラ、湾から逃げないようにしてさ、腕自慢の漁師が、一番銛、二番銛って順に打ち込んでいって、弱ってきたら、鯨網かけて捕まえて、青島に引きあげて、蛭子神社の下で解体したんだって。漁はたいてい夜にかかるからさ、篝火たいて、お祭りみたいに賑やかだったんだって」

「ふうん」

「江戸時代からこっち、三百五十頭もクジラ獲ったんだって」

「すっごーい」

「クジラ解体したらね、塔婆立ててさ、鯨魂を供養して、それから僧侶呼んでね、浜供養をしたんだって。青島には、クジラのお墓もあるらしいよ」

「へえ」

「だからさ、やっぱりクジラなんじゃないかな、龍神さまは」

「クジラ？」

「クジラの神さまね」

「じゃ、神さまが復讐に来たんですか？　人間に」

「そう。だってさ、こういう話もあるよ。親クジラを仕留めたらさ、子供がついてきていて、どうしても離れなかったんだって。だからやむなく子供も殺して、でもその肉を食べるのは忍びないからって、そのまま葬って、墓を建ててやったんだって。青島に墓があるらしいよ、親子クジラの墓」

「なんか、嫌ですねその話、悲しい」

「うん」

「それ、いつ頃の話なんですか？」

「文化五年、辰の年だって」

「江戸時代？」

「一八〇八年だって」

「二百年前？　そんなのクジラも忘れてますよ。それにもうクジラ、いなくなっちゃったっていうし」

「でもクジラの神さまならねぇ、忘れないんじゃないかな。それにクジラ、よく耳鼻の入江に迷い込んで、耳鼻の漁師に仕留められたっていうからね」

私は言った。

「だとしたら、龍神じゃなくて、鯨神だけどね」

8

運転飽きたよ、高速つまんない、と麗羅が言うから、途中でまた運転を代わった。すると、たいして走るまでもなく、高速道路が終わってしまった。

与謝天橋立インターで下の道におり、天橋立には惹かれるものがあったが、観光に来たわけでもないし、国道から見る限りは目立ったものは見えなかったのでそのまま素通りし、国道一七六号から一七八号に入り、小さな幟(のぼ)りがいくつもひしめく和造りの食べ物屋群の横をすぎて、遠く海らしいものが細く見える国道を走っていたら、陽が落ちてきた。時刻は五時半を回った。

やがて道は山道にかかり、トンネルを抜け、橋を渡りしていたら、「伊根、道の駅」という案内表示が見えたので、指示にそって右折し、しばらく進むと、広い駐車場に導かれた。

周囲の状況から、まだ山の中腹あたりにいることが解ったが、伊根湾眺望という文字に惹かれて、車を止めておりた。広場の端までゆっくり歩いていくと、冷えた風に乗って、わずかな潮の香りと、植物の匂いを感じた。

行き止まりは崖の上で、眼下に生えている植物群の枝の間から、広い湾が見渡せた。明かりをともした船が走っている。それが速度をゆるめながら、これも点々と明かりをともした桟橋に向かって入っていく。

「伊根湾だね」

と言ってみたら、返事がない。麗羅がいない。周囲を見渡すと、後方の店の窓口で、飲み物を買っている。それで私は前方に視線を戻し、伊根湾を見おろした。

思ったよりも広い印象だ。広大な海原が、眼下に広がっている。明かりをともした船が、二艘走っている。四角や円形をなした浮き輪のような黒い連なりが見えるのは、麗羅が言っていた牡蠣の養殖だろうか。それらが、沈み切らない残照に照らされて、薄ぼんやりと望める。

この高台からの印象は、穏やかな海だ。波はほぼない。平和な印象の古都の北の海。しかし、時おり吹いてくる風は冷たい。首筋に痛みを感じそうなほどの寒風になった。陽が落ちたからだろう。襟を立ててみるが、期待ほどの効果はない。

身を切るような寒風――、とまで言うほどではないが、陽が落ち切れば、そして雨か霙でも舞えば、海べりのこの世界は冷え切り、たちまちそういう印象に変わるだろう。眼下の海を越えた先には大陸があり、シベリアがあるのだ。

伊根、舟屋群の入江という字づらから、私は公園の池のような狭い水面をイメージしていた。しかしこうして眼下にしてみると、全然違う。高台から見おろす伊根湾は、広大な海原、その手前を占める大部分という印象で、限りなく大きく広い。とてもではないが、自分のような都会者の手におえる印象はない。広大な海原、それは麗羅たちが騒ぐような、未知の生物たちの隠れ家にふさわしい。これほどの大海原では、とてもわれわれの貧弱な視界は及ばず、どんな巨大な魔物でも、いくらでも身を隠せそうだ。その隠れ家が今、さらに闇のヴェールに沈もうとしている。

「先生、はい」

いきなり声がして、振り返ると麗羅が、小さな紙コップを差し出していた。

「先生、紅茶がいいんでしょ？　ホット」

「ああ、ありがとう」

言って、私は受け取った。

「ボクはコーヒー、アメリカン」

麗羅は言って、蓋の吸い口のキャップを爪でこじ開けている。

「寒いね」

私は言った。

「風、すごい冷たい」

「ホント。雪降るのかなぁ」

麗羅も、コーヒーをすすりながら言った。

「海、広いね」

私は見おろしながら言った。

「うん、広い」

麗羅はたいして考えたふうでもなく言った。そもそも海を見ていない。

私はちょっと打ちひしがれるような気分でいたのだ。自分のイメージ力の貧困に、身が縮むような思いがしていた。

「伊根湾、ぼくが思っていたよりずっと広いよ」

それが海というものなんだな、私はそう思っていたのだ。

「もっと狭い湾、ぼくは想像していた。これなら龍神がいてもおかしくないよ」

私は言った。

「あっ、そうでしょ」

麗羅は言った。

「絶対いるよ、この海の底。八十パーセントはまだ人間の知らない未知の領域なんだもの」

今、この瞬間なら、私はこの娘の言うそんな言葉を、素直に信じることができる。

「伊根の舟屋群、もうすぐこの下みたいよ」

言うので、私はうなずく。この道の駅は食事もできるのだが、今宵は、宿で夕食を出してくれる予定になっている。

また運転を代わった。麗羅がハンドルを握り、坂を下っていくと、じきに「舟屋群」の文字が見えて、矢印に沿って左にそれたら、下りきったT字路が、いきなり湾の水ぎわだった。時刻が遅いからか、ひっそりとして人出はない。しかし、このあたりは観光地のはずだ。これを左に曲がるとしばらく観光地エリアだが、私たちはこれを素通りして耳鼻地区を目指す。

左には、食堂らしい建物がある。食堂は二階で、一階は観光案内所になっている。幟りや看板が立ち、海鮮丼の写真があふれている。美味しそうだが、ひたすら民宿の夕食に向かう。

石積みの波止場、ガラス張りのこぎれいなカフェ、舟屋日和と書かれた看板に、寿司屋とか、料理屋の文字がある。それをすぎると狭い路地が始まって、いつまでも続く。舟屋の裏の壁、路地をはさんで母屋(おもや)があり、伊根の家々は、舟屋と母屋、たいてい二軒ずつの建物を持っているのだが、路地はその二軒の間を延々と貫いていく。

ヘッドライトが照らすのは、板を並べた舟屋の裏壁か、たまに白い土壁だ。並ぶ舟屋の間から、ちらりちらりと海が見える。小さな船が引き上げられていたり、軽四が止まっていたりする。道が狭いから、すれ違うのは大変そうだ。小型のバスでも来たら大変だろう。しかし幸いこの季節、この刻限だから、対向車はない。

「観光地集落を抜けたね」

私は言った。

「西平田、東平田をすぎたんだ」

「うん」

麗羅は応じる。しかし、古い木造家屋の風情はなかなかよいものだ。

私たちは今、湾に沿ってぐるりと迂回している、伊根湾の果て、耳鼻地区に向かっているのだ。大浦の漁港が迫ってくる。漁船が帰ってきて、魚の市が立つという漁港だ。

夕闇に沈んで、漁港はひっそりとしていた。人がいない。コンクリートの岸壁に、ぽつんぽつんと明かりはあるが、数が少なく、寂しげだ。岸壁に停泊している漁船にも明かりはなく、黒々としたシルエットになっている。

「あっ」

私は思わず声を上げた。麗羅も声をあげている。

道の前方に、突如明かりが現れ、それがゆらゆらと揺れて動き、こちらを制止するふうだ。背後にはテントの白い影があり、ヘルメットをかぶり、武器を持った男たちの影がある。それが小走りで道の左右に出てきて、明かりを回している。どうやら、停まれと要求しているのだ。

「自衛隊だ」

私はつぶやいた。知らず、全身が緊張する。暗がりでもすぐそれと解る小銃のシルエットは、人をすくませる威力がある。

麗羅は速度を落としていって、明かりのそばで車を停めた。窓のガラスをおろす。

「免許証ですかー？」

麗羅は訊いた。しかし男の返答は意外なものだった。

「必要ありません。しかしこの先、進入禁止になっております。申し訳ありませんが、ここで引き返してください」

「でもー、この先の民宿に泊まる予約があるんです」

「キャンセルしてください。この先の一帯、緊急、特別警備地域に指定されましたので」

車の前に、体の大きな男たちが三人立った。これ以上は一メートルだって進ませないぞという構えだ。

「何があったんですか？」

「政府要人が来ますので、特別警備です、Ｕターン、お願いします、誘導しますから」

きびしく言うと、彼は窓から離れ、別の男が車の後方に走って、バックバックと叫び声をあげた。

「もうちょっと教えて。要人て誰？」

しかしもう声が戻ることはなく、ただバックバックの大声が聞こえる。

仕方なく、麗羅はギアをバックに入れ、後ずさりはじめた。

「こんなところ、政府要人なんかが来るわけないいじゃないねー」

方向転換して平田地区に戻りながら、麗羅が言った。

「僻地(へきち)だよ」

「要人じゃなくて、龍神が来るんじゃない？」

私は言った。

「ホントそうですよ、横浜からはるばる来たのに、失礼しちゃうわ」

「でも本当に自衛隊、出動してたね。テントにもいっぱい人いた、えらくものものしいよ」

「うん」

「どうする？」

私は訊いた。

「まだまだ、このくらいじゃあきらめませんよ」

麗羅は言う。

「こんなすごいチャンス、一生のうちに何度もはありません」

チャンスというのは、ＵＭＡが目撃できるチャンスという意味らしい。

道の駅から下って入ってきたT字路の手前まで、麗羅は戻ってきた。そしてT字路脇の駐車場に、バックでコペンを入れた。それからコートを取り、羽織って麗羅は表に出ていく。携帯電話を出し、どこかに電話をしている。

そこで私も助手席を出て、駐車場前の公園ふうに作られている空き地に入り、ぶらぶらと海べりに向かって歩いていった。海からやってくる風が冷えて、身がすくむ心地がする。日没の頃よりさらに冷えた。

自衛隊のあのものものしい気配と、小銃に私は気圧されていたから、冷風がよけいにこたえる。得体の知れない恐怖が、じわじわと足もとから這い上がり、電話越しに御手洗が言った言葉も思い出された。麗羅はあれを聞いていない。これは、京都に向かって引き返す方がよくはないかと、気弱な私はたちまち思いはじめた。

前方左手に、写真で何度か見ている舟屋群が迫ってくる。公園突端、水べりに立つと、夜ではあるが、舟屋の様子がよく解る。家が載ったコンクリートの台座ふたつの間が、漁船を引き込むガレージになっている。ガレージの上には二階があり、窓がある。建物自体は板張りの、ごく普通の民家だ。二階の大窓にはカーテンらしき影が見えるが、明かりはついていない。

これが舟屋だ。一階は船のガレージ、二階が居室だ。一階は自家用車のガレージ、二階が住まいという街の住居と同じ発想だ。しかし船でこんなことができるのは伊根ならではで、通常は干満差が何メートルもあるから、到底こんな建物は無理だ。伊根は干満差が、何故なのかほんの数十センチなのだ。その意味では、伊根はずいぶんとラッキーな街だ。自分の船を、一階に仕舞える海べりの街なのだ。

舟屋は、横並びに何軒も続いている。海に接するあたりの造りはどの家も同じだ。ただ二階の窓、手すりが付いているだけの家もあれば、大きく張り出させて、洗濯物の干し場にしている家もある。階下の舟屋の左右には、コンクリートの台座があって、その間が、船を引き入れるガレージになっているのはどの家も同じだ。波は、このガレージの中にも若干浸入している。ガレージ内の板壁には、網が下げてあったり、ホースがかかっていたりする。

舟屋群は、わずかに外観が異なるものの、造りはすべて同じだ。二階の窓が延々と隣り合っている格好だが、どれにも明かりはともっていない。わずかに明かりが感じられる窓もあるが、あれはおそらく、窓辺に置いた小型の電気スタンドか何かだろう。

眼前にする舟屋は風情がある。けれどなんとはなく、廃墟のような印象も来る。どの家も、もう新しくはない。朝、各舟屋から盛んに小舟が出ていき、終日漁をした全盛期は、もう過去になってしまったのかも知れない。それともこの様子は、このあたりが観光地だからなのか。奥の耳鼻地区は、また違うのかも知れない。

「先生ー!」

と麗羅の声が聞こえた。それで私はもの思いから覚めて、うしろを振り返った。

麗羅が駈けてきている。中途で立ち停まり、こっちにこいこいと言うように、あおるような手つきをする。

「依田(よだ)さん、船でこっそり迎えに来てくれるみたいです。この先に船付けられる場所があるみたいなんで、そこ行きますよ。車から荷物出してください！」

言って、彼女はさっと回れ右し、駐車場に向かって駈け戻っていく。私はいっとき立ちつくした。いいのだろうか、と不安が胸に押し寄せる。自衛隊が行くなと言っているのに、闇にまぎれて民間の船でこっそり禁止区域に入るなんて、許されることなのだろうか。しかし何も言うことはできず、私も駈け出し、彼女を追った。

コペンのトランクを開け、麗羅はキャスターの付いた小型の赤いキャリーケースを取り出している。私は緑色の、彼女が貸してくれた小さな人工皮革のバッグを引っ張り出し、抱え持った。

荷物と言っても、これだけだから身軽なものだ。麗羅は、ひっそりとした夜の中、ガラガラと派手に音をたててキャリーケースを引き、私はバッグを抱えて、伊根湾の周回道路を、めいっぱいの速足になった。

船着き場は、そこからおおよそ二百メートルほどの位置にある。海べりが石垣になっていて、その上にベンチが横並びにあり、頭上には一応屋根がある。波が寄せては、足もとの石にぴちゃぴちゃと音をたてて当たっている。湾内一周の、観光船乗り場なのであろうか。しかし夜のことで、私たちのほかには人影はなく、ひたすら潮の香りがする。

「ちょっと待っていましょう、ここに船が来ますから」

麗羅が言って、ベンチに腰かけた。私も横に腰をおろした。

「いいのかなあ」

すわりながら、思わず私はつぶやいてしまう。

「何がですか?」

　麗羅が聞きとがめて言う。

「だって、進入禁止区域に、こっそり海から行くんだよね」

「だってしょうがないです」

　麗羅は言って、口をとがらせた。

「もう予約しちゃってんだもん。依田さんちだって困るでしょ?　行かなかったら」

　そうかなあ、と私は思った。そういう理屈で果たしていいものであろうか。

「夕食の支度もしてもらっちゃってて、無駄になっちゃったら悪いもん。進入禁止なら、もっと早く言ってもらわなくっちゃ!」

　彼女は言い、私は何も言えなかった。まあそうだよなぁと思った。

「きっとお魚料理ねー夕食、楽しみ、お腹すいた。あっ、来た」

　麗羅の声で海を見ると、闇の中、かすかなエンジン音とともに、小型の漁船ふうの黒い影が近づいてくる。私たちは揃って立ち上がり、荷物を持った。

　岸壁の縁で並んで立っていると、エンジン音はどんどん近づく。船の操舵室の屋根に、ライトがひとつきりぽつんと点いている。それがこちらを照らしてくる。自衛隊、来ないだろうなと気の弱い私は思った。

　船体の横を岸につけるために、ぐるりと廻り込んでから接近し、スクリューを逆回転させているのか、ひときわエンジン音を唸らせてから、石垣に横腹を当てて停める。けれど、エンジンはかかったままだ。

「藤浪さん？」

闇の中から尋ねる声がする。船の甲板には灯りがないのだ。

「はーい、そうです」

横で麗羅が答えた。

船長は、船からの細いロープを岸壁のくいに投げかけて廻し、引き絞ってから、さらにぐいと力を込め、船を岸壁から離れないようにしておいて、

「どうぞ、ここから乗ってください」

と言った。

麗羅が赤いキャリーケースを積もうとするので、私が手を出して持ち、まずキャリーケースを甲板に乗せてから、次に緑のバッグを乗せようとしたら、麗羅が持っていて、

「先生、先に乗って」

と言うから、先に乗った。そうしたら麗羅がキャリーケースを渡してきて、受け取ったら、彼女自身が飛び乗ってきて、私にぶつかった。そして、

「はい乗りました、もういいですよ、出しても」

と船長に言った。

それで彼は、ロープを解いて甲板に放り出し、運転席の方に廻っていって操縦舵を回し、エンジンの出力をあげて岸を離れた。

荷物は甲板に置き、私たちはなんとはなく、船長の方に寄っていった。海に出ると、冷えた風が海上を渡ってくる。私は襟を立て、首をすくめた。

「藤浪です」

麗羅が自己紹介している。

「石岡です」

とうっかり言いそうになり、私はあわてて言葉を呑んだ。すると、

「父です」

と彼女がしゃあしゃあと言った。

「依田南吉(なんきち)です。お待たせしましたなぁ」

彼は、関西ふうの訛りで言った。

甲板の上にも、操舵室にも灯りはなく、船長の顔は暗がりで見えないのだが、どうやら老人のようだった。声の調子や、話し方がそうなのだが、背は高く、姿勢がよいので、老人らしい気配はほとんどなかった。

「ちょっと暗いですねー」

麗羅が言う。

「あかり消しとるからね、自衛隊の検問があったんでしょ?　耳鼻、観光客入れんようになっとるらしいからね、ちょっと暗うして、沖の方廻って戻ろうかと思うて。見つからんようになあ」

依田は言った。すっかり事情が解っているふうだが、いいのかなあとまた私は思ってしまう。

「耳鼻のあたり、緊急に特別警戒区域になったって言ってましたけど、自衛隊の人。こんなこと、よくあるんですか？」

「いいやあ、はじめて」

麗羅が訊いている。

老人はのんびりとした口調で言う。

「何があったんでしょう、自衛隊は、急遽政府の要人が来るから、特別警戒地域にしたんだって、そう言ってました」

「ああそやてねぇ、私らもそう聞いとります」

依田は言う。

「そうなんですか」

思わず、私も口をはさんだ。老人の声は聞き取りにくい。エンジン音、波の音、そして風の音が高いからだ。加えて老人の話し方は、ゆったりはしているのだが、語尾がはっきりせず、時として急いで話すような口調にもなり、細部のニュアンスが聞き取りづらい。

「でも、政府の要人て、大臣なのかなあ、そんな人、よくここに来るんですか？」

麗羅が訊く。

「これまでにあります？」

「ま、来たことはないわなあ」

老人は言う。

「はじめてですか？」

「うんはじめて、なんでこんなとこ来るんやろ。このへん、なあんも刺激ない、平和な村やでなぁ。耳鼻、昔から事件なんぞ、起こったことないよ」

「このあたり出身の大臣さんとか、いるんですか？」

これは私が訊いた。

「一人もおりません」

彼は即座に言った。

「それなら学者さんとか……」

「聞いたことないわなぁ、そんな偉い人のこと」

依田は言った。

「変な話」

麗羅は言った。

「そんなすごい人が来るんだったら、事前にいろいろ、情報入りません？」

闇の中で、私もうなずいていた。自民党のなんとか先生が来られるとか、そういうふうに、前もって情報が入ってくるのが順当だろう。

「聞いてないなぁ」

「ご近所の人とかもですか？」

「うん、誰もなんも聞いてへんなぁ」

依田は言う。

「それでいきなり自衛隊が来て特別警戒？　変ですよぉ」

麗羅がまた口をとがらせて言う。それも、自衛隊の特警だと言う。つまりは最も腕の立つ特殊部隊だと言うのだ。どうしてこんな僻地に特殊部隊が来るのか。いかにも変だ。

「やっぱし、龍神さまへの警戒じゃないかなぁ」

麗羅がつぶやくと、老人はなんと、うんと言った。

「え、やっぱし龍神さま？」

麗羅が聞きとがめて問い返す。私もびっくりした。

「依田さん、龍神さま？」

麗羅が確かめようとして言う。

「え、何？」

と彼は言ったので、なんだと思い、がっかりと言うより、私はどこかほっとした。やはり聞こえていなかったのだ。

「龍神です」

麗羅は言う。

「龍神？」

言って老人はしばらく沈黙する。私は暗がりで苦笑した。まあこういう反応が順当であろう。

「そう、龍神。龍神さま。こーんな、クジラみたいにでっかい動物です。この海の底の方に棲んでるの。恐竜です」

言って、麗羅は笑った。

「こーんなに首長くて、家より高い、でっかいんです、怪物。それが耳鼻の入江に出てきたって。海の中から」

笑いながら麗羅が言うから、つられて私も笑った。

「そんな怪物、このあたりの海に棲んでいたら、すごいですよねー」

麗羅が言ったら、依田はごく日常的な口調でこう応じた。

「ああ、おるよ」

一瞬の沈黙。私は愕然として、淡々としたエンジンの音と、波の音を聞いていた。気分が真空になった気がした。

「えーっ!?」

間を置いて麗羅が、悲鳴のような大声をあげた。つられて私も、思わず大声をあげそうになった。

「いるんですか?」

「ああ、いろんなものが棲んどるよ、この湾の底。びゅんびゅん動くような光る何かとかなぁ、えろう速いの。わし何度も見たよ、この船から」

「あの、ネッシーって、聞いたことありますか? イギリスのネス湖に棲んでるって恐竜」

「ああ、あるよ」

依田は言った。

「ああいうのですけど……」

「ああ、うん」

言って、依田は平然としている。

「ああいうの、いるんですか？　ここ」

「おるよ」

なんでもない口調で、彼はまた言う。

「見たんですか？　依田さん」

「ああ見たよ」

「いつですか？」

「最近も見たなぁ」

と依田が言った時だ。

「あ、知らん船来よる、あれ、近所のもんやないで」

彼が言った。

「そこの板あげて、トランク中に隠して。そしてあんたら、こっち来て」

老人は手招きをする。足もとを指差して、

「ちょっとここに入っておって」

と言った。それで私と麗羅は、依田の足もとの暗がりに、もぞもぞと身をかがめて入り込んだ。暗がりにはまりこんで膝を抱えるようにすると、魚の匂いがする。

内燃機関の音が果てしなく近づいてきて、

「はい、ちょっとエンジン絞って、停船してください」

とスピーカーを通すらしい拡声器の声がした。私たちが入っている空間にはエンジンの音が直接伝わってきていたのだが、それがみるみる絞られて低くなる。

「耳鼻地区の方？」

尋ねる声。そしてサーチライトなのか、強い光線が近くを走り、緊張している麗羅の顔が一瞬浮かんで消えた。

「はあそうです」

依田の声が上方でする。

「今お帰りで？」

と拡声器の声。

「そうです。平田の海宮（わだつみ）さんのとこに、ブリとノドグロ届けてきたんですわ」

「そちら、お名前は？」

「依田南吉です」

「ああ依田さん、はい解りました。それじゃあ気をつけて」

拡声器の声がして、それだけでパトロールの船は無事に離れていくふうだ。

ずいぶんしてから、

「もうええよ、出てきてください」

老人が言い、私たちはもぞもぞと、老人の足もとから這い出した。

「気をつけてやて。何に気をつけるんやろな」

老人は笑って言った。

私はまだ緊張の気分が続いていて、なんとなく無言のまま、さっきトランクやバッグを入れた蓋の上に腰をおろした。そしてなんとなく言うことも思いつけないので、ぼんやりと波の音を聞いていた。そして、望まない冒険の世界に引き込まれていくような不安と闘っていた。

多少の冒険ならば悪くはないが、銃弾が飛び交うような本物の戦場は願い下げだと思う。そんな決意をしないままに、私はこの北の海べりに導かれた。それなら、今からでもそんな決意をしなくてはいけないのだろうか。そんなことを考えていたら、緊張で無駄口をたたく気分にはなれない。

「先生」

麗羅のささやき声が闇の中でする。

「先生じゃないでしょ」

私もささやき声で返した。少々の声ならば、エンジン音や、波の音にかき消されてしまう。

「パパ」

彼女は言った。

「何考えてんの?」

私は冷えた潮風の中で、しばし沈黙した。

「ぼくら、ウクライナに来たんじゃないよな」

私は言った。拡声器を通した尋問の声が耳に残り、私を緊張させていた。緊張は、容易には解けない。

「なんだか、戦場に来たみたいだ」

すると驚いたことに麗羅は、

「そりゃ、自衛隊出動ですもんねー」

となんだか呑気な声で言う。

「先生、パパ、気を引き締めていきましょう」

彼女は、私の上官のように言った。

「う、うん」

気乗りのしないまま、私はなんとなく生返事をした。

第二章
伊根

1

依田南吉の操縦する小型の漁船は、沖から一文字に耳鼻の入江に進入していく。ここは確かに、観光地区とはひと味印象が違った。耳鼻地区の入江に並ぶ舟屋は、進入していく船の上からは、右も左も、びっしりと身を寄せ合っている。

黒い無数の波が、前方をゆらゆらしている。波頭がわずかに光るふうなので、不審に思って私は空を見た。そして、この時はじめて空に月が出ていたことに気づいた。全体に淡い雲があるのだろう、朧（おぼろ）の半月だった。天空の高い位置にあるから、ごく小さく、白い月だ。あの鈍い光が、黒い波頭を照らしている。

前方に視線を戻した。ずらりと居並ぶガレージ二階の窓、ここは、明かりのともる窓が多い。ここここそが本物の伊根だと、そう訴えてくるような気配がある。

夜、はじめて、それも海からアプローチしていく耳鼻地区は、大げさに言えば異世界の風情で、ぎっしりと並ぶ窓明かりがゆっくりと接近してくるさまは、宇宙船で迫っていく、見知らぬ惑星の風景のようにも思えてくる。

「これはすごいな……」

思わず私はつぶやいていた。寒風に耐えて見る異世界は、龍神が訪れる秘境にふさわしく思われた。

どの家が依田南吉の舟屋だろうと思いながら、私は船の舳先が向かっていく先を凝視していた。どの家なのかと尋ねようかとも思ったが、大きな特徴も持たないふうの舟屋群、言葉で訊くのも大変だし、答える依田も難儀になるだろうと思い、口をつぐんだ。見ていればじきに解ることだ。

船は暗い波を蹴立てて進み、中央から五、六軒右の舟屋に向かっていくふうだ。かなり近づけば、どの舟屋か解った。舟屋のガレージはどこも船が入っていて、一階が空いている家はひとつきりだったからだ。依田の船はその家に、舳先からまっしぐらに向かっていく。空から見れば、きっと短い矢が家に突き刺さるようだろう。

徐々に速度を落としていく船の先が、ガレージに進入すると、がくんと停船し、波が船を追い越して家の中に寄せていき、その音が狭い空間に大きく反響し、強い潮の香りがした。奥の暗がりから、割烹着を着た初老の女性が駈け出してきて、

「あれあれ、海から来なすったんやね」

と言った。

それから舳先に付いた器具に何かを引っかけ、回れ右をして、また速足で奥に向かっていく。

どこかにあるスウィッチを入れたらしくて、軽いモーターの唸(うな)りが始まって、私たちが乗っている船が、奥に向かってゆっくりと斜面をあがっていった。まもなく止まる。

「はい、もうええです、おりてください」

依田が言った。その声も、ガレージの空間に反響する。狭い空間は、強い潮の匂いが満ちている。波が打ち寄せる反響音も、大きくなった心地がする。

私と麗羅が、甲板の板を上げて自分の荷物を出している間に、依田が飛びおりて、そばにあった台を船体に寄せてくれた。船の横は、岸壁ふうに少し高くなってはいるのだが、それでも甲板からは高さに差があるので、踏み台はありがたい。それで私たちは、そろそろとその台に足をおろし、まず荷物をおろしてから、コンクリートの床におりた。荷物を置く際に、依田の夫人と依田自身が手を貸してくれた。

地面におり立つと、知らず気分がほっとする。足もとが揺れないからだ。船の上が揺れると言っても、そうたいしたものでもないのだが、長く陸に暮らす者は、揺れない地面に馴染みすぎている。陸にあがれば、ずいぶんと安堵する。

ガレージには、裸電球がひとつ天井にともっている。だから、ようやく周囲がしっかりと見えるようになり、これにもわれわれの気分は安定する。ようやく私は、船長の依田南吉の顔をしっかりと正面から見た。これまで長く接していたのに、船の上は互いを照らす明かりがないので、依田の顔を見ることができなかった。

鼻先にして、かなり驚いた。予想を超えた印象、間違いなく男性らしい魅力が、彼の顔にはあった。形容はむずかしいのだが、風雪に堪えた岩山のような印象、大げさかも知れないが、よく陽に焼け、ごつごつとして険しい。しかし笑顔になれば、一転しわがまさって好々爺だ。そして全体に、日本人離れのした、欧州人のような印象がある。しわがまさり、落ちくぼんだ眼が二重で、時に大きく見えるせいだろうか。

実に味のある顔つきで、ヨーロッパ映画のどれかで見たような印象が来た。昔好きだった、白黒のギリシア映画だろうか。それとも古いドイツの映画か。なんとなくだが、アメリカの映画ではない気がした。ああしたあまい華はない。しかし、ともかく悪い顔だちではない。取り立てていい男というのでもないが、味のある男前、と言っていい。

一方、そう言ってはなんだけれども、夫人の方は、平凡の中にも平凡な、初老の地方女性という印象だった。田舎町の、どこにでもいるふうの、小柄で、ごくごく普通の気配の女性、しわがまさる頰の上に小さな目、その頰は赤く、時々覗く前歯には、いくつもの金歯がはまっている。おしゃれなどにはいっさい興味がないと言ったふうで、割烹着にも食材の染みらしいものがたくさん付いている。

一見して、この人たちは本当に夫婦なのだろうか、全然似合っていないと私は思ってしまい、いささかの違和感を持った。

「これ、わしの女房の嘉(よし)です」

依田南吉が、私たちに紹介した。夫人の田舎じみた外貌を気にするような気配は、夫にはまったくない。とたんに私は、自分の腹の中を見透かされたような心地がして、一瞬ぎくりとした。

が、すぐに考えすぎだと思い直した。

「嘉です」

言って、満面の笑みの夫人が、私たち二人に頭を下げた。

「藤浪です」

麗羅が言い、間髪を入れず、

「父です」

と私を示して言った。急いだのは、私にしゃべらせると失敗すると読んだからであろう。正直に言うと、それは大いに正解であった。またしても私は、石岡です、と言いそうになっていたからだ。

「はいはい、そいじゃ、この二階にあがっとってください、もう夕食の準備、できとりますさかいにな」

嘉さんが言い、私たちに背を向け、裏手の方に向かっていく。そこにはおそらく、入江をめぐる周回路がある。見ていると、やはりそうで、彼女は一文字に道路を横切り、いそいそと母屋に向かっていく。表玄関を通りすぎる気配は、おそらく勝手口に向かうのであろう。

部屋への案内と、私たち宿泊客の荷物運びは、それで夫の役目になったようだった。しかし彼も歳なので、それは悪いと私は自分で持とうとしたのだが、南吉はいやいやと首を振り、麗羅の赤いキャリーケースを持って、二階への階段をとんとんと上がっていく。筋肉質な体つきで、まだまだ足腰はしっかりとして感じられるのだが、それでもさすがにふらつくような動きがたまにあり、私は心配した。

二階は二間続きの畳の部屋で、今は開け放されているが、襖を閉めれば仕切られてふた部屋ができる。階段を上がり切ったとっつきの畳の部屋に入り、鴨居や襖の敷居を越えると海側の部屋で、夕食のために、すでに丸い卓が置かれていた。その上にはもう小皿が何枚かと、湯呑みやコップが置かれてあり、割り箸もある。今から魚料理が運ばれてきて、これに加わるのであろう。

南吉氏はわれわれの荷物を、階段を上がり切ったとっつきの板の間に置いてくれ、それから卓の置いてある奥の部屋に向かってすたすた歩いていって、カーテンをいっぱいに開いた。

「ここから海が見えますからね」

彼は言って、私たちに透明ガラスの大窓を示した。

それで私たちは急いで窓に寄っていった。そこはまた細い板敷きのスペースになっていて、一人がけのソファがふたつと、間には小テーブルがひとつ置かれている。

大きなガラス窓からの海の眺めは、思っていた以上で、絵画のようだった。天空に白い半月がかかり、レースの向こうにあるように今宵は朧(おぼろ)だったが、周囲の筋雲を、わずかに照らしていて美しかった。

沖には、養殖のためらしい円形の浮き施設が見えて、その先に重なる小波は、月に照らされてわずかな鈍い、月光の溜まり場になっている。そのあたりを進む一艘の船がいて、かすかなエンジン音がここまで届いてきた。

ほう、と私は声を漏らした。感動したのだ。こんな美しい夜の海を、私はこれまで見たことがなかった。太平洋側でなく、日本海ゆえの風情だろうか。

「きれいねー」

麗羅も言った。その声には、なんとはなく、あきれるような調子がある。その気持ちが、私にもよく解る。

南吉氏などにはどうということもない、見飽きたいつもの海の景色なのであろうが、味気ない都会暮らしの私などには、絵画以上の光景で、なんとも贅沢な場所に来たような心地がした。

ああドビュッシーだ、と思う。あのフランスの作曲家の、月光を写した旋律が、静かに聴こえてくる心地がした。昔、それはもうずいぶん昔になるが、あの作曲家の「アラベスク」が好きだったことを思い出した。

「そいじゃ私、夕食を運んできますからね、少々お待ちを。あ、あとで電気炬燵出しますからね」

南吉氏は言い、階段に向かって戻り、とんとんと早足でおりていく。手伝いましょうかと言いそうになったが、ここが普通の家だからそう思うので、考えてみれば私たちは客なのだからそんな言い方はおかしい。じっと待っていればいいのだ。

「静かですね、先生」

麗羅が言った。

「なんのもの音もしません。耳をすましたら、下の舟屋に寄せてくる波の音と、あの沖の船のエンジンの音だけです」

「そうだねー」

私も言った。

「こんなきれいなところに、プレシオザウルスが出るのかしら」

「信じられないねー」

私は言った。

それからガラスに目を近づけて、入江を取り囲む舟屋群の先端を見ようとする。室内からではよく見えない気がして、ガラス窓を少し開け、首を出した。

右側にも左側にも、水べりに居並ぶ舟屋の群の端が望めた。ここ耳鼻には、ぎっしりと舟屋が並んでいるのだが、その様子は、水の中に何か珍しいものを見つけて水ぎわに殺到し、ひしめきながら水を覗き込む、人間たちの群れのようだった。

ぎしぎしと、誰かが階段を上がってくるもの音が背後でした。

窓を閉めて振り返ると、大きな盆を捧げた夫人がまず姿を現した。相変わらず喜色満面で、

「さあさ、お持ちしましたよ、このあたりの海の幸です」

言いながら、そろそろと卓に寄ってきて膝をつき、盆を畳に置いてから、上からひと皿ずつ料理を取り、座卓の上に並べていった。どれも温かそうに湯気が立っている。

「うわー、すごーい」

麗羅が歓声を上げてそばにうずくまり、手伝った。

刺身の盛り合わせ、赤い魚の煮付け、海鮮丼、手毬のかたちをした握り寿司もあった。

「美味しそう、これ、みんな奥さんが作ったんですか？」

麗羅が訊いている。

「はいそうよ」

夫人が答えている。

「このお魚は……」

「金目鯛。そこの、大浦の港で買うてきますのや」

「すごーい、このお刺身は」

「これはぶり、まぐろ、ぼら、こっちはいか」

「ふうん、新鮮そう」

「はい、新鮮やで、それは新鮮」

続いて南吉氏も階段から現れ、彼はさらに大きな盆を持っていて、そこには熱燗のとっくりとおちょこ、お櫃（ひつ）、お吸い物、野菜サラダや果物が載っていた。さらに、おひたしだの漬物だの卵焼きだの、いろいろな小物の皿もある。お茶も用意されている。

「すごーい、豪華ー、美味しそう」

麗羅が歓声を上げ続ける。

「ねー、料亭以上、品数豊富。ねーパパ」

と彼女は私に向かって言った。

「この日本酒は、伊根で作っておるんですわ」

南吉氏が言う。

「伊根満開いうて、この先の向井酒造で作っておる、土地の名産の酒なんです。古代米使うてるから、ちょっと色がついておるんですよ」

夫人が言う。

「もしご飯足りなんだら、裏の母屋に声かけてください」

お櫃を指差しながら、南吉が言った。

「これ、ちょっとしか入れておらんので」

「いえいえ、お寿司と海鮮丼あるから、もう充分です」

私が言い、

「ホントそう」

と麗羅も言った。

依田夫婦がともに階段をおりていき、姿を消してから、私と麗羅は、それぞれのおちょこに熱い日本酒を注いで、二人で乾杯した。わずかにおちょこを触れ合わせ、それから飲み干す熱い酒は、切なくなるほどに美味しかった。

「旨いなあこの酒」

私は言った。

「ホント、伊根が満開ですねー、美味しい」

「ちょっと色ついてるね、ワインみたい」

わずかな潮の香り、階下に波の寄せる音、沖を行く船のかすかなエンジン音。それらすべてが、私を祝福してくれているように、楽天的な私には思えた。祝福されるほどの何かをしたという覚えもないのだが、たった一人でここまで頑張ってきたことに、こんな報いが待っていたと、つい感極まりそうになった。

高円寺とか、吉祥寺のロック喫茶に意味もなくすわっていた二十代の頃。クラプトンのレイラが好きで、壁に掲げられた、次にかかるＬＰのジャケットに目をやり、それは客たちのリクエストが作る順番なのだが、なんとなくいつも、レイラがかかるのを待っていた。そうなら自分がリクエストすればいいのだが、当時はおかしな時代で、誰もが知る有名曲をリクエストすれば、素人と冷たい視線を浴びそうで、渋い曲でないとリクエストができなかった。

思い出せば失笑だ。あの時通ぶっていた者たち、今どんな生活をしているのだろう。ああしたみんなが、名の通った演奏家になったわけでもあるまい。みんないっぱしの通ぶって、馬鹿にできそうな者たちを探していたが、今も安アパートにいて、持病を抱えたアル中老人になっているのではないか。

あの頃に生まれ、みんなが聴きたがっていた曲を名前にした可愛い娘と、私は今こんなふうにお酒を飲んで、東京から遥かに離れた海べりで、豪華な夕食を前にしている。

自慢気分などはさらさらないが、ひたすらに不思議な気分が去らない。これはいったいどうしたことであろうと思う。だが、ともかく感謝だけはした方がいいような心地がした。

あの頃、プロぶって、斜に構えた威圧の表情と視線で、たかが軽音楽の知識を根拠に、馬鹿にできそうな者を見つけて因縁をつけたり、暴力を行使したがっていた。あれはただ勝ちたかっただけで、自信喪失の裏返しだ。大した思想性もなく、自分よりみじめな者を見つけ、自分が勝ち組だという刹那的な幻想が欲しかっただけだ。

他方では左翼思想にかぶれ、よど号ハイジャックの犯人たちをどこか崇拝していた。腕力至上のあさま山荘事件に、東大安田講堂闘争、ああした市街戦争を、思えばテレビが中継していたのだ。暴力革命思想に共感しなければ、時代に立ち遅れた心地がした。

学生運動から派生したあれは時代の空気で、それが当時最も進んだ、格好のよい立ち位置だった。ああした思想が、数十年ののちにどんな国家を作り出すか、当時は考えてもみなかった。

少なくとも私は、チェ・ゲバラのTシャツを着たああしたチンピラたちの愚には染まらなかった。多数派に位置し、意味もなく他者を軽蔑したり、虐めたり、屁理屈をつけて無理に酒を飲ませ、吐かせて楽しんだり、興味のない者を賭博に引き入れ、日銭を巻き上げて嘲笑したり、そういう仲間にだけは入らなかった。

意味もなく暴力的な時代で、今はもう、ああいうロック喫茶もすっかり姿を消した。思えばあれほどにばかばかしい社会装置もなかった。今宵の宴は、あの頃の自分の自重への、ささやかな報酬のような心地もした。自身力がないくせに、私は悪平等や左翼的な正義、革命への信奉心にだけは、どうしても共感することができなかった。

だがそういう解釈自体が間違っていたのだ。この夜の料理は確かにすべて美味かった。酒も美味しく、そういう贅沢に酔えば、頭に蘇る追憶のすべてが甘く、うっとりとした。酔うにつれ、若い麗羅の顔だちがタレント以上に整って見え、そういうすべてが夢のようで、これでいいと思えた。暴力革命はならなかったが、私はこのように完成したと、ついそんなことを考えた。

しかしそれらのすべてが、この夜限りのことだった。何をしに伊根に来たのか、愚かにも私はすっかり忘れて夢見心地に陥っていた。最初のこの夜のような豪華な食事は、思えば一度きりで終わりだった。もう二度と私は口にすることができず、現実に目覚めさせられ、いやでも旅の目的を思い出した。

思えばこれが最も不思議なことだ。私のそうした追想こそが、巡り巡ってこの旅の理由を語っていたのに、私は少しも気づかなかった。何よりこの現実に、この構造に、私は打ちのめされることになる。

2

夕食が終わると、依田夫人に勧められ、風呂に入ることになった。長旅の疲れを癒し、よく眠るためにはそれが一番ですよと勧められたからだ。私が先に入ることになり、夫人に案内され、車道を渡り、路地を入って母屋の勝手口まで行き、靴を脱いであがった。するとすぐ右側手前が浴室だったが、隣接してトイレもあったから、私はまずトイレを使い、それから更衣室に入った。

舟屋にはトイレがなかったから、トイレは毎回母屋のここまで来なくてはならない。寝巻きで、雪でも降っていればさぞ寒いだろう。遭難しかねない。しかし依田家は舟屋と母屋でひとつの家だから、これは当然だ。

風がないから、表も思ったほど寒くはなかった。隣家が接近しているから、風もさえぎられる。このあたりの道は大半が路地だ。周回路の車道も、舗装はされているが狭い。そして母屋の裏手にはすぐに山が迫っている。だからこのあたり、田も畑もない。漁業のみだ。

風呂一番手の私は、バッグに入っていた布の袋に替えの下着やジャージを詰めて持ってきた。四十分ばかり経ったら、麗羅が来るという手筈にした。

浴室は古くて狭く、馬車道の自宅のと変わらなかったが、よく手入れされていて、清潔だった。私は寒さに堪えてまず体を丁寧に洗い、髪を洗い、顔をよく洗ってから湯に浸かった。それから顎まで湯に沈んで目を閉じてみた。うっとり気分はまだ続いていたから、ああ気持ちがよいなあ、などと能天気に思った。シャンプーやボディシャンプーはあるというので、何も持たずに来た。するとちゃんと用意されていた。当たり前だが。

冬だから小窓も開けないし、虫の声も聞こえない。けれどああいいお湯だと知らずつぶやいてしまう。旅先の風呂は気持ちがよい、しかし麗羅が聞いたらさすがお年寄り、などと言うであろう。このような言い方、誰に教わったものでもないが、歳を食うと、みんな同じことを言うのは何故であろう。そういえば、つい極楽極楽と言ってしまうという人の話を聞いたことがあるが、私はあれは言わない。

一人になると、携帯電話の電源を切っていることへの罪の意識がよみがえる。スウェーデンの御手洗は、かけてきているであろうか。心配しないでいてくれることを願う。伊根は秘境の類かも知れないが、この通りいたって平和だ。

それから麗羅のことを考える。一人で無聊(ぶりょう)をかこち、あちこちの喫茶店に行っては本を読み、帰ったら書きものという、まことに変化に乏しい生活を送っていたら、大学院で若い麗羅と知り合い、あれよあれよと言う間に、こんな鄙びた辺境の地まで引っ張ってこられてしまった。人生何が起こるか解らないものだ。解らないから人生は面白い、などと思ってから、われながらくだらないことを考えていると思い、もう考えるのをよした。

上がって腕時計を見るとそろそろ四十分なので、備えつけのバスタオルで丁寧に体を拭き、髪を拭き、石油ストーヴで体を乾かした。そうしながら、急いで歯を磨いた。

それから服を着て、冬用のジャケットを着て、下は京都で買ったジャージを穿いて、表に出た。寒いから、隣家との路地を早足で抜け、狭い周回道路を横切り、舟屋に入って階段のところまで行き、上がったよ、交代、と上にいる麗羅に声をかけた。

するとはーいと言う声が聞こえて、すぐにとんとんと麗羅がおりてきた。そして、

「もうお布団敷いてくれましたよ」

と言った。

「あそう」

と応えてから、下着やズボンを入れた袋は階段に置いて、こっちだよと言いながら、また表に

出た。

「いいですよ、寒いから」

と麗羅は言ったが、

「酔い覚まし」

と私は応えた。しかし確かに、吐く息は白い。北にあるせいか、京都より伊根の方が寒く感じる。

勝手口まで行き、更衣室の位置や、トイレの位置を教えた。それから舟屋に戻ろうと思って単身歩いていたのだが、このあたり、ちょっと歩いておくかなと思い直した。しばらくいることになるかも知れないので、地理を頭に入れておきたい。

車の気配が全然ない、ひっそりとした周回路を少し歩き、家の間の路地を入って裏山の方角に向かった。三軒隣りの母屋の奥の角の手前あたりまで来ると、人の話し声が聞こえた。小声だったが、少し異様な気配を感じたので、私は足を停めた。

「あんた、やることちゃんとやってもらわなあかんがな」

とかすれた低い、男の声が言った。妙にじゃりじゃりしたような、独特の声音だった。口調もやや荒く、切羽詰まったふうで、一般人の様子ではなく感じられたから、おやと思った。

「アボさんも困っとるで」

「運ぶもな、ちゃんと運んどるで」

すると相手の男の声がした。しかしこちらの口調は妙にのんびりしていて、どこか聞き覚えを感じた。

「ヒトの情報や、ヒトの情報。真面目にやれやあんた」

「またヒトかいな。そんなんもう今どきはやらんで」

「それを決めるのはあんたやない」

男はぴしゃりと言う。

「わいももう歳やで、ほっといてんか」

「なんやて」

「のんびりさしてぇな。体もしんどいわ」

この朴訥（ぼくとつ）な口調は南吉さん？　と私は思った。

「もう引退の歳や」

「おい、そうは行かんで。そういう了見やったら、あんたらしんどい目見るで、わいは知らんど、ああ？」

男の声はすごむようだったから、私は恐怖を感じ、足音をしのばせて、少し戻った。

「わいはあんたのため思うて言うとるのや。ええ息子さん三人もおるがな。みなええ若いもんに育って、よそに婿に入って、おまけにカミさんもよう尽くしてくれよる、ええ一家や、なあ」

　すると無言。

「泣きみるんやないでぇ」

　するとまた無言。

「ええか、何度もは言わん。ええな」

「わいはもう勘弁してえや」

南吉らしい声がもう一度言う。すると、

「おい、まだ言うとるんか、そんなん通るおもたら……」

という低い声がかすかに聞こえたから、私は足音を消し、懸命に車道まで戻った。そして足音をたてないように早足になり、来た道を塒（ねぐら）の舟屋の路地まで戻った。

靴を脱ぎ、階段を上がりながら、なんだ今のは、と考えた。

上がってみると、麗羅が言った通り、畳の上に寝床がふたつ敷いてあった。床は一メートルくらい離されている。階段そばの方に入り、布団をかぶって今聞いた会話を思い返していたら、アルコールの効能か、少し眠気が襲いそうに思えたから、目をつぶった。

麗羅は大丈夫かなと考えた。迎えにいった方がいいだろうか、しばらくそう考えて悶々としていたら、上がり框（かまち）のあたりにもの音がして、階段がきしむ音が続き、ノギザカなんとかのヒット曲が聞こえたから、無事に帰ってきたと思い、安堵した。

「ああいいお湯だったー」

と言う声が上方から聞こえ、

「あ。もう寝てる」

と言っているから、面倒だからこのまま寝てしまうかと考えた。麗羅との会話に応じていたら、目が覚めてしまう。

翌朝目が開くと、おやいつもと違う気配だと思った。かすかに潮の匂いを感じたからだ。潮の香りと、少し湿った空気の気配、雨が降っているのだろうか。そして、そうか、伊根にいたのだと思い出した。

見ると横に麗羅がいない。のみならず、彼女の寝床もない。左を見ると隣室との間の襖も開いていて、その間からたたんだ布団が見えたから、私が寝ている間に麗羅がずずずと布団を引きずって隣室まで動いたということであろう。

ぎくっとしてしまい、完全に目が覚めた。動いたのではなく、逃げたのでは。麗羅が横を離れたということは、私はいびきをかいていたということでは、と疑ったのだ。私は、自分がいびきをかく人間ではあるまいかという恐怖を、最近は抱くようになっていた。眠りに落ちそうになった瞬間、何かの拍子で目が開くことがある。そういう時、自分の唇がいびきのような派手な振動音をたてていることに気づいてぎょっとする、そういう経験が何回かあった。特に酒をたくさん飲んで眠ったような時だ。

寝床で上体を起こした。階下で、なにやら話し声がする。よく聞こえる方の高い声は、麗羅のもののように思えた。内容を聞こうかと思ったら、ふいと聞こえなくなった。待ってももうそれ以上聞こえないので、トイレに行くかなと考えた。それで起き上がり、急いで布団をたたんだ。そして上着を引っ掛けてそろそろと慎重に階段を下り、靴を履いて表に出た。肌寒い。しかし、雨は降っていない。空を見れば、重い雲が垂れ込めて、今にも降り出しそうだ。

車の姿がない道路を横切り、母屋の勝手口に向かう。すると勝手口から、大きな盆を持った麗羅が、そろそろとお尻の方から出てきた。

「あ、せ……、パパ、おはようございます」

と彼女は、私を見ると言った。

「あ、おはようさん麗羅。どうしたの？」

訊くと、

「これ朝食」

と言う。見ればお櫃に茶碗に目玉焼き、みそ汁に味付け海苔が二セット乗っている。急須に湯飲みもある。

「そりゃ見ればわかるけど、君が運ぶ人になったの？」

訊くと、奥さんがー、と言う。

「うん、奥さんどうしたの？」

私は尋ねた。

「いなくなっちゃったんだってー」

「はあ？　またなんで？」

私は立ちつくした。そんなことをしそうな女性には思えなかったからだ。ごく平和そうな夫婦に見えた。

「さあ、解んない。それで私が運んでんの」

「あ、そうか。で、大丈夫？　持てる？」

「解んない」

「手伝おうか。あでも、トイレ行ってくるから、階段の下のとこで待ってて」

「うん、わかったー」

それで私はあわてて勝手口に駆け込み、急いでトイレをすませ、手を洗い、また大急ぎで出てきて舟屋に走った。

階段の下で盆を受け取り、通常なら、これを持って階段を上がる程度造作もないことだが、盆はかなり大きかったので、手すりに頼らず階段を上がるのはけっこう難儀に思われた。それで麗羅に、二階から手を伸ばし、盆の上のものを取ってもらおうと考えた。

麗羅は了解し、とんとんと先に階段を上がり、板の間で跪（ひざまず）き、くるりとこちらを向いて、上の空間から顔をのぞかせる。そして両手を伸ばしてきた。

私はそろそろと何段か上がる、すると麗羅が上からお櫃を取り、急須や湯飲みを取り、みそ汁のお碗ふたつと、目玉焼きの皿を取ってくれたので、漬物とか、カラの茶碗だけになった私は、楽々と階段を上がることができた。

海側の部屋に、気づけば電気炬燵が出ている。麗羅が自分の寝た布団をまたずるずるとこちら側の部屋に引っ張ってきているので、その間に私は目玉焼きやみそ汁の碗を、次々に卓の上に運んだ。並べ終わると、私は急いで窓べりの板の間に行き、カーテンを開けた。そしてうわあと低い声を上げた。

重い雲が垂れた目の前の海は、また独特の味わいがあった。大げさに言えば、嵐の前ぶれの劇的な気配だ。こういう宿からの眺めはたいてい遠景になるが、ここはそうではない。足もと、階下に波が入り込んで寄せている。だから自分の立つ家が、水に浮かんでいるようだ。目の届く限り、視界には海しかない。

霧が出ている。それともこれは雨か。海側はもう霧雨が始まっているのかも知れない。霧のような雨が、雨雲とともに、西からゆっくりと迫ってきているように見える。

靄ってしまって沖は見えない。すぐ鼻先にあり、伊根湾の蓋のようになって存在している青島も、白い靄にすっぽりと隠されてしまって姿が見えない。

「沖は真っ白だ、霧だよ。水平線なんて全然見えない」

私は言った。麗羅も、早足になって隣りに来て、海を眺めた。

「あ、雲増えたー」

と言った。

「ホントだー、なんにも見えないね」

と言う。

「霧と海だけ」

「船もいないね、今朝は」

私は言った。

「こんな天候だと、魚も獲れないのかな」

「まさか。そんなことないでしょう。もう沖に出ていっちゃったのかなぁ。朝ごはん食べよう」

私は言った。

朝ごはんのメニューは、宿の定番だが、とても美味しい。厨房からの距離が近いせいだろう、ご飯もみそ汁も、まだ冷めていない。目玉焼きも充分温かい。

「これ、ご主人の南吉さんが作ったんだよ、奥さんいないから」

食べながら麗羅が説明する。

「いなくなったって、どうして?」

「知らない。目が覚めたらいなかったんじゃない」

「はあ……」

「だから、もうごはん用意できないかもって、そう言ってた」

「えーっ、じゃあどうするのかな、ぼくら。この先困るよ、飢え死に?」

「干しナマコ丼が売りのごはんの店とか、寿司屋とか、そういうのならあるって。この通り沿いに」

「うーん、でもそれ、お酒飲ますとこじゃないかなあ。普通の定食屋みたいなの、あるといいんだけどな」

「どうかなあ、このへん、学生とかいないと思うから」

「いないねー。大学とか、ありそうじゃないものね」

私も言った。

「あのね、ゆうべ君、こっちの部屋に移動してたでしょ？　布団ごと」

私はこわごわ質問を始めた。

「え、ああ、うん……」

心なしか、麗羅の顔から笑みが消える。

「ぼく、ひょっとして、いびきかいた？」

ついに意を決し、私は恐怖の質問を口にした。

「え？　いびき」

どう言おうかなと言うように、言葉を停めるのがまた嫌らしく感じた。

「あ、ああ、うん、ちょ、ちょっと……」

麗羅が小声で言い、私はガーンと脳裏をハンマーで叩かれた心地がした。やはり！　と思う。私は、やはりいびきをかく人間なのだ。

「え、でも、ちょっとだよ、大丈夫」

麗羅は急いで言う。明らかに、私に配慮して言葉を濁している。大丈夫とは、何がいったい大丈夫なのか。大丈夫なら逃げる必要はないであろう。私はだんだんに、食欲がなくなってきた。

「大丈夫だよ先生、眠れないってほどじゃないから。ただこっちの部屋の方が海の音聞こえるしぃ、海の気配が近いから、私、そういうの、聞いていたくて……」

苦しい言いわけに聞こえて、私の元気は喪失する。寝床の中で耳を塞ぎ、苦痛で寝返りを打っている麗羅の顔が見えるようだった。

「それにちょっと寒かったから、電気炬燵ある方に……」

「ああ、すいませんなぁ」

声が聞こえて、南吉氏が階段を上って姿を現した。

「ああどうも。おはようございます」

私は言った。私の方は、朝の挨拶をまだ交わしていなかったからだ。麗羅はもう、挨拶はすんでいるらしかった。

「すいませんなあ、私なんぞの手作りの朝ごはんで」

南吉氏は言った。手に、魔法瓶を持っていた。少し離れた場所にすわり、魔法瓶はそばの畳に置いた。お茶のためのお湯を持ってきてくれたのだ。

「いえ、美味しいですー」

麗羅が言い、

「うん、美味しい」

彼女に合わせて私も言った。

「あの、奥さん、いなくなったんですか?」

私が訊いた。

「はあ、そうなんですわ、ご迷惑かけます」

「私たち、これからは、近くのレストランで食べないといけないんですか?」

食べながら、麗羅が訊いた。

「はあまあ、そうしてもらうように、なるかも知れませんわ、ご迷惑かけます。わし、ろくに料理が作れんもんで」

「でもこれ、おいしー」

「こんなんは、ただ並べただけで」

南吉氏は言う。

「奥さん、そういうこと、よくあるんですか？」

私が訊いた。

「いいやあ、はじめて。ご迷惑かけますわ」

「いえいえ」

私は言った。

私には、実のところ尋ねたいことが山のようにあった。まず聞きたいことは、昨夜の怪しげな男との会話だ。かすれた声の男で、あんた、やることはちゃんとやってもらわなと言っていた。あれは誰なのか、やることとはいったい何なのか。しかし、これはあまりにも訊きづらい。そうなると、どれからどう訊いていいか解らず、思案しながら黙々と朝食を食べていた。

南吉氏は、食後のお茶のため、お湯の入った魔法瓶を持ってきてくれていたのだ。私の前の茶碗を見て、そろそろ食事は終わりだと思い、卓ににじり寄ってきて、急須にお湯を注いでくれている。

「自衛隊の人たち、このあたりに姿見えていますか？」

私はまずそのことを尋ねた。

「米田さんところの母屋の脇に、自衛隊の車が二台止まっとりますなあ、ミニバスみたような大きい自動車。中に、ヘルメット被ったような人が大勢おりますが、歩きよる人はおらんなあ、みな、静かにしとるような感じですよ。山のすそにゃあテントもある」

「米田さん……？」

「うちみたように、民宿やっとる家ですわ。耳鼻ではなぁ、二番目に大きい家かなあ。一番はマルで、有名みたいなんやけど、ガレージが小そうてね、大きい船が入らん。広いのが欲しい言うてたな」

「そこで、何かあるんですか？」

「息子の話じゃあ、米田さんとこに、誰やら、偉い人が来るいうような話で」

「息子さん？」

「米田さんのとこの隣りの児玉さんに、長男が婿に入っとるんです。私には三人息子がおりまして」

「へえ、三人も。あ、ありがとうございます」

南吉が、私の湯飲みにお茶を注いでくれたから、礼を言ったのだ。

「三人ともが、この耳鼻のあちこちの家に、婿に入っとるんです。長男は、今言うた米田さんの隣りの児玉さんのとこ、次男がこの耳鼻の入江の北の方の、十軒ばかり先の博田さんの家に婿に入っておりまして、三男はこんだ反対側の南の、やっぱり十軒ばかり先の、三好の家に、婿に入っとるようなことで、みな、漁師をやっております、はい」

「はあ、では一族三人、ご両親入れて五人が、この耳鼻に暮らしてらっしゃるんですか」

「そうです、はい」

南吉は言って、頭を下げながら苦笑した。

「私がこんな、土地も財産もなんもない、甲斐性のない男だもんですからなあ、息子ら三人、みなあちこちに婿に行くしかなかったんですわ」

「いえいえとんでもない」

私は言った。

「そうですよー、海べりの、こんな素敵なお家があるんだものね、うらやましいです」

「ここからの眺めは素晴らしいですね、天下一の絶景です」

私も言った。麗羅がきょとんとした目をしていたのは、私がなにやら古風な言い方をしたからであろう。多分、聞いたことのない言葉だったのだ。

「私ら、息子も含めて、漁業しか知らんで、ほかにはなんもできませんからなぁ」

「依田さんは、この海べりの街で生まれて、育たれたんですね、素敵」

麗羅が言った。

「いいやあ、私はね、北海道の小樽の出身です。そっちでもずっと漁業をやっておってですな、だから手についた職いうたらこれだけでねぇ、息子もそう」

「ほう、小樽で。あそこもきれいな街らしいですね」

私は言った。

「運河があって、赤レンガ倉庫群があって、まだ行ったことないんだけど、すごくきれいだって」

麗羅も言う。

すると南吉は、遠くを見る目つきになり、いっときうっとりしたような顔つきになって、しばらく動かなかった。生まれ育った北の街を、しみじみと思い出しているようだった。

「そうなあ、あれは、ニシン漁の街で、ええ街やったけど、貧しかったです。暮らしとった頃は、なんかつろうて、毎日嫌やったけど、今思い出したらなあ、ええ街やったと思います。あの頃が自分の華やったんかなあと思うて、懐かしうて、なんや思い出したら切のうなります。今はあんましええことのうてなあ。

街、きれいなとこあったし。街の中心になあ、高ーい塔があって、頂（いただき）に炎が燃えておりますのや。赤うて、きらきらして、わいはあの塔、好きやった。今でも夢に見ますわ。子供らも、みな礼儀正しうてなぁ、みな赤いネクタイしてなぁ、休日にはナイロンジョーゼットの高級おしゃれ着着て、行列して歩いて、偉ーい人の銅像に、こうして礼しますのや、みなで揃うて。あれ見るの、わては好きでしたな、みんな行儀のええ、ええ子らやった」

笑いをにじませた、しかしどこかもの悲しそうな表情で、南吉はつぶやくように言う。

3

一人で茶碗を洗うのも大変だろうと思い、ご飯粒とかおかずを、できるだけきれいに片付けていると、南吉氏はいったん姿を消した。

食事を終わり、お茶を持って窓べりの板の間に移動し、椅子にかけて食後のお茶をした。しかしなんとなく、会話が弾まない。私の方には理由があり、麗羅もそうだったのかは知らないが、気分がちょっと釈然としなかったのだ。

そのことを話そうかと思ったのだが、すぐにまた南吉氏が戻ってくるかもと思えて、口に出せずにいた。

南吉氏が戻ってきて、食事すみましたねと言って、食器を盆の上に載せはじめたので、私と麗羅も立っていき、

「運ぶの手伝いますよ」

と言った。

「いや、でも、雨が降り出したから」

と南吉氏が言うので、

「それじゃなおさらです」

と言い、私は麗羅に借りている旅行バッグの中から、透明ヴィニールの雨合羽(あまがっぱ)を出し、防寒用の上着を着てから、その上に重ねて着た。ズボンの方は、まだ穿かずにおいた。

「ああそれじゃあ」

と言って南吉氏が押し入れから盆をもうひとつ出したので、その上に食器を載せた。見ると、

麗羅はフード付きのコートを出して着ているから、彼女の場合は食器をいくつか手に持ち、男二人は盆を持ち、三人で階段を下って雨の中に出た。魔法瓶は持たなかった。まだお湯が入っているようだったからだ。

そろそろと階段を下り、表に出て、急ぎ足で道路を横切り、路地を抜けて、勝手口まで急ぐ。確かに霧雨が舞っていて、すこぶる肌寒い。裏の山も白く煙っていて、濃霧が出たようだ。台所に入り、南吉氏が皿を洗いはじめるので、麗羅が行って手伝った。そこで私も、雨具は勝手口の壁にかけておいて、洗いあがった皿を受け取り、水きりの容器の中に並べた。

終わると、南吉氏はしきりに恐縮していた。そして、棚からクッキーを出してお菓子の容器に入れ、雨に濡らすまいとしてか、蓋をして、

「これ持っていってください、おやつです」

と言った。そして紅茶茶碗を盆に載せて表に向かうから、みなでまた舟屋に向かう。

「なんか、龍神さんが出てきそうな天候になったね」

私は麗羅に言った。まだ午前中なのに、まるで夕方のようだ。

「そうですねー」

麗羅もうなずきながら言う。

「でも自衛隊さんいないな、どこにいるのかなー」

「あっちの米田のうちの方」

聞こえたらしくて、南吉が後方で指差しながら言った。

「今龍神出てきたら、対応間に合うかなぁ、そんな路地の奥の、車やテントの中にいて」

私は言った。

「武器とか、手動ミサイルとか、急いで用意しなくっちゃね。それとも、小銃とかピストルで、間に合うのかな」

「でも、大きいんですよね、龍神さん」

「大きいよ」

南吉氏が応じたから、私はびっくりした。

「力も強いですかー？」

麗羅は訊く。

「強いね」

南吉氏は答える。

「見たんですか？」

驚いて私が言った。

「見たよ」

すると南吉氏が平然と言ったから、仰天する。

「力強いって、どうして解ります？」

「車持ってね、ポンと屋根に載せたよ」

「はあ、どこです？」

「あっち、須本さんの家。まだ車が屋根に載っとるよ」

「今見られますか？」

「うん、ええよ」

こともなげに言うから、私は足を停めてしまった。

南吉氏は、持ってきた紅茶茶碗と、ティーバッグの入った容器をいったん階段に置いて、また雨の中に引き返すから、ついていった。

自動車道路をしばらく歩いて、南の方角に行く。そしてまた路地を入り、裏山の方角に向かう。南吉氏と誰かが話していた場所とは反対の方角になる。

「あそこ」

路地を抜け加減のあたりで南吉氏が立ち停まり、指差す方角を見ると、軽四輪のボンヴァンが、横倒しになって、納屋の屋根に乗っている。

「えーっ」

私は声を上げた。するとついてきた麗羅も、後方で悲鳴を上げている。

これは驚いた。本当にこんなものがあるとは思わなかった。高い位置にあるので、私は小屋に寄っていき、軒先にめいっぱい近づいて、屋根の上で横倒しになっている自動車を、間近に見ようとした。

私の目で見えるのは車の底部なのだが、そこや車の後部に細かな傷や凹みがたくさんついているのが解った。それは、この自動車を摑み、持ち上げた未知の巨大生物の、爪の跡のように思われるのだった。

「龍神さんが、ここに立って、それでこの車持って、こうあげて、この屋根の上に置いたんですね？」

「うん、そう」

南吉はうなずいた。

私は足もとを見た。足跡でも残っていないかと思ったのだが、土は固く締まっていて、そんなものはなかった。私の靴が踏み締める地面は、降り続く霧雨で、ごく薄い水の被膜ができている。

「ここで、このすぐ近くで見たんですか？」

「いんや、あっちの方、遠くからやけどな」

「ほかにも、見た人いますか？」

「おらんおらん、夜中やから」

「はあ」

私は呆気に取られる気分でうなずいて、それから、南吉と一緒に依田家の前まで戻ってきた。

そして彼と別れて、麗羅と二人で舟屋の入り口まで戻り、階段のところに南吉が置いていた紅茶のセットが載ったお盆があるので、雨具を脱いで階段に置き、盆を持って二階に上がった。そして窓辺のソファのところまで行って、ティーバッグをカップに入れ、魔法瓶からお湯を注ごうとしたら、麗羅がやってくれた。

「あっ、少し靄が晴れた」

ティーカップを持って窓に近づき、私は言った。

「ああ、ここからだと青島、岬の陰になるんだね」

靄の向こうにぼんやり姿を現した青島を見ながら、私は言った。青島は、西の端がわずかにのぞくばかりだ。

「あ、本当だ」

そばに来て、麗羅も言った。

「耳鼻って、伊根の端っこですもんね」

「うん、耳鼻の入江の奥からだと、島はこう見えるんだ」

私も言った。

「伊根って、半島の端っこの方で、耳鼻はそのさらに端っこの下の方だから、外洋から見たら、すぐの位置ですよね、伊根湾に入ってすぐ右手前。だから日本海に巨大生物いたら、入りやすい位置ですね」

紅茶茶碗を持って言う麗羅に、私は放心気分のままでうなずく。

それはそうだ、地図を見ればその通りで、そのこと自体には同意できるのだけれど、たった今の南吉氏の言葉はどうなのであろう。入ってきやすいから、ここに来たのであろうか。

じっと立ちつくし、晴れはじめたかと思うと、また濃くなっていくような海上の霧を見つめていると、しきりに雨の匂いがする。雨の匂いと潮の匂い、この様子はこの土地に特有だ。そして今は、それに紅茶の香りが混じる。

「ねえ君、さっき南吉さんが言ってたこと、君はどう思う？」

「うーん」

麗羅は言った。

「小屋の屋根の上の自動車……」

私が言った。

「龍神が持ちあげて載せたって」

「でも、じゃないと、どうやってあげます？」

麗羅が言う。私はゆっくりとうなずく。

「そうなんだよな、じゃないと、持ち上げる方法ないよなあ」

「男の人、大勢集まったって、無理でしょう？　背が届かないもの」

「うん。クレーン車もないし、シャベルカーあたりじゃ無理そうだし」

私はつぶやく。

「南吉さん、嘘つく人には見えない」

「うん」

私もうなずく。私の目にも、そんな人には見えない。彼は真剣に、いつも真顔で私たちに話している。

「それに、嘘ついてもしようがないです。何のために嘘つくんでしょう」

「そうだよね」

嘘を言っても、彼にとって十円の得にもならないのだ。

「私信じたい。龍神さん、ここに上がってきて、あの自動車、屋根に載せたんだって思う」

「はあ……」

私は知らず、うなずいてしまう。


窓の外を見ていると、海に降る雨は、次第に本降りになってくるようだった。それを見ていると、私はつい、昨夜に聞いた南吉さんと思しき声と、怪しげなかすれた声の男との会話を、麗羅に話す気になった。一部始終を話した。

「ふうん、誰なんだろう」

麗羅は言った。

「それどこですか？」

「依田さんの母屋から、三軒隣りの、山裾側の……」

「行ってみましょうか」

となって、私たちは表に出ることになった。雨具をつけ、今度はズボンも穿いて、舟屋のすみに傘がふたつあったので、それぞれでさして、雨の中に出た。麗羅もズボンを穿いている。小さな革製のバッグを、たすき状に肩にかけてから、コートを着た。

昼が近づいたので、私は周回路の先を警戒した。自衛隊員がいないかと思ったのだ。たとえ今見つかっても、夜車の中にいて、耳鼻地区から追い払った人間とは解らないだろうとは思うが、何故ここにいるのかと、訊かれても厄介だと考えた。

するとは果たして彼方の観光地区方向に自衛隊員の姿が一人見えたので、周回路は歩かないことにした。母屋の勝手口方向に進んで、山裾の木々に隠れながら北の方向に進むことにした。

木々の根もとには草が繁り、雨水を含んでいるので、気をつけて歩かないと、雨具のズボンを穿いていても、靴がびしょ濡れになってしまう。少し歩いて、夜私が南吉さんの会話を聞いたとおぼしき家を見つけたので、指差した。

「あそこだよ」

「ふうん」

と麗羅はうなずきながら言う。

「あまり離れていないですね、南吉さんの家から」

「そうだね、目と鼻の先」

「やることちゃんとやってもらわないとって、何の話でしょうね、何やるんでしょう」

「うん」

私は言った。

「解らないね」

「その話から察するに、相手の男もこの漁村の人間じゃないですね」

「ああそうかな」

「もしそうなら、その人もこの村の民宿のどれかに滞在しているんでしょうね」

「ああ」

私は言って、うなずいた。

「もうちょっと先に行ってみましょうか。このあたり、何があるのか探検しておきたい」

麗羅は言う。

「でも危険だよ、自衛隊がいるんだ。彼らのテントがあるんだよ」

私は言った。

「もっと高いとこ、歩きましょ」

言って、麗羅は山肌を少し登っていく。すると木が立て込んでくるから、傘をすぼめなくてはならない。しかし幸い雨具を着ているので、服がびしょ濡れになる心配はない。突然ばしゃばしゃと水がかかることはあるが、雨は大半、上空の葉で防がれるようになった。しかし周囲は薄暗くなる。

「こっち行きましょう」

麗羅は先に立って、林の中を進んでいく。薄く霧が立ち込めているから、遠くは霞んでいる。

「米田さんてお家、ちょっと見ておきたいから」

「米田さんて？」

「政府の要人が来るって言っている民宿です」

「ああそうか。でも気をつけて。隊の歩哨が立ってるかも知れないよ、この林の中に」

「はい」

麗羅は答える。

麗羅はすぼめた傘を持ち、コートの下のバッグは背中側に廻し、心なしか姿勢を低くして進んでいく。あとについていきながら、この子は自衛隊に体験入隊などしたことがあるのだろうかと想像した。

「あっ、あれだ」

麗羅が声を上げて、こちらを振り返った。

指差すあたりは眼下になる。自衛隊のものらしいテントがいくつも並んでいる。ずいぶん広い空き地がある。その先には、大型のヴァン型車と、トラックが止まっている。

その先にあるのが米田家の舟屋なのであろう。建物が新しく、周回路に面した壁の木目がきれいで新しい。暖簾（のれん）もかかっている。これは民宿経営のために、古くなった家に手を入れ、モダンに改装したものに相違ない。われわれが滞在している依田家とはかなり外観が違う。依田家は古いままだ。それに、米田家の舟屋は大きい、建物の幅が、依田家の倍近くありそうだ。

「そうだね、あれが米田家の舟屋だね、いかにもそれらしい。でも静かだね、隊員の姿は見えない」

「まだ要人は、来ていなさそうですね、隊員、警戒体制に入っていないもの。待っているんだと思う、待機中です」

麗羅が言う。

「ふうん、みんなテントと、あのヴァンの中にいるんだろうな。一日ああしているのかな、退屈だろうね」

「兵隊は待つのも仕事です。危険な戦闘よりはマシですから」

麗羅は言った。

「なんか君、経験者みたいだな」

すると麗羅はあははと笑い、

「児玉さんちはどの家でしょうね」

と言った。

「児玉さんち？」

「依田さんのご長男が、お婿さんに入った家です。米田さんの舟屋のお隣りとか言ってませんでした？　右隣りかな、左かな？」

言いながら、麗羅は肩にかけたバッグの中を探って、オペラグラスを出した。目に当ててしばらく見ていたが、

「ああ、あった、左だ。米田さんと一軒置いて左の家。柱に児玉って表札がかかってる」

「用意がいいんだな君」

私は言った。

「なんだか、作戦行動中みたいだね」

「こんなの、国防関係者としては最低限のたしなみです」

言いながら、彼女はいそいそとオペラグラスをバッグにしまっている。国防関係者かあ、と私

は思う。

「はい解りました、ここは見ました。じゃ、もっと先に行ってみますか」

「え、いいの？　ここ、警戒区域でしょ？」

「まだ大丈夫、警戒案外ゆるいですね、この先にお寺あるはずです。それに私たち、要人襲いそうに見えます？」

訊かれたので、しばらくじっくりと考えた。

「全然見えないよね、それに実際に襲う気なんてないよ、ぼくは。でも、君は解らなくなってきた。要人テロのために来たんじゃないだろうね。そのバッグの中、ピストル隠してないよね」

私が言うと、麗羅はぽんぽんとバッグを叩いている。

「そのために民間人のぼくを拉致して、隠れ蓑に使おうとしてるのかなあ」

「あ、解りました？」

と麗羅は、振り返って言った。

4

私と麗羅は、民宿米田や、自衛隊のテントを見おろせる場所を通りすぎ、小雨の中を、さらに北に向かった。しばらくは警戒して、林が始まるあたりの木の下を歩いていたが、周囲に自衛官の姿も見えないので、海の方向におり、しっかり傘をさして、周回路のそばを歩くようにした。

その方が地面が固く、歩きやすいからだ。

やがて前方の視界を横切るようにして、山にあがっていく石段が見えてきた。ずいぶん長い石段で、かなり高いところまで登っていく道のように見える。

「あっ、ありました。あれです。慈眼寺(じげんじ)」

麗羅が言った。

「ふうん、お寺かあ、あの石段の上だね？」

私は言った。

「上がるの？」

「うん、行ってみましょう」

麗羅は言う。

それで私たちは、石段に中途から上がり、ゆっくりと段を上がりはじめた。しばらく上がってから振り返ると、伊根の湾がすっかり見渡せるらしい視界が開けている。晴れていれば、さぞ見事だろう。しかし今日は小雨で白く靄っているから、海は手前までしか見えない。沖にあるはずの青島は、薄ぼんやりとして、輪郭が望める程度だ。

「こりゃ、晴れていたらいい眺めだろうね」

「ホントに。慈眼寺って、伊根湾を見おろすためのお寺なんですね、きっと」

「湾を一望のもとに見おろす、見晴らしのための寺だね、そういう場所を選んで建てたのかな、見張り塔みたいなものだね。本来、何のために建てた寺なの？」

「え？　知りません」

麗羅は言う。

「なんだ」

「上がったら、きっと由来説明の立て札とかありますよ」

しかし息を切らして登りついても、鄙びた、ひっそりとした境内で、人の姿はないし、御由来とか、縁起説明とかの立て札などもありそうではない。ひっそりと苔むしたふうの境内が、静かに小雨に打たれているばかりだ。

「あでもすごい見晴らしだね……、晴れていればだけど」

下界を見おろしながら、私は言った。

「はい。石段、けっこう急でしたね」

麗羅が言う。

「うん、距離もあるし、これはお年寄りはきついよ、お参りしようにも」

私は言った。

「そうですね」

言いながら、麗羅は歩いていく。

「でも、なんにもないですね」

周囲を見渡しながら、麗羅が言った。

「そうだね、説明書きのたぐいないね。これじゃ由来も解らない」

そんなことを言いながら、私たちは境内をゆっくりと進んだ。

「でもすごい高台、景色よさそう、晴れてれば」

麗羅も言う。

「また晴れた日に来ようか」

私は言った。

「あ、あの額、どう読むのかな」

麗羅が古びた木造建築の軒にかかっている大きな看板を指差して言った。

「山門フ、かな、いや、普門山か……、どっちから読むんだろ、右からだね、きっと」

私は言った。

「あっ、あんなところに鳥居がある」

麗羅がびっくりした声を出した。

「どうして？　ここ、お寺ですよね、神社もあるのかな……」

言いながら、麗羅は鳥居に向かって歩いていく。

「神社のお社ない……、ないなあ、ないですよ。あっ、これ？　ちっちゃー、可愛いー。お地蔵さんの社みたい。ちょっと私、拝んじゃおうかな」

言いながら麗羅は鳥居をくぐり、両開きの戸がついた小さな社の前に進んで手を合わせ、目を閉じて拝んでいる。私も続いて、麗羅のうしろで両手を合わせた瞬間に、遠くから声がした。

「あれ、あんたら、お参りしてくれとるんね、ありがとさんでございます」

みると透明な傘をさし、熊手を持った袴姿の人物が、こちらに向かって歩いてきていた。

「あっ、神主さんだー」

麗羅が、再びびっくりしたように言った。

「神主さんいるんだー」

「そりゃおりますよ。こんな小さな神社でもなあ」

近づいてきて、神主は言った。上は白い和服、下は水色の袴というでたちだった。

「何してるんですかー？」

「え、何て、そりゃお掃除」

彼は言って、熊手を持ち上げて示した。

「そのくらいしか、宮司の仕事ないからね」

彼は率直な言い方をした。びっくりしたような大きな目をして、実際にびっくりしていたのかも知れないが、なんとなく鼻が大きな人物だった。しかし、神職にありがちの尊大な気配はなく、人懐こそうな雰囲気を漂わせた人物だった。

「えー、こんな雨の中で？」

麗羅は言う。

「お疲れさまです」

私は言った。

「晴れた日にお掃除した方がよくないですか？」

麗羅は遠慮のないことを言う。

「いけん？　日にちないからね、私はあっちの伊根中学校で教師しておるから、金土日しか時間がないんよね」

「へえ、何の先生ですか？」

麗羅はずけずけ訊く。

「日本史。頼まれたら時々世界史もやるよ」

「へー、歴史の先生なんだー。それで神主さんでもある」

「そうよ、珍しい？」

「はじめて見た」

「あ、そう。あんたら、京都から来はったん？」

彼は私たちのそばにたたずんで訊いた。きっと、そういう観光客が多いのであろう。

「横浜」

「横浜!?　そりゃ珍しい！」

神主は驚いて言った。

「なんと、遠いところをまあ」

「これ、何をお祀りした神社さんなんですかー？」

麗羅が変なことを訊く。

「何て、神さまよ。龍神さん」

「えーっ⁉」

聞いて、麗羅だけではなく、私も一緒に大声をあげた。

「ど、どないしたんね、なしてそうに驚くんかいな」

あまり驚いたもので、麗羅が一時的に口がきけなくなり、神主が私の方を見るので、

「この人、龍神さんが見たいと言って、ここに来たんです」

と私が説明した。

「すごい偶然だね、これは天のお導きかな」

私が、なかば本気の思いで言った。

「龍神さまの神社……」

「龍神さまって、本当にいるんですか？」

恐る恐るの口調で、麗羅は訊く。

「うん、海の守り神よね、東京の住吉神社さんとかね、割にあるよ。漁師の町にはねぇ、仕事で海難に遭わんようにね、海の守り神さんにお祈りするいう信仰よね」

「へえー」

と言ったなり、麗羅はしゃべらなくなるので、代わりに私が話した。

「ここも、漁師の町ですもんね、必要で、大事な信仰ですよね、漁師にとっては」

「うん、昔からありますからね、この地には。よう信仰集めとったようですよ」

「でも、あの、その割には……」

「小さいんよね、よう言われます」

「しかもこういうお寺の中に、同居……」

同居というより、小さくなって、すみに居候させてもらっているような印象だ。

「これは昔の神仏習合いうて、寺と神社がひとつに統合されたんの名残りでね、こうなったの」

「神社の方が小さいんですね」

「まあそりゃ、政治的なもんもいろいろあったんやろけどな、当時は。でも本来はそういうもんなんですわ。京都に広隆寺(こうりゅうじ)いうお寺、ありますやろ？　秦河勝(はたのかわかつ)が聖徳太子から賜(たまわ)った弥勒菩薩像を祀った、京では一番古い寺です。あのお寺にも、心臓部分には神社があるんです」

「えっ、本当ですか？」

「そうですよ、あそこは明治政府の神仏分離令で、神社が寺の裏手に出されたんですけどな、黎明の頃には、寺の敷地の中心部に神社があったんです。以降全国の神社の形態いうかな、神社そのものを、みんな秦氏が作ったんです」

「へえー」

「弥勒菩薩像は半跏思惟像(はんかしゆい)、アルカイックスマイルて言われますやろ、あれがわが国の国宝第一号なんです」

「ああそうですか！」

「広隆寺て、不思議なお寺さんで、聖徳太子が祀られてますやろ？　馬小屋で生まれたていう厩戸皇子、何やキリストさんみたいですやろ？　それにあの寺には十善戒いうもんが伝わってましてなぁ、十戒そっくり。なんや、面白いですやろう。歴史いうもんは面白いですわ」

「この神社があるから、龍神さんが来たんでしょうか」

麗羅がおずおず言い出した。

「え、何？」

神主が、身を麗羅の方に傾けて訊いた。

「龍神さんが、最近この耳鼻の入江に現れたんです。そういう噂」

「え、そうなん？　私は知らなんだけど」

「おうち遠いんですか？　ここから」

「まあちょっと離れとるな」

「それで自衛隊も警戒に来ていて、あっちにテント張って、駐屯してるんです。民宿の米田さんのとこの裏庭」

「ホンマに？」

神主は、心底驚いたというふうだ。

「神主さん、ここに政府の要人って、来たことあります？」

「政府の要人？　いんや、聞いたことないなぁ」

「ほらパパ、政府の要人なんて、言い訳じゃないかなぁ。龍神さんのために、あの人たち来てるんだよ」

麗羅が言う。

「うーん、でも、そうかもしれませんな、この耳鼻の入江、最近不思議な話多いて聞きますからなぁ」

「そうなんですか?」

私が言った。

「うん、でもな、うちの神社のもともとの神さんは、徐福さんじゃて言われます」

「徐福さん……?」

「はいそうです。秦の始皇帝がなあ、不老の薬を探すようにて命じて、徐福さんいう人が、仙人の薬探して東の方角に船出して、この丹後の地ぃに来はったいう言い伝えがあるんですわ。その徐福さん。この先になあ、新井崎神社いうものがありますけどな、そこもそう。徐福船団は、山東半島沿いに東に進んで、対馬海流に乗って、日本海に進みましてな、そしてたどり着いたのが新井崎。新井崎には、徐福上陸の地という石碑と、徐福が匿われたていう「経文岩」という史跡があります。まあ、名所になってますわ」

「それは史実なんでしょうか。ただのお話の伝承なんでしょうか」

「そりゃ、二千年以上も昔の人物ですからな、ずっと伝承の人物で通っておったんですが、あんまり荒唐無稽やいうことででしょうな。でも最近、一九九〇年初頭頃から、にわかに実在の人物やないか、これは史実やないかていう考えが大陸で台頭して、研究者の間ではちょっとしたブームになったんです。

大陸でいろいろと史跡の発見がありましてなあ。それに引きずられて、日本でも信奉者が多く出るようになって、日本側には上陸地点がいろいろとあるんです、九州有明海、三重県、それからここ伊根」

「ほう」

「そいでな、一番興味深いことは、なんというても神武天皇で、徐福伝承は、一部神武東征伝説と重なるんですわ。それでね、神武天皇と、徐福さんとが同一人物やないかいう説もだんだんに信じられるようになってきて、かくいう私もその一人ですが……。ああいかんなあ、寒うなりましたな。おたくさんらにこんな話につき合わせてもあれですから……」

「いや、私は面白いです。私はこういう話が大好きで」

私は本心から言った。

「徐福さんと龍神さんがどのように関わるんですか？」

「ああそりゃ、海の守り神の龍が、徐福さんの船団を助けて、ここまで運んできはった、いうことです。それでこの神社が建ったんですわ」

「それで、不老長寿の妙薬というのは、見つかったんですか？」

「見つかったいう話です」

「では始皇帝に届いたんですね？」

「いやそれが、徐福さんは中国に帰らなんだて、向こうの文献にはあるんです。日本の地で王になった、ていうんですわ。それで神武天皇やないかて、こういう話になるんです。ま、ともかくこの熊手、小屋に仕舞うてきますから」

神主は、普門山の額がかかった寺の施設の裏手に入っていくので、私と麗羅は、なんとなく雨の中に取り残され、しばしたたずむことになった。

「変わった神主さんだね」

私は言った。

「ホントに。神主さんというより、学校の先生の性格が前面に出てるんじゃないですか」

「そうだね、歴史の先生って感じだね」

「でもここ龍神さまの神社だとは驚きです」

「そうだね、偶然とはいえ、びっくりだね」

「やっぱりここがあるから、龍神さま、来たんだって思う私」

「そうかな」

「あっ、神主さん来た」

麗羅が言って、神主の方に寄っていった。

「神主さん、このへんにお昼ご飯食べられるお店とか、ありませんか?」

「あああるよ、ナマコ活魚さん、食べに行く?　私も今行こうかなって思ってます。一緒に行きますか?」

「じゃ行きます」

「でも、民宿で出ないの?」

「民宿の依田さん、奥さんがいなくなっちゃったって。それでご飯出なくなっちゃったんです。

出るの朝食だけ」

「依田さんとこ？　奥さんいなくなったって？」

「はい」

「どうしてだろ。ま、ともかくお昼、行きましょうか」

神主は、先に立って石段の方に向かう。

5

「依田さんの奥さんがおらんようになったんかいな」

ナマコ活魚の店のカウンター席に着くと、神主さんは、開口一番にそう言った。

「また、どこに行ったんかいな、南吉さん解らんて？」

「はじめてのことで、見当もつかないと」

「はあ、ほうかいねぇ」

神主さんが連れていってくれたのは、店頭、入り口頭上の赤いテントに、「伊根の幸、ナマコ活魚」と白文字で書かれた小さな店だった。扉の前の暖簾には、食事処、呑み処とも書かれてあり、やはりこの地の男たちが、夜に酒を呑みにくるところらしい。そして周囲右にも左にも、食べ物屋の類はほかに見当たらない。このあたりでは一軒だけの食堂と見える。

「依田さんは、お知り合いなんですか？」

私は訊いた。

「そりゃ、よう知っとりますよ、ご近所のことやし、南吉さんにゃ、徐福さんの話も何回もしたしな、徐福さんらがここで発見したいう薬草の話も、もう何回もしましたわ」

「えっ、見つけた？　それ、この土地にあったんですか？」

「そうです。普通に山に生えとります」

「へえ、どんな植物なんですか？」

「これも諸説があるんですけどな、一種類やないし、ともかく注文しましょ？　何がええですか？　ここの売りは、干しナマコ丼です」

「干しナマコ……、それ、美味しいですか？」

はじめて訊く名前で、食べたことがない。そしてなんとなく、気味が悪いような気がした。

「美味しいですよ」

神主さんは気楽な口調で言う。

「あっ、ナマコって、すごい抗ガン効果があるんですよね。乳ガンにナマコ・エキスかけたら、五分で消えたんだって。じゃ私それ」

麗羅は言う。

「それじゃぼくも食べてみようかな……」

「味は中華ふうになっとりまっさかいにな！」

とカウンターの中の親爺が、元気よく言った。

「この親爺さん、湾でナマコの養殖やっとるんですよ。そして取ったら干してな、それを中国に輸出してまんのや」

「へえ、中国に。干すんですか？」

私が訊くと、

「へえ、そうです、手間かかりますでぇ」

と大声で言う。

「手間って、どのくらい……」

「二ヶ月ほど干します。そいで中国とかに輸出しますけどな、店で出しとんのは、その干しナマコ、一週間かけてぐつぐつ煮ながら戻すんですわ。せやからね、やらかいよ、歯ぁがいらんくらいにやらかい！」

と親爺は説明する。

「まあ、体にええと言うからねぇ、私も食べるようにしとります」

神主さんは言う。

「抗ガン効果ですよ」

麗羅は言う。

「今日本人、四、五人に一人はガンで亡くなってますものねー」

「ああほうね、そらまた、激増やねぇ。昔は日本人、ガンが全然おらなんだいうのにね。せやからガンの告知、本人にするせんで大騒ぎしとったものねぇ昔。今はそういうことないらしなあ」

「なあんか、風邪みたいにポピュラーな病気になっちゃいましたね」

　私も言った。

「一方アメリカは、どんどん減っているんですよ。日本人はずっと酒タバコのせいですませちゃって、あんまし考えないみたいだから、激増」

　麗羅は言う。

「ホントは何のせいなん？」

「食品添加物、保存料とか、グルテン、カゼイン、シュガー、ＡＧＥｓ、食の汚れが大きいみたいですよ。でも日本では、テレビが食品のコマーシャル料で成り立っちゃってるしー、なかなか本当のことが言えないみたい」

「日本て、毎日行儀忖度（そんたく）の嘘ばかり言ってる国になっちゃったよね、それで自分がガンで死んでりゃ世話ないね」

「お医者さんまで本当のことが言えなくなっちゃった」

「困ったねー」

「はいよ」

　と丼が三つ、カウンターに並んだ私たちにそれぞれ差し出された。

　玉ねぎや野菜、卵が入った美味しそうな外観のものだった。ひと口食べてみると、ナマコはこんにゃくのような歯触りだった。

「どうです？」

と神主さんが訊くから、

「うん、美味しいですね」

と答えたが、美味しいと思って食すれば、確かに美味しい感覚はある、というような感じだ。

依田さんの民宿では食事にありつけないとなると、どうやら今日からずっとここで食事しなくてはならないということか。

「このあたり、食事処はここだけですか?」

訊くと、まあそうやねえ、と神主さんは言う。

「ちょっと大浦の方に向いて歩いたら、ありますよ。平田の方に行ったらもっとある、遠いけど」

「ああそうですか」

私は言った。しかしそんなに遠いのでは、ちょっと億劫だなと考えていた。

「あんたら、依田さんとこの民宿に泊まっとるんやねぇ」

親爺が訊いてきた。

「はあ、そうなんです」

私が答えた。

「でも奥さんの姿が急に消えて、食事が出んようになったと、こういうことね?」

「そうなんです。南吉さんは、ご飯作れないからっていうことで」

「そやね、あの奥さん、嘉さん、料理自慢なんよね、確かお母さんが、福井の方の旅館の娘さんやったという話やから」

「ああそうなんですか、どうりで美味しかった」

「お母さんに教わったんですねー」

　麗羅も言う。

「南吉さん、小樽からこの地に来たんですよね？」

　私が聞くと、神主が首を横に振る。

「いいや、静岡やて聞いたな私は。静岡からか来たんやて。同じ漁港やからて。漁協に紹介されたて言うてたかな。まあ遠い昔のことやけども」

「え、南吉さんは小樽だって」

「あそうか、もともとは小樽なんかいな、それから静岡行って、次がここ」

「へえ。息子さん、三人連れてきたんですよね」

「そうそう、そやった。お母さんみたよな女の人と一緒やったから、てっきりお母さんかと思うたら、妹さんやった」

「へえ、妹さんと。その人は今も伊根に？」

「いや、それがおらんようになったな、外国に嫁に行ったて、言うたかなぁ。なにやら親戚に紹介された話やて言うて。しばらくはここの漁協で事務員しとったかな。しっかりした人でなあ、弁がたつような人、独身でなあ。それから天橋立の方に越して、スーパーの文具店の店員になったとか、そんな話やった」

「はあ、なんだか流れ者の家系みたいな……」

「そう、まあなんや、お家の事情が多分あるんやろなあ。一方の南吉さんはおっとりして、兄妹あんまり似てなかったな、性格から何から。南吉さんは、夫が亡くなった嘉さんのとこ、漁協で紹介されて、見合いして、まあもともとはそれで静岡から来たんやったと思たけど。腕がある人で、しかも昔はええ男やったからな、嘉さんすぐ惚れて、一緒になった、まあそういう経過やったかなあ。もうえろう昔のことやから、すっかり忘れてしもたけど、もう何十年も前のこと。そやから南吉さんは、今はすっかり土地の人ですわ」

「三人子供があるんでしたよね」

「そうそう。みな漁師になっとります。児玉さん、博田さん、三好さん、それぞれ婿に入った」

「へえ、すごい」

麗羅が言い、感心したようにうなずいている。何がすごいのであろう。

「さっきの徐福さんの話ですけど……」

私がそう水を向けると、彼は、

「ああ、はいはい」

と言う。私はこのことに最も関心がある。

「どんな話が伝わっているんですか？」

訊くと神主さんは、ナマコ丼を食べながら、以下のような話をしてくれた。

「この土地に伝わる話はね、上陸した徐福さん、ここで薬草探して歩いとったら、里の人で丁重に迎えてくれる人がおってね、このあたりの豪族なんやけど、酒作りを営んでおりますと言うてね、家に連れていってもてなしてくれた。そしたら家に、おたついう十八の美しい娘がいて、酒を出してくれたんやけど、これが蓬莱(ほうらい)の美酒かと思うほどに美味しうて、すっかり酔うてしまい、おたつの美しさにも参ってしもうて、恋仲になった。おたつの方も、徐福さんの上背のあるたくましい体つきと、珍しい異国の衣服に惹かれたいうてね。

徐福さんが日本に来たのは、昔から大陸には、東の海に方丈(ほうじょう)、蓬萊、瀛州(えいしゅう)いう三神山が中心にそびえるきれいな島が浮かんでおって、そこには歳を取らない仙人さんが大勢暮らしてはるいう言い伝えがあるらしうて、それを信じて日本に来はったんです。そこの仙人が不老不死のわけを、その秘密を教えてもらおう思うて。その蓬萊いう島が日本やと、そいで島にそびえる富士山が蓬萊山やと、彼らはそう思うたんですな。

それで翌日から、親子に案内されて、このへんの山に、不老不死の妙薬を探して分け入ったんです。ここにそんな薬草あるんですかと訊くと、必ずあると父親は言うんです。しかしなかなか見つからない。だんだん足が痛んできて、引きずりながら歩いていると、白髪童顔の仙人が、しきりに鍋で何かを茹でているところにぶつかった。

仙人の方で、あんた何のためにこんなところまで来はったんかて問うてきたからね、いや実は不老不死の薬草を求めて、海の向こうから来たんやけど、全然見つからんで困ってるて答えたら、心配いらん、これがそうじゃと教えてくれた。そして自分は一千年の昔からここにおるんやけど、この薬草のおかげでこの通り歳も取らず、毎日元気やと言うたんです。

この薬草は、この山の横から谷あいまで、岩の間とか、大木の根っこなどに生えていると言って、取ったばかりの薬草を手渡してくれて、鍋から立ちのぼる湯気とともに、消えてしもうたんやと。

それでみんな喜んで、もらった薬草と同じ外観の草探して、たくさん採集してきたんです。それ煎じて、みんなで飲んで、大いに若さを得、日々を楽しむことができた。それでさっそくこれを大陸の皇帝にと徐福さんは思うたけど、海路はあまりに遠ゆうて、送るすべもあらへん、それからいろいろあって、徐福さん結局日本に居続けて、大陸に帰らへんかったために、始皇帝は、結局これを手に入れられずじまいになった、そういうお話です」

「その薬草は何だったんですか？」

「黒蕗（くろふき）やと言われておりますな。植物学的にはウマノスズクサ科に属するウスバサイシンいうものやとか、みちのね草、タニアフイ、みやぬな、なんかだと言われています。

ほかにも、ギリシア神話に出てくるアンブロシアいう植物やとか、山口県の祝島のコッコーいう木の実がそれやとか、菖蒲（あやめ）と蓬（よもぎ）が神薬だと言う人もあります」

「実際に長寿の効果はあるんですか？」

「蓬も抗ガン効果すごいそうですよ。抗がん剤の三万倍強い抗ガン効果なんだって」

麗羅が横合いから言った。

「自然界にいっぱいあるんだー」

「今でも徐福さんの薬草、探しとる人はおります。さっきの南吉さんなんかもそうで、あの人薬草趣味です。それら、健康にはええんでしょうけどな、不死いうわけにゃいかん、思いますな」

「そりゃそうですね。それからさっき、神武天皇の東征の伝説と共通すると言われたように思いますが……」

「うん、それはですなぁ、秦の始皇帝が完全に本気になったもんで、皇帝は紀元前三世紀の、はじめての中国全土の統一者ですからなぁ、そりゃあもうとてつもない権力、財力があった。けど自分の命だけはままならんもんで、統一国家の行く末を見届けぬままに余命が尽きるのはいかにも口惜しい、もっと長生きがしたい、そう切に思うてたとこに、方士（ほうし）の徐福が、東方の海上の三神山、方丈、蓬萊、瀛州には長生不老の霊薬があるらしいいて奏上したものやから、これやということで、皇帝は俄然興味を抱いたんです」

「方士……」

「方士いうのんは、瞑想や気功をもちいて霊力を操る職業人のことで、当時の権力者は、みな方士をそばに置いて、戦のおりなどに自分の決断の当否を判断させたんです。そういう、皇帝が大いに信頼する存在やった。こういう者が、東の海に不老不死の妙薬があると言うものですからな、始皇帝はその探索に本気になったんです。探索隊は、大予算を注ぎ込んだ一大国家プロジェクトになった」

「へえ、ちょっとした思いつき程度のものじゃなくて……」

「いやいや、今でいうたら、アポロ計画みたいなものですわ」

「すごーい」

「なにしろ、秦の始皇帝の肝入りですからなぁ、徐福の船団は、それは大規模なものになったんです。まだ国交のない国から、大秘密を聞き出そういうんですからな、あやまたず先方が関心を持つような、魅力的な土産を持たさんといかん、先進国の最高指導者としてはそう考えますわな。いつの世も、それが政治いうもんです」

「国同士のつき合いは、国益の交換で、ウィンウィンでないといけませんね」

「そうです。渤海の先の神仙に向けて出す、世界最大国家の土産ですから、生半可のもんじゃまずいです。まず大型の船を何隻も作らせて、これに百工と称される、当時の各産業界のさまざまな最新技術者集団を乗せた。これにはおそらく、軍事技術も入っておったでしょう。加えて魅力のある童男童女、これら合わせて三千という人員を用意したんです。やはり国家最高指導者ですからな、一国にとって最も重要なものは、最新科学、軍事を含む工学、そしてもの作りの人材やと踏んだんです」

「ほう、的確な判断ですね」

「最高指導者は賢人ですから。それに加えて金銀財宝、五穀の最高の種子、これらも重要なはずです。国民の食料ですから、国の礎(いしずえ)です。一方の日本はというと、時代はようやく長い縄文の時代が終わり、弥生の世になったばかりですから、まだまだ遅れておったはずです。こうした先進国の最新技術集団は、日本では絶大な魅力を発揮し、王や民の関心と、尊敬を集めたはずです。こういうことは、司馬遷(しばせん)が著した『史記』、『淮南衡山列伝(わいなんこうざんれつでん)』に書かれております」

「ほう、これは、ぼくは考えが変わりましたね、徐福来訪は、日本昔ばなしみたいな単なるお話かと思っていた。全然違いますね」

「違います」

「すごいリアルです。完全に理にかなった国策、国家プロジェクトのありようですね」

「でもそれだけ用意して、持ち帰ったものが蓬だったりしたら、皇帝は合わないって思ったかも……」

麗羅が言う。

「でもそのくらい皇帝は、不老不死の技術を魅力ととらえたんでしょうね。国家の背骨と交換しても足ると考えた。なんとしても、国家を支える最新技術と引き換えにしても、手に入れたかった。しかし司馬遷のこの書物には、徐福は秦に帰ってくることはなく、平原広沢、これは広い平野と湿地のことですな、これを日本で得て、王になったと書かれておるんです」

「はぁ、いいのかなぁ、それ、詐欺にならないかな」

「ま、なにぶんおっしゃるように、荒唐無稽ともいうべきストーリーですからな、あくまでお話やと、ずっとみなに思われておったんですが、一九八二年に、中華人民共和国の地名辞典の編纂に携わっていた徐州師範学院の羅其湘(らきしょう)という教授が、江蘇省の連雲港市郊外に、後徐阜村という地名があるのを見つけたんです。調べると、この村は清のはじめの頃までは、徐福村と呼ばれておったんだそうで、つまりここが、徐福生誕の地らしいと解ってきた。

これを契機にして、秦、漢代の造船所跡が見つかったりしまして、にわかに徐福は実在し、彼が始皇帝の財力で大船団を組織して、東に船出していったというのは史実ではないかと、一部では言われはじめたんです」

「コロンブスみたい」

「『史記』は歴史書として名高いし、それなりに信頼感があります。また徐福の記載は、あちらにおいては他の書物にも見えるんです。

だから、そうなると日本に稲作の技術伝えたのは徐福ではないかとか、金属工作器具を伝えたのも彼ではないかとか、彼と一緒にやってきた人たちは、これは質量ともに、一国を支え得るほどの一級の人材ですから、まもなく日本という国家の中枢になったのではないか。またこの人たち、当然大陸の言語を話せますからね、日本サイドに立って、大陸と交易を始めたかもしれない。すると、国は飛躍的に富んでいきます。国際貿易というものは、いつの時代も常に儲かるんです」

「幕末維新の薩摩の財力は、実は抜け荷だったと言われますものね」

「そう、密貿易。そうやって作った財力と、彼らが伝えた先進科学技術というものによって、日本という国は以降強力に興っていったのではと、そう考える人たちが出て来て、徐福伝説いうのんは、これは史実やないかと、だんだんに言われるようになってきたんです。

さらに徐福伝説が残る日本各地、ここ伊根は北にはずれますけどな、九州、三重、近畿に多いんです。つまり神武の東征ルートに多くが重なるもので、薬草探しの旅は、結果として東方の征伐遠征にもなったんやないか。歓迎されないことも多かったでしょうからなぁ、そうなるとしゃあないと、戦にもなりますわな。

ということはつまり、徐福の船団は、実は最新最強の武装軍団も積んでいたんではないか。伝承から、この重大な点が抜け落ちていたんではないかということです。訪問は、当然迎撃も予想されたでしょうし。だから、三千という人員には、当然兵士もおったと思うんです。でないと、みな殺しにされてしまう危険もある」

「そうですね、これは西方からの黒船ですものね」

「そう。でも戦争技術の先進性によって勝利を続ければ、東方の薬草探しは、自動的に東征行に姿を変えてしまいます。今申したような進んだ食料生産技術や、先進科学を活用した新産業の興隆というのはつまりそういうことではないか。日本人いうのは器用ですもんね、徐福軍団の進んだ軍事技術を取り入れたんではないか」

「そう、鉄砲伝来して一、二年後には、もう大量にコピー生産して、全国に普及していたのが日本ですものね」

「そうそう、そうです。それに国家間交易のルールマスターなんかと相まって、神武による日本国の開始と、うまく重なるんです、徐福来訪は」

神主さんは説明を終わり、私はいたく感心してしまった。

「はあー、なるほど」

「徐福さんが意図していたことではなかったかもしれないが、船団の乗組員は、始皇帝の先進最強の軍事技術を身につけておったろうし、そうならこんな田舎の島国では、もう無敵でっしゃろ。向かうところ敵なしやったでしょう、なにしろ海千山千の大陸を平定した軍なんですから。

徐福さん、知らんうちに、神武天皇として担がれてしもうておったと」

「はあー、なるほどねぇ、すごい話ですねぇ、すごく説得力を感じます。神武東征って、ぽっと出の一軍勢による日本全土の征服平定なんて、軍事力によほど圧倒的な格差、先進性の大差がないと、むずかしいことでしょうからね、そのくらいの裏事情がないとね。面白い話ですねぇ」

私は言った。

「ホント。今のお話ホントのことだって、私思えちゃった」

麗羅も言った。

「やはり全国には郷土史家の優秀な方、いらっしゃいますねぇ」

私も言った。本心だった。私は大いなる刺激を受けた。

「うん、この先生、歴史が専門やけどな、今の国際情勢のこととかもな、何でもよう知ってはるで」

ナマコ丼の親爺も、カウンターの中で、興奮したふうな大声をたてた。すでに酔っているような勢いなので、昼間から一杯入っているのかなと私は思った。

「いやいや、私のはほんの道楽趣味で」

神主さんは謙遜して言った。

「手塚（てづか）さん、そんなんやっぱし授業で教えてはるんで？」

親爺は訊く。

「いや、こんなことは教えません。相手、中学生ですからな、もっとごくごく基本的、常識的なことばっかしやわ」

「やっぱし手塚さん、大学の先生になったらええのや」

するど神主さんは苦笑して言う。

「こんな田舎に、大学なんぞあらしまへんがな」

「手塚さんて、言われるんですか？」

私が聞きとがめて訊いた。

「え？　ああそうです、手塚です、どうぞよろしうに」

「私たち藤浪です。パパは作家さんなんですよ」

あわてたように、麗羅が横から言った。毎度ながら、これは大いに正解であった。すでに私は、石岡ですと喉まで出かかっていたからだ。彼に本当のことを言うと、南吉氏に伝わるであろう。

「えっ、作家」

すると手塚氏は、びっくりしたように言った。驚いて目を丸くして私を見ている。

「こりゃ、おみそれしましたわ」

と彼は言った。

「は、え？」

と言って私も驚いた。なんでそんなことを言うのであろうと思った。

「私はもう、こんなしがない田舎教師でして」

彼は言い、私は恐縮で縮みあがった。

「いや、手塚さんすごい知識で、勉強になりました。感心いたしました」

「いやいやこんなのはほんの……、あの作家と言われると、いや、本をお出しになっているんで……」

「うーん、まそうなんですが……」

私はいやいや言った。

「私のは全然大したことなくて……」

「どこの出版社で、東京のですか？」

「講談社が多いよね、パパ」

「講談社！　ははーっ」

神主は言ってぴょんと立ち上がり、深々とお辞儀をした。

「やめてくださいよ、私のは全然そんなんじゃなくて、もう、君もやめてよね、そんな話はやめましょう」

冷気の中なのだが、私は汗をかいた。

「でも、いったいどこからそんな知識を」

私は話を変えたい気分もあって訊いた。

「まあ、わてはこんな、一応神職ですし、神社はのうても。そいで、日本の神道は、隠れユダヤ教やて言う人もおります。秦氏が日本の神社の形式や神儀なんぞを創ったんやと。日本の神社の境内は、ユダヤ教の移動式の神殿の配置と同じやと」

「へえ」

「秦氏いうのは、字見ても解りますように、秦の始皇帝の末裔やということなんです。せやから秦氏らの一団、大陸から難を逃れて日本の天皇家を頼って来日したと。秦氏の先祖らが西暦三七二年に、二万人もの大陸の難民引き連れて、天皇家を頼って来日しております。この時も、大量の絹織物とか、工匠、つまり技術者の集団、金銀財宝を土産に携えていて、天皇家に献上した。徐福さんの時と同じです」

「ホントだ、出エジプト記みたいですよね」

「はい。宮中は、それで積み上がった貴重な献上品で、丘のようになったと、それで埋益(うずまさ)るの名を天皇から賜ったと言われます。せやからやっぱり日本の天皇家には、秦の血が入ってるんやないかと。その縁を、秦氏に頼られたんやと。

それで日本に酒造りの技術とか、絹の生産、土木工事技術なんぞを彼らが伝えたと。京都の西方に住み着いて、その土地を今太秦(うずまさ)いうのんは、来日時に天皇家から賜ったうずまさるが土地の名になったんやて言われます。日本に宗教を創ったと同時に、秦氏はのちの平安京造営なんかにも、土木技術で一役買ったと」

「はい。それでユダヤ人というのは……」

「秦の始皇帝は、実はユダヤ人やったというんです」

「ははあ！」

「だから広隆寺の中心から裏手に移された大酒神社、これは今も別名ダビデ神社いうてますのや」

「ふうん、ということは、徐福さんも……」

「それは断定できませんけど、もしかしたら、そうかもしれませんな」

「そしたら、日本の天皇家もそうだということになりますか。徐福さんが神武さんなら」

「さあ解りません、そうなんかいなあと、一在野の者としては。それで興味惹かれて、ちょっと研究することにしましたんや。でも神社の形式もそうやし、お神輿いうもんもそうやし、三種の神器も、日本とユダヤにしかない言うしな、十善戒もそうやし、京の祇園祭とか、もういっぱいありますのや。言い出したらきりがおまへん」

神主の手塚氏は言った。

6

手塚神主は、これからちょっと用事があると言って、昼食を終えるとそそくさと帰っていった。ここから家まではけっこう距離があるから自転車になると言い、社に行く時はいつも、この店の裏手に自転車を置かせてもらっているのだと言った。

この店の親爺は、名前を亀山（かめやま）といい、飲み友達として、もう長いつき合いになるという。神主は帰り際に名刺をくれて、ここに自分の携帯電話の番号が書かれているから、何か解らないことがあったら電話をくれと言った。これは大いにありがたかった。そこで私は、自分の番号を教えるため、その場で彼に電話して、自分の番号を登録してもらった。藤浪さんですなと問われるから、ペンネームだと言って、石岡和己の名前を登録してもらった。

麗羅と二人になり、このあたりにコーヒーを飲ませる店などはないかと亀山に訊いたら、そんなんありませんな、と言下に言う。平田の方に行ったらありますと言うが、まだ表の雨は続いているふうだし、こんな天候の中、長い距離を歩くのも億劫で迷っていたら、そんなら番茶かウーロン茶、淹れてあげましょかと言うから、お願いした。

ずっとカウンター席にいるのも芸がないので、店に唯一小さな窓があって、表通りの雨が見えるようなので、そこに移動して、雨を見ながらゆっくりお茶を飲むことにした。店内に客の姿もないから、気兼ねもなかった。

カウンターから離れるので、親爺に聞かせたくない話もできる。表の雨を見ていると、番茶が届いた。

「よく降るね」

私は麗羅に言った。

「表は寒そうだね、ここは暖かいけど」

「そうですねー」

麗羅は言う。

「ナマコ丼、美味しかった？」

私は訊いた。

すると麗羅はちょっと首を傾け、

「あれはお薬」

と言った。

「あの神主さん、もの知りですねー」

と言うから、

「ホント。歴史に詳しいね」

と応じた。

「君、歴史好き？」

問うと、
と言う。そして、

「あんまり」

「でもおじいちゃんは詳しかったよ」

と言った。

「専門家。じいちゃんは、今で言う地政学やってて、歴史とか国際情勢、すごい詳しかった。自衛隊でも教えてたよ」

「へえ、じゃ防衛大学校で。そういう勉強したんだね」

と訊くと、首を横に振る。

「全然。防衛大って、学生は全然勉強しないんだよ。授業中はみんな遊んでるって。訓練で疲れてるから寝てたりね。学生は給料出てるし、国家公務員だから」

「え、そうなの？　じゃどこでそういう知識を？」

「主に前の大学。じいちゃん大学ふたつ行ってんの。前の大学がね、文学部の歴史科」

「すごい。ふたつ行ったの？　どこの大学」

「東京大学」

「えー東大⁉　本当に？　そりゃすごいな。それから自衛隊？　どういうのそれ」

「事情があったみたい。じいちゃんが行ってた頃って、学生闘争の時代で、安田講堂攻防戦の時代、先生知ってる？」

「ああまあ、一応知ってる。知り合いみんな、学生時代は闘争やってたから。じゃあ、安田講堂に立て籠ったの？」

「そうみたい。講堂内が解放区になって、ジャズの有名バンド呼んだり、地下演劇の団体呼んだりして、毎日がすごく楽しかったって」

「ふうん」

私はうなずいたが、あの闘争も、最後は機動隊が突入して、悲惨なことになったはずだ。

「あれ、あの時、学生たちの闘いの目的は何だったたっけな。やはり革命の成就ってことかな？」

すると麗羅はまた首を左右に振る。

「あれはね、最初は医学部の不正問題。その是正」

「医学部？」

「そうみたい。東大の医学部ってね、卒業したら、教授がいる大きな病院に派遣されて、一年間タダ働きしなくちゃいけなかったんだって。昔からそういうしきたりになっていて、苦情を言うことは許されなかったんだって。教授の命じられるままの奴隷労働で、それはおかしいんじゃないかって、学生が、医学部の教授にこうした制度の理由を質し、こんな悪い慣習は改めるべきだと意見を言う集会を開いたんだって」

「ああ、そうだったか」

「担当の先生は利益を得ていたと思うし、東大は日本の医学業界のトップなんで、東大のやっていることはほかの大学の悪い手本にもなるから。ともかく東大は、日本の学閥の中で突出していたから、あまりに特権意識が強くて、威張りすぎだって、そういう意識のまま、旧態依然の日本型徒弟職人慣習は知らん顔で利用するって言うのは、それはあんまり姑息というものだって。

でもその時の学長があんまり小心な人で、偉い教授に向かって学生の分際で何を言うかと怒って、すぐに警察の機動隊呼んで、学生を排除にかかって、それで学生が怒ったの。第二次大戦時の反省から、大学の自治や、学問の自由は憲法にはっきり保障されていたので、医学部支援の学生は、そのまま講堂内に居残って、学長を待つことにしたから、自然に大学を占拠する格好になっちゃったんだって」

「ふうんそうか。そりゃそうだよね。患者の病いを治すための救済の医療システムが、日本式の行儀意識を隠れ蓑にして腐敗してたら、こりゃ本末転倒だね」

「はい」

「あれ、一回目の東京オリンピックのあとだよね」

「オリンピックの四年後だったって聞いたかな。ここまではおじいちゃん、学生の言い分の方が正しいって考えて、共闘するつもりでいたんだって。国の将来のために、日本の間違った制度とか、制度中の腐敗は正さなきゃって考えていて」

「うん」

「でもほかの大学から支援の学生が東大の解放区に集まってきて、学生同士の話し合いが持たれるうちに、マルクス・レーニン主義とか、左翼への信奉がだんだんに表に出てきて、ソ連とか、中国式の革命を理想とするような体質が感じられてきて、だんだんに抵抗感が湧いてきたんだって」

「文化大革命と同じ頃だよね」

「うん、そうみたいですね。でも同じ時期だから、向こうの悪い情報はあまり入ってこなくて、露骨に、日本を共産中国の下部組織に入れるべきと言う学生までいて、それも大勢。それは絶対にダメだってじいちゃん思って。東大って、マッカーサー以降、そういう体質があったんですって。占領軍の内部にソ連のスパイがいて、そういう左翼思想の教授を意図的に送り込んでいて、長期計画の国民洗脳だって気づいて。

　そのうちに学長が代わって、行きすぎを謝罪する、話し合いを持とうじゃないかと、大学側が学生に呼びかけるようになってきたんだけど、もう遅い、その時期はすぎた、東大は解体すべきだと学生たちが叫ぶようになっていて、じいちゃんはあれあれって思ったって。医学部の不正はどうなったんだって、やっと是正のチャンスが来たのに」

「そうだよね」

「左翼学生の態度には、大学の傲慢とおんなじ、東大生の傲慢を感じて、意志の弱さを思ったって。大学側の譲歩につい調子に乗って、医学部の不正是正はどこかに飛んでいっちゃったんだって」

「ふうん、なるほどね」

「東大だという特権意識が強くて、他大学を見下して威張っている学生が、完全平等社会の実現だなんて叫んでいて、自分の言動の矛盾に全然気づいていなくて、これじゃ東大医学部の傲慢とおんなじだって思って、革命成就後の社会の腐敗が目に見えたし、これはダメだ、ついていけないってじいちゃん思って、機動隊を再度導入するって大学が言い出した時期に、大学を出たんだって。

　だけど外で悩んで、自分が今やるべきこと何かって考えたんだって。でも大事な友人がまだ学内にいたし、やっぱし戻ったんだって。そして火炎瓶とか、投石の武器を造るのを手伝ったって。じいちゃん、革命によって、平等な、人民に優しい日本社会が本当にできるのならって思って、みんなと話したんだけど、どうしてもみんなの話がパターンで信じられなくて。この程度の根性だったら、いざ権力持っちゃったら、みんな簡単に妥協して医学部とおんなじになる、革命前の王政と同じものができあがるだろうって思えて」

「どのくらい大学占拠してたの？」

「一年以上いたんじゃないかなあ。大学側は、これじゃ入試ができなくなる、学生がいなくなったら東大が消滅するって焦って、再度機動隊入れるのもやむなしってなって。それでいよいよ機動隊が来て、安田講堂攻防の戦争になって、催涙弾撃たれて、それが顔面に当たって、眼球が飛び出した学生も見たって。

それでじいちゃんもみんなもいっせいに逮捕されて、警察に連れていかれて、取り調べ中にじいちゃんは、左翼闘争も革命も自分はまったく信じていないって言ったの。解放されたら自分は東大やめて、自衛隊に入るって。そして日本が、ソ連か中国に占領されるのを防ぐって言ったの」

「へえ！　すごいね」

「取調官は嘘言うなって笑ったけど、じいちゃんは防衛大の募集要項とか、願書提出の証明書を見せて、この通り本気だって言ったの」

「はあ」

「じいちゃん、実は受験マニアで、試験が大得意だったから、免許もいっぱい持ってんの。船舶とか、大型バイクとか。運動神経も良くて、前から防大は受けてみたかったんだって。そんな闘争学生ほかにいなかったから、じゃあ俺はおまえを信じる、受かったら連絡くれって取り調べの警察官が言って、解放してくれたんだって」

「へえ！　すごい話だねー。でも東大生なら軽く受かったでしょ」

「試験自体は簡単だったって。でも入学してからが地獄で、普通の人なら到底務まらないだろうって言ってた」

「ふうん」

それで話が一段落して、私は黙って表の雨を見ていた。雨がコンクリートの道を打つのだが、そうしてできるしぶきが、帯状になって、それがうねるように移動していく様子が見えた。

「なんか、風も出てきたね」

私は言った。

「これは、海も荒れるかな」

「うん」

麗羅は言い、

「伊根湾の底、今どうなってるのかなー」

とつぶやくように言った。

「海って、表面は波が立って荒れても、底は静かなんじゃないかなあ。岸に自衛隊が来てて、龍神さま、来てるかな」

「君のおじいちゃん、若い時代だったら、ここに派遣されて来てたかもね」

「来てたよきっと。じいちゃんこういうの好きだから」

「そうなの?」

「北海道行ってたもの。北海道で、ソ連と戦争やる可能性あるって思ってたみたい」

「ほう」

そうだったか、と私は思った。ぬるま湯の中にいて、全然思うこともなかった。

「戦争かぁ、われわれ、日本人はもう永久に戦争はしなくていいのかって思ってたよね。でもまた戦争、迫って来ている感じするよね」

「はい」

「龍神って、何だろうね、日本の守り神なのか、それとも敵なのか」

「龍神さんに意思はおまへんで」

そう言う声が聞こえたから、私は声の方を振り向いた。ナマコ丼の店長が、おかわりのお茶を盆に載せて近づいてきていた。

「敵も味方もあらしまへん」

言いながらお茶の碗を取り替えてくれて、あられの載った小皿を置いてくれたから、私と麗羅は礼を言った。

「龍神さん、います?」

麗羅が訊いた。

「いてはります」

店長は断言した。

「龍神さんに、意思はないんですか?」

私が訊いた。

「龍神さんは、ただ海守ってはるんや、ここの海。人間が、この海汚したり、欲かいてやりすぎたり、海に大きい無礼働いたりしたら、罰を与えまんのや。そこにゃ感情いうもんはあらしまへん、海の神さんに、人間みたよな人格はないです」

「どんな罰なんですか？」

麗羅が訊く。

「そら、溺れさせますな、海に引っ張り込んで」

「溺死かあ、きびしいですね」

私が言った。

「海に出るもんにとっては日常やけどな」

「龍神さま、見たことありますす？　店長」

麗羅が訊いている。

「わてはないけどな、経験したことはあります」

言いながら、亀山はゆっくりと隣りの席の椅子に腰をおろした。

「経験した？」

私は驚いて訊いた。

「どんな経験ですか？」

「うん、聞きたい、どんなの？」

麗羅も言って、身を乗り出す。すると店長は顔を天井に向けて、思い出すような仕草をした。

「うーん、あれ、三十年くらい前の夏やったなぁ、えらい暑い夏でなぁ、みなよう海に飛び込んで泳いどったわ、子供らは特にな。わてはくたびれた船でなあ、養殖の生簀の様子、見に行った。手前から先に見て、一番沖のもんも見よか思うて、沖に向うとったら、突然船が進まんようになった」

「はあ」

「がくて停まってなぁ」

「エンジンが」

「いやいや。エンジンはもうがんがん回って、スクリューもよう回転しとんのにな、まるで何かに船底摑まれたような感じになって、船が全然前に進まへんのや、ごうごういうて、周囲じゃ変な音してな、ディーゼルエンジンからは白煙が出はじめてなあ、なんでや！　思うて、わてはもう、ここんとこがぞおっとした」

亀山は胸を押さえてみせた。

「恐ろしなってなあ、エンジンの回転落として、もう逆らわんことにしたのや。そいで、当分じいっとしとった」

「何か、船の下にいたとか？」

麗羅が訊く。亀山はゆっくりとうなずく。

「おった。確かに気配感じたわ。こわごわ下見たよ、そしたら何かおった、黒い大きい影がなぁ、おった海ん中、船の下」

「えーっ！」

麗羅が大声を出し、私も、聞いていて肝が冷えるような心地がした。

「でも亀山さん、亀山さんがどうしてそんな目に遭う必要……」

「いや、わい、その時ちょっと欲出しとってなあ、生簀いっぱい造りすぎましてん、銭のこと考えて、海も汚したし、反省した」

「はあ」

「人間、欲こいたらあかんがね、足るを知るや。そういうことつい忘れとった。もうこれまでかなて思うてたら、近所の船が二隻、沖から戻ってくるの見えて、おーいおーいて、旗振って、救助求めましたんや。彼らの船は無事に前に進みよるから、ロープで二隻に引っ張ってもろて、なんとか戻って来た」

「へえ」

「わてはそれで、生簀もと通りに減らしましたんや。ここで生きてくなら、もちぃと質素にやらなあかん思うて、反省して。わいは一人もんやさかいに、これ以上銭稼いでもしゃあないがな。一人の口に入るもんがあったらそれでよろし、なぁそうやろ？」

「あ、はい」

麗羅はうなずいている。

「そしたら、わいを助けてくれた北山の啓一の息子がなあ、このあたりで一番泳ぎのうまい子やったんやけど、次の日に溺れて死にましたんや」

「ええっ！」

私はどう反応してよいか解らず、黙った。

「舟屋から、そう離れた場所やなかったんやけど、まあ沖の方で。それでこれは、ここらで昔から言う船幽霊か、龍神さんの祟りやていうことになって、みながそう言うしなぁ、わては責任感じて、夜が寝られんようになりましてん。毎晩酒ばっかり飲みましたわ。今でもいけません、酒が全然抜けんがな」

私も麗羅も言葉を失い、黙り込んだ。

7

私たちは亀山のナマコ丼の店を出た。窓から見ていると、雨がやんだらしく見えたからだ。それで傘は手に持ち、濡れた舗装路を、平田の方角にしばらく歩いていった。この集落には、ナマコ丼の店だけではなく、寿司屋もあると聞いたから、どんな店か下見をしておこうと思ったのだ。これから永遠に、昼も夜もナマコ丼一択という事態はできれば避けたい。せめてもう一軒、選択肢を持っておきたかったのだ。

しかし周回路を歩くことは、可能な限り避けたい。車道では、自衛隊の車といつ行き会うか知れたものではなかった。そうなれば、いかにも村の者ではないという雰囲気の私たちだから、呼び止められるかもしれない。都会を嫌い、ここに越してきた風流人で通すことも考えたが、そもそもこの集落に、アパートがあるのかどうかも知らない。

　それで、山の方向に道がありそうならば、できるだけそっちを選んで歩くようにした。道がなく、空き地のみであっても、そちらを歩いた。すると、意外にも乾物屋だの布団屋、小さな文房具屋の類はあるのだった。ただコンビニや、スーパーマーケットの類がない。パン屋とか米屋、八百屋もなかなか行き合わない。これでは自炊もできそうではない。よく探せばあるのかも知れない。それとも各人自動車で、天橋立あたりまで買い出しに行っているのだろうか。

「あっ、あった、あれ、お寿司屋さんじゃないですか？」

　麗羅が声を出した。周回路の一本山側の小路を歩いていたのだが、左方向に曲がっていく周回路の先に、寿司屋らしい家が見えた。そこでやってくる車に注意をはらいながら、そこからは周回路に出て、店までやや早足になって、歩いていった。

　伊根寿司と古い木の看板が軒に上がっている店は、確かに寿司屋らしかったが、暖簾は出ていなかった。ランチの時間はすぎたし、夕食の時間まではまだ間があるので、休憩時間中なのかと思い、ガラス戸に寄って中を覗いてみた。曇りガラスなのだが、一番上のガラスは透明なのだった。

　すると中は明かりが消えており、人の気配はない。左側にカウンターが見え、右側には畳が敷かれて座卓が並ぶ、小上がりふうの席があるのだが、そこには段ボール箱や、なんだかガラクタふうのもの、古くなった、握り寿司を入れる丸い木の器などが置かれていて、営業しているふうではない。

「なんだか、やってないみたいだよ」

扉から目を離して、私は言った。

それで麗羅も扉に接近し、二度三度ジャンプして中を見ていたが、

「ホントだー」

と言った。

けれども左側の寿司カウンターは割合小ぎれいだし、ガラスケースや調理台には布がかかっているので、近所のごく親しい友人には、ほそぼそ寿司を握って出しているのかも知れない。こういう秘境的集落なら、あるいはそんな商売の仕方もあるのかも知れない。

だがこれでは、こちらの日々の腹ごしらえには、役立ちそうではなかった。手塚の神主さんあたりと一緒に行き、紹介してもらったら、以降はいいのかも知れないが。ここも京都の範疇だから、一見さんはお断りなのかも知れない。

どうやら、ナマコ丼の店しか頼りにならないようだ。常時開いている店というと、あそこだけらしい。毎日ナマコ丼はちょっと気が進まないが、あそこも、ほかに刺身の定食とか、たまご丼などはあったような記憶なので、そうしたものを順繰りに食べていくしかないらしい。

それともそういうナマコ丼以外を注文したら、材料が切れましてんとか言われるのであろうか。そうなら耳鼻にいる限り、昼も夜もナマコを食べ続けなくてはならない。でもそうしているうち、南吉さんの奥さんが帰ってくるかも知れないではないか。

「先生どうしたの？　元気ない」

麗羅が訊いてくる。私の脱力が解ったようだ。

「いや、これから毎日ナマコ丼になりそうだからさ」

私は言った。しかし、食べるものが何もないよりはましというものだ。贅沢を言ってはいけない、海外には、食べるものがなくて餓死している国の民もいる。

「どうしてもダメだったら、平田まで行きましょ」

なぐさめるように、麗羅は言った。

それからもしばらく、平田の方向に向かって並んで歩いてみたが、まもなく家はなくなり、彼方にひっそりと港が見えてきたので、引き返すことにした。

延々と戻り、山裾の林に分け入り、自衛隊の屯所をかわして、南吉さんの舟屋に戻ってきた。雨具を脱いで二階の座敷に上がり、しばらく海を見て、それから電気炬燵に入りながら紅茶を淹れて、二人でしばらく雑談をした。

麗羅はノートを出し、なにやら書きものを始めるので、私も麗羅に白紙を何枚かもらい、メモを作ることにした。これまでここで見聞きした事柄を、いずれ横浜に帰って文章化する際のため、簡単な下書きを作っておくことにした。

しばらくそんな作業をしていたら、眠気が襲ってきたので、ごろりと横になった。そしてこの入江に侵入してくるという巨大生物の、外貌について空想した。

この頃はNHKで、ジュラ期の恐竜たちが動き廻る教養番組をやっている。CGで作った映像が、大変にリアルだ。ああいうものは、アメリカのSF冒険映画が先駆けだったのだろう。日本製の映像も、非常によくなった。本物としか見えない。

あのような首長竜が、この入江の海面から長い首を出し、われわれのいる舟屋に向かって迫ってきたら、これは仰天もので、さぞ恐怖だろう。すぐ目の前にまで来れば、その巨大な首、黒く濡れた爬虫類のざらついた肌、轟音のように轟く水音に、心臓が止まる思いがするに違いない。そして私は、この世界の退屈さに対する認識を、恐怖とともに、根底からあらためるだろう。

一度見てみたいと麗羅はたびたび言うが、それは泳いでいる姿を遠くから見たいという意味だろう。至近距離で行き合えば、腰が抜けて動けなくなる。麗羅だって、そんなことは望むはずがない。ホエール・ウォッチングと同じで、できればそばで見たいが、あまり近すぎても困る。こちらの命が危険だ。御手洗がここに来るなと言ったのは、そういうことが実際に起こるという意味なのだろうか。

しかし横になり、天井をスクリーンに空想の視界を広げても、足もとに寄せているこの平穏な海が、そんな非現実的な事件を起こすとは、どうしても思えないのだった。ずいぶん長く生きてきて、海水浴場の海とか、連絡船の甲板から見渡す海原など、それは数限りなく見た。これは年配の者のよくない部分かもしれないが、この世界は恐ろしく退屈なもので、とてもではないが、そんなとてつもないことは起こらないと、これは確信がくる。

若い麗羅などは経験の量が違うから、あるいは違うことを言うのかもしれないが、私などには、もう骨の髄からそう確信ができてしまうのだ。これまでの自分の生き方の凡庸、見てきたものの月並みさが、いかに想像力をたくましくしてみても、平々凡々の枠を超えない。ありきたりどない。

の視界を延々と眼前に運んでくる。見えたものに驚き、仰天の声を上げた記憶さえ私にはほとんどない。

めくってもめくっても退屈な絵が出てくるピクチャーカード、私の脳裏には、奇想天外の風景の構図など、全然ストックがないのだ。おそらくは死ぬまで、私はそんな凡庸な光景を見続けて終わる。これから何日かのうちに、この穏やかな海で、そんな驚天動地の光景を見ることができるなら、それは是非お願いしたいという気分になる。そんなことがあれば、私はこの世界をむしろ見直す。できれば見直して、この生涯を終えたいものだ。

「先生」

麗羅が言った。

「どうしたの？　目がすわっちゃってるよ。何考えてんの？」

言われて、私はふとわれに返った。

私はいっときぼうっとして、精神を現実に呼び戻した。それからのろのろと身を起こし、瀕死の象のように、炬燵にすがりながら立ち上がり、よろよろと歩いて、窓に寄った。

ガラス越しに眺める耳鼻の入江は、相変わらず白くガスがかかっている。霧だろうか、いや、また霧雨が降りだしているのだ。それが白い粉のように見えて、時おり風にあおられてうねる。

霧雨を通して、私はじっと海面を見つめる。しばらく見つめることを、自分に強いてみる。

しかしいくら見つめても、この現実の海に、プレシオザウルスの巨大な首が海面に出て、こちらに迫ってくる光景など、まるで見えない。頑張っても絵が浮かばない。あまりにも非現実的だ。映画の海、教養番組の水面とは、この現実は違う。似て非なるもの、同じように見えても、まるで月の表面のように、遥かにかけ離れた別世界なのだ。

水自体が違う。そこに生きる生物も違う。自分の眼球が人より解像力が高いとは思えないが、現実を見抜いてしまう。それが歳の功というものなんだろうか。全然いいものではないが、そういう気がする。ここにそんなものが現れるはずがないと確信、それとも見抜いてしまうのだ。

「一生懸命空想するんだけどね、ここにプレシオザウルスの長い首が突き出す日が来るとはね、どうしても思えなくてさ」

私は言った。

ぼうっとした表情で炬燵から私を見ていた麗羅が、もぞもぞと立ち上がり、私の横に来た。私と同じようにじっと霧の海を見て、そして、

「また雨」

とつぶやいた。

「霧雨、よく降るねー」

と関係ないことを言っている。私は、じっと待っていた。続いて、彼女が何を言うかと思っていたら、

「私思える」

と麗羅はぽつりと言った。

「ここに龍神さまの首が突き出して、こっちにどーっと近寄ってくるの、私、見える、あるって

思う。リアル、あり得る光景」

　私は目を剝いた。

「はあー」

　そして感心した。感覚の相違、見解の相違だと思った。若さの未熟ゆえか、その力かなあと首をかしげてみたが、これは解らなかった。麗羅の方が当たっているのかもしれない。

「先生、お腹すかない？」

　彼女は全然別のことを言い出す。それから、さっさと炬燵に戻った。

「え、君すいたの？」

　私は尋ねた。

「ううん。でも先生、すいたかなって思って」

「まだだけど、そろそろかなぁ」

　私は言った。

　いつもそうなのだが、私は訊かれても、自分ではよく解らないのだ。すいてるようでもあり、すいてないようでもあり、ただ目の前に食事を出されたら、食べることはできると感じる。

「じゃ、もう少し、お仕事しましょ」

　彼女は言った。

　それから二人、向き合って、もくもくと仕事をした。メモ紙に、ただあったことを細かな文字で書くだけなので、これはむずかしい作業ではない。はかどる。

「先生、陽暮れてきたよ」

やがて麗羅が言った。

「え？　ああ」

言われて窓を見て、私は言った。

立ち上がり、窓に寄り、外を見たら、確かに薄暗くなっている。黄昏時というあれだ。道の向こうからやってくる人の顔がはっきり見えない頃合いだ。これなら、自衛隊員に行き合っても、土地の人かと思われるだろうか。誰何をまぬがれるかもしれない。

「そろそろお腹減ってきたね、晩ご飯、食べに行こうか」

私は言った。

「ナマコ丼？」

麗羅は問う。

「うん、さっき母屋にトイレに行ったら、南吉さんの姿なかったし、晩ご飯作っているふうじゃなかったからさ、それしかなさそうだね」

「そうですね、何食べよっかなー」

言いながら、麗羅は立ち上がる。

階段をおり、二人並んで道に出たら、雨はやんでいる。しかし上を見たら、星はなく、厚い雲が空の全体を覆っているふうなので、折り畳みの傘だけは持って出た。ヴィニールの雨合羽は、上下ともに着ないでおいた。しかし空気は湿っている。

亀山のナマコ丼の店に入ったら、亀山がいらっしゃいと大声で迎えてくれたから、ぺこりとお辞儀だけしておいた。時間が早いせいか、まだ客がいない。私たちはカウンターの席は避けて、さっきの窓ぎわにもすわらず、その中間のテーブル席に着いた。なんだか喉が渇いたような気がして、ビールを頼んだ。

「先生ビール？」

と麗羅が、驚いたように訊いた。

「一日雨降ってたのに？　アル中みたい」

「うん。最近なんだかどんどん入るようになっちゃって、君もちょっと飲まない？」

「え、うーん……、じゃ、一杯だけ」

コップをふたつもらい、乾杯してからメニューを見た。刺身盛り合わせというのがあったから、それを二人分にしてと言って注文した。ビールを飲んでいるからちょうどいい。ご飯も取り、漬物とみそ汁もふたつ、つけてもらった。

用意されてあったのか、刺身はすぐに来た。ひと切れ食べると、魚は新鮮で旨い。そのように大将に言うと、

「そうでっしゃろ！」

とたちまちご機嫌になる。

「港から買うてきましたのや。冬の旬やでぇ、ぶり、まぐろ、石鯛、伊根はええでぇ、あんたら、住みなはれ」

「ほんと、住みたいですよ」

お追従を言うと、麗羅もお世辞で追随する。

「ホントにー」

しかしこれは本心ではないと以前に聞いている。

「ここ、アパートとか、あるんですか？」

「あるよ。まあちょっと、古い家やけどな。紹介しますか？」

「あいや、まあ、もし決心ついたらお願いします」

と私は、今は手を横に振って言っておいた。それから麗羅の方に向き直り、南吉氏の話をした。

南吉氏の姿が見えないが、いったいどこに行ったのであろう。そもそもこんな狭い集落、格別行くところもないであろう。喫茶店もないのだ。それこそ、このナマコ丼の店にでも来るしかないのではないか。天候も悪い。海のそばとか、山の頂で、ぼんやりしているというわけにも行くまい。

「一人で行くとこないですよね」

麗羅も言う。

「でも奥さん、探しに行ったんじゃないですか」

言われてみると、そうだなと思う。確かにその可能性は高い。長年連れ添った妻がいなくなれば、そう行動するのが自然だ。彼の立場を自分に置き換えてみれば、そんなふうに考えそうだ。

すると、実家に行ったのか。どこだかは知らないが、遠い街なのかもしれない。それなら車だろうか。それとも、船かもしれない。どちらにしても、われわれとしてはどうしようもない。なすすべはない。

われわれの食が進んでいくと、次第に客が入ってくる。店が次第に混んできた。まあここ以外に店がないのだから当然だろうか。みなが口々に大将に向かって話しかけるから、店内はみるみる騒々しくなる。

ぎょっとしたことには、自衛隊員も入ってきたから、私はあわてて彼らに背を向けた。彼らは入り口に一番近いテーブルについて、メニューを眺めてから、カウンターまで行って小声で料理を注文した。そうしておいてテーブルに戻り、紙袋から印刷物を出してじっと見ている。水を飲み、ビールを注文するふうがない。

私は感心した。何が起こるか解らないから、アルコールを控え、戦闘にそなえているのだ。

「自衛隊、有事にそなえているふうだね」

小声で言うと、麗羅はうなずいている。

「龍神さん、いつあがってくるか解らないものね」

「はい」

「でもこの魚、旨いね」

「ホントに」

麗羅は言った。

「獲れ立てって感じ。あの人たちにも食べて欲しいですね」

「うん。毎日こんな旬の魚が食べられたら最高だね、こういうところに暮らすのもいいかな」

「毎日お刺身じゃ、飽きちゃいますよぉ。でもお料理は楽かも」

「え？　ああそうね」

私は言ったが、こう見えても麗羅は、結婚して主婦になった際のことを考えているのかと思い、多少感心した。

「ね、君、作れる料理のレパートリー……」

と言いかけて、はっとした。脳髄の芯のあたりに、突如強い刺激を受けたからだ。それは、まったく思いもかけなかったことで、私の耳が、予想もしていなかったものを身近に聞いたのだ。

わずかに視線を上げると、麗羅の不審げな顔にぶつかった。

「どうしたのセン……」

しっと言って、私は人差し指を唇の前に立てた。

私は身を乗り出し、小声で麗羅に話した。

「この声、ぼくの背中にいる男の、声……」

私の背中方向にはカウンターがあり、中年の男がすわっているらしい。らしいというのは、距離は近くても、私には男の顔も、姿も見えないからだ。

店内はざわついている。客たちがみな、思い思いに大声を出している。そして問題の男の声は小さい。強いて声を押し殺して話しているように思える。それは、店内の大声に自分の声を埋もれさせ、隠しているのではないか。話す内容を聞かれたくないからでは、と感じた。それでも私は、その男の声の特徴を、明瞭に聞き取った。

もったいぶった話し方だが、時に急き込むように早口になる、この独特の口調。何よりそういう時の、妙にかすれた声質だ。こういう声は世間になかなかない。あまり聞くことがない。

「あの声、男の声、かすれてるでしょ？　あの声なんだ、昨日の夜、家の裏で聞いた声、南吉さんと話していた声、やることきちんとやれって責めてた」

「ああ」

と麗羅も小さく言って、うなずいた。そして顔をしかめ、聞き耳をたてる仕草をした。

「男二人で話してるね、年上の方、あのかすれてる声の方、どんな顔してる？　ぼくからは見えない」

ささやき声で問う。麗羅は少し頭の位置を動かし、私の肩越しに、背中にいる男を見る仕草をした。

「ちょっと見えないです、私の位置からも、横向いてくれないと、あっ、見えた。なんか、険しい顔、暗い顔……」

ささやく声で言う。

「髪は半分白くて、歳って感じ。目が引っ込んでて、暗い表情してる。やせてるかな」

「ふうん。悪そうな感じ？」

「はい。どっちかっていうと、やな感じの人」

麗羅は言う。

「悪い人っぽいです」

私はうなずき、それから、男がどんなことを口にしているのか、その内容を聞こうとした。

なんだか、網の話をしている。魚網のことらしい。自分のところの製品は、作りが丁寧だから、一般の製品より長持ちがすると、そんな話をしている。倍は持つから、結局節約になるのだ、などと言っている。製網業者か？　と思う。あんたのとこの網は、これから五年は大丈夫だと言っている。

それから、内田さんのところとか、古俣（こまた）さんのところが、そろそろ網が古うなっとるな、などと言っている。商売の話をしているらしい。

私はじっと聞いていたが、こちらの声がまったくやんでしまうのはまずいと判断し、時おり麗羅に話しかけて、どうでもよいような会話をした。すると、男の低い声はますます耳に入りにくくなる。男の方も、あまり重要な話はしていないふうなので、そうしたのだが。

男が、自分の話の内容を、人に聞かせないよう気をつけているのが感じられる。というのは、大将が調理をしている気配も音で解るのだが、その音がやんで、彼がかすれた声の男に近づいてくるたび、彼らの会話がやむからだ。どうやら自分の話を、大将に聞かせないようにしている。そんな男の腹の中が察せられ、私は強い興味をかきたてられた。

男は酒を飲んでいるふうだ。だから大将は、酒のつまみとか、突き出しをせっせと運んでくる。しかし大将が近づくたび、かすれた男の声がとまるのだ。男は、若干秘密の話をしている。非常に重大な秘密というほどではないのだろうが、とりあえず、一般には聞かせない方が無難と思っている。すると、聞かせてもいい相手の男は誰なのか。

「男、酒飲んでいるよね、酒は何？　ビール？」

私は訊いた。

「日本酒です。盃で飲んでる」

麗羅が小声で伝えてくれる。私はうなずく。日本酒を飲んでいるのか、それならけっこう酔う。では最重要な秘密話というほどではないのかと私は思う。

「あんた、お母さん、帰ってきたんか？」

男は訊いている。相手の声は聞こえない。首を振る仕草で返事をしたらしい。それで、イエスかノーかはこちらには解らない。

「ふうん、そいで悲しいか？　寂しい？」

続いて男は訊いている。相手は何か答えているが、聞こえない。

「まあ、別にまだ死んだいうわけやないからな。血はつながってないんやろ？　でもまあ、血はつながってのうても、ようしてもろたんやろうからな」

「まあうるさいとこもあったけど、ええ人やったから。善良」

と男の細い声が聞こえた。若い声に聞こえた。

「でも、どこ行ったんやろな。よそ行くような人やないから」

と言っている声が、かろうじて耳に入る。しかしそれだけでもう、彼の声は聞こえなくなった。何かの陰になっているのか、彼の声は聞こえにくい。

わずかな衣擦れの音が感じられた。怪しい男が、こちらを振り返ったのだ、と私は本能的に思い、ぎくりとした。それでとっさに麗羅に話しかけた。何も思いつくことがなかったので、おじいちゃんは元気でやってる？　と問うた。

「じいちゃん、毎朝走ってるよ」

と麗羅は言った。

「元気」

「え、スポーツマンなの？」

私は訊いた。

「でも東大行ったんだよね、高校時代、猛勉強してたんでしょ？」

「でも、野球部だったんだよ」

「えーっ」

私は本気でびっくりした。

「野球やってて、東大行ったの？」

「受験の才能あったみたい。私はダメなんだけど」

「人間なあ、生まれついて、使命いうもん、持っとんのやで」

かすれた男の声が聞こえた。

「そういうのは理屈やないんや。もう生まれついての役割、使命、な？　そういうの、持っとんや。何がどうあれや、そういうの、人は果たさなあかんのや、人生そういうもんやで」

男は説教じみたことを言いはじめた。すると相手はうなずいたらしかった。

「そやろ、せやから、解っとるな、あんた」

何が解っているのか。すると、かすかな携帯の着信音がする。

「ああ？　ああ、ああ、ん、ん、ほなら……」

男が電話に出たようだ。ごく手短かに反応している。

「女房が帰ってくるようやわ」

かすれた声が言う。

「なんや知らんが、自衛隊が来とるな」

声が言ったから、私は緊張した。自衛隊に言及した、と思う。しかし、このことに関しては、もうそれ以上の発展はなかった。

「アボさんもなあ、このところ、また体がようないらしいのや」

男が何ごとか反応している。

「うん、持病やなあれは。血筋や、お父さんも、じいちゃんも、みな心臓やからな。糖尿かもなぁ、そっちの方からくるもんやないかな」

相手の男が、聞いて深刻な様子を見せているらしい。

「今度のはな、いよいよあかんかも知れん。うん？　せやな、うん、えらいことや。なんかあったら、こらえらいことやで、大ごとや。世界中が大ごとや。せやから、こっちも仕事頑張らなあかんのや、たとえ何があってもなあ」

かすれた声が言っている。

8

「あの人、何なんでしょうね」

山寄りの裏道を歩きながら、麗羅が言った。もう日はとっぷり暮れていて、裏道は、民家からの窓の明かりと、周回路に並ぶ街灯だけなので、足もとは暗い。横にいる麗羅の表情も見えない。しかし、雨はやんでいる。

「なんか暗ーい」

「魚網の業者らしいけど、それだけじゃなさそうだよね、あの男、何かあるよね」

私は言った。

「お母さんいなくなって、寂しいかって彼に訊いてた」

「そうなんだ」

私もすぐに言った。私もそれが気になっていた。

「最近お母さんがいなくなった人、この耳鼻の集落で、そんなにたくさんいるはずないよ」

「はい」

「だからそれがもし南吉さんの奥さんのことなら、あの男が話していた相手は、南吉さんの息子さんなんじゃないかな」

「はい、私もそう思った」

「声も若かった、若い感じの人だった」

「でも若い人じゃなかったよ」

「あ、そう？」

「それから血はつながってないんやろて」

「そう。それなんだ、そう言ってた。ていうことは、彼はお父さんの連れ子で、お父さんとお母さんは再婚で、お父さんがこの耳鼻に連れて来た息子ってことだよね、そうでしょ？」

「南吉さん、小樽の出身だって、言ってましたよね」

「そう、それが静岡に来てて、向こうの漁協にここの嘉さんのこと紹介されて、伊根に来たって」

「そう、神主さん、言ってましたね」

「そうなんだ。偶然にこれだけ条件が合うってこと、まずないでしょ、確率的にも。だからまず間違いないよね、彼は南吉さんの息子さんだよ」

「はい、そう思います」

「彼の顔見た？　息子さんの」

「うん、店出る時、ちらっとだけど」

「どんな風貌？」

「髪短くて、ちょっとぽっちゃり、小太りっていうのか、太ってはいないけど、少しお肉が付いた体形」

「そうか。南吉さんとは……」

「あんまり似てない」

「ふうん、そう」

応じてから、私は考え込む。

「あとひとつ、気になること」

「はい、なんですか？」

「アボさんて、言っていたよね」

「アボさん」

「うん」

「そうですか、私解んなかった」

「言ったんだ、アボさん。あれ、ぼくは夕べも訊いた。アボさん、困っとるんやとか、そんなこと言っていた。あの男、何度も口にしてる。今日は、アボさん体が悪いって言った。アボさんの体調悪いんやって」

「ああ、糖尿病とか、言ってましたね」

「ああ、うん」

「糖尿病がよくない……」

「いやそうじゃない。糖尿がメインじゃないんだ。糖尿病があるせいで、心臓がより悪くなっているんじゃないかって、そういうことじゃないかな。心臓だよ、そっちがメインなんだ」

「ああ」

「血筋だって」

「ああ、お父さんもおじいさんも、心臓がよくなかったって。心筋梗塞とかかな」

「心臓は、命に関わりますよね」

「うん、だからもし何かあったら、みんな大変なんだって、そんなこと言っていた」

「みんなって誰かな？」

「それより、アボさんて誰なんだろう、何かの省略形か、符牒か。職業かな、どんな字書くんだろ」

「倒れて、みんなが大変になるんだったら、所長さんとか、社長さん、学校の先生とか」

「そうね。でもどんな字かな……、アボさんが長の仕事って……」

「アボさんが長……」

「それとも単に苗字か。アボなんとかって名前、あるかな、アボ山、アボ川……」

「ないですよね」

「それから、人間みんな、生まれついて使命というものを持っているんだって、そんなこと言っていたよね」

「ああ、はい」

「大げさなこと言う男だなあと思っていたけど……、使命かあ、君、使命ある？」

「さあ……、私の使命？　生まれついて？　ないです。ないなあ、先生は？」

「ないよ、そんな大層なもの、持ってないよぼくは。たまたま生まれちゃっただけ」

「はい―」

「だからさあ、何なんだって思ったよ。生まれついての使命なんてね、そんな大げさなもの振りかざしてさ、村の若者相手に。なんか、上からもの言ってたよね、他人の息子に対してさ」

「うん、でも、おとなしく聞いてましたよね、息子さん」

「そうなんだ、それも解らない」

私は腕を組んだ。

「使命って何ですかとか、どうして反発しないのかな。あの様子は、共感っていうか、納得してたよなぁ、何なんだ？　いったい、どうして納得するの……」

話しながら私たちは山裾の林に入り込み、木々を掻き分けて自衛隊の駐屯地を迂回し、依田家の母屋を望めるあたりまで戻ってきた。雨具のズボンを穿いていないので、裾と靴がかなり濡れた。

「あ、待って、先生」

麗羅がいきなり言い、私の腕を持って引いた。見ると、少し身をかがめている。

「姿勢低くして、先生。隠れて」

彼女が言うから、私は湿った幹のそばにしゃがんだ。

「あれ見て。南吉さんじゃ……」

彼女が指差す方角を見ると、南吉さんが、母屋の勝手口から半身をのぞかせている。

「ああ、南吉さんだ。なんだ、家にいたのか。どうして？　なんで隠れる必要があるの？」

麗羅の方を向いて訊いた。

「ちょっと、様子がおかしい。戸口のそばに、何か大きなもの、置いてる。それに、スコップを持って、周囲をすごく気にしてる」

確かに、戸口から上体を出して、しきりに左右を見ている。

誰もいないと見ると、大きなものをよいしょとばかりに背負った。加えて、スコップと見えるものも持った。そして、足早に家を出て、ぐいぐい山道を登りはじめた。その様子は力強く、老人には見えなかった。

南吉氏は一文字に山を登っていく。いでたちを見ると、といっても暗い中のことで正確には解らないのだが、私のものよりも、さらに厳重な、厚手の防水性の雨具の上下を着ている。そして背負ったものにも、黒い防水性のシートを巻いているらしい。

「何だろう、何を背負っているんだろう南吉さん」

私はささやき声で麗羅に言った。

しゃがんで見ていると、南吉さんは、高齢とは思えないしっかりした足取りで山の踏み分け道を登り、私たちの視線を横切っていく。

あ、私は心の中で声を上げた。驚いたからだ。しかし声を出すわけにはいかない。じっと沈黙を保っていた。

「どこ行くんでしょう南吉さん」

麗羅が、ささやき声で問うてくる。

「気になりますよね」

「気になるけどさ……」

「あと、つけましょう」

麗羅は言う。

「え？」

私は驚いて言った。

「充分距離あけて、ついていきましょう。それなら見つからない」

「ま、そうかもしれないけど……」

そう言う私を尻目に、麗羅は立ち上がり、もう動きはじめた。

私たちは草を踏み、掻き分ける音をたてないように注意して、踏み分け道に出た。すると、暗い夜の彼方なのだが、ずっと先に、坂を登っていく南吉さんの、小さな影が見えた。

私たちは、音をたてないように気をつけ、抜き足差し足であとをついていった。道は登りになり、隣りの麗羅の吐く白い息が、だんだんに大きくなる。けっこうきついからだ。けれど麗羅は、こちらは少しも見ず、じっと前方に視線をすえている。

「あ、明かりついた」

麗羅がささやく。

「南吉さん、懐中電灯ともしたみたい」

確かに、前方はるかな南吉さんの体の輪郭が、ぼんやりと見えるようになった。彼が前方を照らす明かりの効能だ。しかしこちらはほぼ闇の中なので、わずかずつしか進めない。

「小型の懐中電灯、ペンライトとか、口にくわえているのかな」

私は言った。

「そうかも。それとも携帯の明かりかな」

麗羅がささやく。

姿勢を低くし、できるかぎりの前傾姿勢で歩くので、だんだんに体と呼吸がしんどくなってくる。

「すごいな、頂上まで行く気かな」

思わず私はささやく。しかし、まだ二十分も歩いてはいない。山頂まではまだ遠い。それに、雨は降っていない。麗羅は傘をたたんで持っている。だから、歩くのはまだしも楽だ。雨中なら、こうはいかないはずだ。

おや、と私は、いきなり思った。遥か先を歩く、何かを背負った南吉氏の後ろ姿が、妙に悲しげに思えたのだ。特に理由などはない。いきなり、そう感じられたのだ。遠い暗闇に消えかかる、おぼろな後ろ姿、動きも全然見えはしない。足の運びも見えない。それなのに南吉氏が、強い悲しみに堪えている気配が、ずっと後方のこちらに伝わるように私は感じた。

「停まった」

強くささやく麗羅の声が聞こえた。体がきついので、彼女の声はわずかに弾んでいる。呼吸が荒くなっている。

前方遥か、今南吉氏がいるあたりに、灰色の大岩が現れているのが望めた。続いて明かりが消えたので、おそらく南吉氏は、あの大岩の向こう側に入ったのだと思った。

空を見た。わずかに林を抜け加減で、空が見えたからだ。全体を雲が埋めている。だから月はない。けれど、雲の向こう側にいる月が感じられる、やや明るい場所がある。

雲が薄くなっているのだろうか。雨がやんだせいか。だから、地上は漆黒の闇ではない。林を抜けたあたり、わずかに地面の様子が見える。林の中が、鼻をつままれても解らないほどの闇ではなかった理由が、これで解った。ごくわずかな月明かりがあるのだ。

その場にしゃがみ込み、私たちは前方の変化を待っていた。何かを突きとめたいと思って、ここまでついてきた。まだ何も見ていない今、ここで帰るわけにはいかない。

「あ、南吉さん、出てきた」

麗羅がささやく。彼方の闇、大岩の付近に、蛍のように小さな明かりがまたともっている。そしてゆらゆらと揺れる。岩の向こう側から、南吉さんがこちらに出てきたのだ。おそらくだが、この推察は間違ってはいない。

南吉氏のこうした行動の理由が、私は解る気がしていた。さっき、私たちの視界を南吉氏が横切った時、あるものを私は見ていたからだ。麗羅は、多分見ていないのだろう、何も言わないからだ。

けれど私も、見たものについて、麗羅に話す気にはなれずにいた。私が見たもの、それはひどく恐ろしいものだ。信じられないほどに、恐ろしい現実だ。だから、あとをつけようと麗羅が言った時、即座には賛同できなかった。

明かりは低い位置に下がり、しばらくそのあたりの空間を右往左往した。そして、また消えた。多分、大岩の向こう側にまた入ったのだろう。運んできたものを引きずるなどして、岩の向こう側に入ったのではないか。彼方の闇、浮かんだ光の点を見つめながら、私はそんな推測をたくましくしていた。

「光、ついたり消えたり……」

麗羅が小声で言う。

「何してるのかな、南吉さん」

「多分、運んできたものをあの大岩の向こう側に隠したんだ」

私は言った。

「じゃ、あの何かを、あの大岩の向こう側に隠すために、南吉さんここまで運んできたの？」

「うん、そう思う」

私は言った。

「ここ、自宅のすぐ裏の山だから、南吉さんはこのあたりの地形のこと、よく知っているだろうし、あのかさばる何かを隠したいって思った時、では裏の山のあの岩の陰だって、そう思いついて、夜になって運んできたんじゃないかなぁ」

私は言ってから、自分の口にした言葉が、期せず意味した事柄に気づく。夜になって運んできた。つまり、夜を待ったということだ。あのかさばる荷物は、昼間に生じたということか。

麗羅もまた、聞いてしばらく沈黙している。何ごとか考えているのだ。まもなく顔をあげ、こう言う。

「そうかなあ、あの岩の陰に隠しても、すぐ見つからないですか？」

「そうだね」

私は即座に応じた。そのことはすでに考えている。

「誰も来ないって場所じゃないみたいだし。ただ山登ってきたってだけでしょう」

「うん、だからスコップ持ってきたんじゃないかな」

すると麗羅は、ゆっくりとうなずいた。

「ああそうかぁ。埋めるとか……」

「うん、もしくは土かけるとか」

「ああ、じゃあ時間かかりますね、まず穴掘るわけだから」

「そうだね、埋めないと安心はできないだろうから」

私は言った。

「じゃ、時間かかるなあ……、でも……」

「うん、待つしかないよ、ここで。それとも、帰るかだけど。もうだいたい解ったから、彼の行動」

「え、全然解りませんよ」

麗羅は言う。また私はうなずく。

「じゃ、待とう」

言って私は、周辺の熊笹を分けて石を探し、これに腰をおろした。麗羅もそうした。

「私たち、明かりつけられませんね、向こうから見えるもの」

「うん、タバコも駄目だね、タバコの火って、案外遠くからも見えるものね」

「私、タバコ嫌いだから、それはないけど。先生は？　タバコ」

「吸わない」

「よかった」

麗羅は言う。

「え」

「何？」

「なんか、風が出てきた」

言われるとその通りで、林の木々がそよぐ音がしはじめた。そして汗ばむほどだった体が冷えて、寒さが染みてきた。

若干の疲労感もあり、私はだんまりを続けていた。深呼吸をひとつして、私はこんなことを言った。

「なんか、妙な塩梅(あんばい)になったね」

「え」

麗羅が闇の中で返事した。木々が鳴る音で、声がやや大きくなっている。

「伊根にネッシーを見にきたのにさ、ぼくら、闇の中で尾行ごっこしているね」

「そうですねー」

麗羅は言った。私はひとつ、生あくびを噛み殺した。

「先生、眠い？」

「ビールが効いてきた。でもそんなことない」

これは本心だった。私はむしろ緊張している。けれど緊張と無関係に、ビールが眠気を運んでくる。

「あ、明かり見えた」

麗羅が言った。

「出てきた？」

「はい」

「早いな」

驚いて私は言った。

予想外だ。早すぎる。これではあれだけの大きな物体を、穴を掘って埋めている時間がないはずだ。なにかの事情で急いでいるのか？　私は思う。これは南吉氏の、予定の行動だったのだろうか。だから手際がよい――？

いずれにしても、これではスコップを持ってきた理由が不明になる。それなら、スコップの必要はなかったろう。

「こっちに向かってくる。坂おりてくる」

切羽詰まったささやき声で、麗羅が言った。

「まずい、隠れよう！」

私は言って、麗羅を促して熊笹の茂みに踏み入り、派手に音をたてないようにしながら突っ切って、林に入って身を低くした。ついてきて、麗羅も同じようにしている。

見つめている私たちの視界を横切り、南吉氏は登ってきた踏み分け道を、ゆっくりと下っていく。手にスコップを持っていた。しかし、それだけだ。背負ってきた大きなものは、大岩の陰に置いてきたらしい。身軽になっていて、足取りは軽い。すたすたと歩き、急坂にかかるとぱたぱたりと大股になって坂を下っていく。

立ち上がり、行方を目で追うと、南吉氏の姿はたちまち闇に消えた。私は歩み出して、熊笹の茂みに入った。そのまま笹を分けながら進んで、今南吉氏が下っていった踏み分け道に出た。つまりもとの場所に戻ったのだ。

「先生」

麗羅が言った。

「うん？」

私は応じる。

「どうするの？」

「埋めて隠す時間はなかったよね、ということは、隠すつもりはなくて、ただ置いてきたってだけなのかな」

「はいー、ではスコップは……」

「だよね、ともかくあの大岩だ、調べよう」

私は言って、体を向けた。麗羅も思っていたらしく、うなずくより先に歩き出した。早足になったので、大岩はどんどん近づいてくる。身を低くする必要も、騒音に気をつける必要もない。ひたすら急げる。重いものも持ってはいない。身軽だから行動は早い。

大岩が迫ってくるにつれ、風が次第に強くなる。風の音も耳もとで聞こえはじめた。そのせいなのか、私の胸に不安が湧いてきた。その思いは、どんどん大きくなる。心の中にまで、風が渦巻く気分だ。それは、一種の恐怖感に違いなかった。自分たちは、何ごとか危険なものに向かっている、気をつけなければ、そういう本能的な警戒感が、私に自制を促すのだ。

何も言わないが、麗羅もそう思っているらしくて、軽口がやんだ。私は、異世界に近づいていくような不安と闘っていた。ここが耳鼻の異郷という思いもある。その異郷の裏山の、さらに見知らぬ山塊、それにずけずけと踏み込んでいる。いいのか、と思う。そんな気軽な場所ではないのかもしれない。ひどい恐怖や、悲劇が待つかもしれない。引き返すなら今だぞと、心の声がささやくのだ。

着いてしまった、と思う。大岩だ。目の前にしたら、灰色の恐ろしい塊で、想像よりもはるかに巨大だ。頂は、暗がりのせいもあるが、まったく見えない。

私は、大岩に沿ってぐるりと廻り、裏側に向かっていった。岩が大きいから、けっこうな距離がある。しかし、達した。裏に視線を向けると、漆黒の闇だ。ああ駄目だ、と思う。これでは何も見えない。明かりを持ってくるべきだった。明かりを用意して、もう一度出直すべきだ。

その時、ぱっと明かりがついた。振り返ると、麗羅が灯をともして、岩の裂け目の暗がりを照らしていた。

ああ明かりが来てしまった、と思う。これではもう帰ることはできない。この恐ろしい場所で、冒険の覚悟も不充分のまま、前進を続けなくてはならない。

麗羅が明かりを下げると、地面がはっきりと見えた。黒い土が固くしまっている。掘り返した痕跡などどこにもない。明かりをあおって、麗羅は先までを照らす。ずっと先にも、掘り返された跡はない。

「その明かり……」

私は尋ねた。

「携帯です」

麗羅は言った。

そうか、携帯電話についた懐中電灯の機能だ。そうなら、私も持っているわけだ。でも、私は使いたくない。使えば携帯をオンにすることになり、オンにしたら御手洗から電話がかかってきそうで、もし出たら、相当叱責されるだろうと思う。

来てはいけないと御手洗は言った。それに逆らい私は来てしまい、今恐怖に怯えている。だから御手洗に何か苦情を言われれば、ごもっともですと小さくなる以外にない。

「昨夜充電したから、けっこう持つと思います」

と言う麗羅の高い声が、私には恐怖の時間の開始宣言に聞こえた。とりあえずいったん暖かい炬燵の部屋に引き返し、冒険の決意を固めて出直す、というような時間は、私には許されていない。

明かりを持ち、彼女は岩の裂け目に入ってきた。そしてずんずんと進む。そこは、まさに岩の裂け目という印象だった。表面に見えていた大岩と、その裏面に隠れていた山肌も、表面は植物が覆っているふうだが、手で触れてみると岩だ。右も左も岩の壁の間に、私は入り込んでおずおずと進んでいる。

「あっ、こっち、ここでもう表に出ちゃいます」

私の横を追い越していた麗羅が、裂け目の先で、そう声を出した。岩の間だからか、彼女の声は反響する。

「てことは、これはこの山の岩肌の手前に、もうひとつ大きな岩がでんとあるって、そういうことなんだね」

私は自分の理解を口にした。そういう岩と岩の隙間に、私たちは入っているのだ。

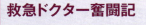

御手洗潔シリーズ書き下ろし長編！

伊根の龍神

島田荘司

御手洗潔シリーズ書き下ろし長編。伊根湾に「龍神」が出たという噂を受けて、石岡は伊根に赴こうとするが、御手洗はなぜか驚いて行かせまいとする。「大怪我するよ」と。その後の大事件と御手洗が伝えた「昏い真実」に震撼する。

四六判・2000円（税別）ISBN978-4-562-07506-5

島田荘司選　第17回ばらのまち福山ミステリー文学新人賞受賞作

片腕の刑事

竹中篤通

雪の降りそうな十二月。通報を受けて現場に向かった刑事の紀平と倉城は何者かに襲われた。紀平が意識を取り戻すとそこには、腕を切断された瀕死の倉城が。通り魔、怨恨など様々な線を辿りながら、紀平は過去への旅を始める。

四六判・1900円（税別）ISBN978-4-562-07517-1

乾くるみさん推薦！　あなたは見破れるか

ひとつ屋根の下の殺人

酒本 歩

乾くるみさん推薦「初読で『やられた!』再読で評価MAXに」。高齢者を狙った強盗殺人事件と思われたが、事実が明らかになるにつれ、物語は意外な方向へ反転してゆく。読者への「仕掛け」を見破ることができるか。

四六判・1900円（税別）ISBN978-4-562-07512-6

人気作家たちが紡ぐ競作「長編」物語！

竜と蚕　大神坐クロニクル

アミの会編／大倉崇裕、大崎梢、佐藤青南、篠田真由美、柴田よしき、図子慧、柄刀一、永嶋恵美、新津きよみ、福田和代、松尾由美、松村比呂美、矢崎存美

不思議な伝説を持つ架空の町「大神坐」を舞台に、リレー小説形式で人気作家たちが書き下ろしたオリジナル連作。過去から現代へいたる様々な事件とともに町は表情を変えながら、やがて驚きの真実があぶり出される。

四六判・2400円（税別）ISBN978-4-562-07511-9

あらゆる人と品物が交わる島

図説］食からみる台湾史

料理、食材から調味料まで

翁佳音、曹銘宗／川浩二訳

台湾は地理的にも歴史的にも、多くの文化が入り交じってきた。それは食にも及び、料理、食材、調理法、道具に至るまで原住民族の文化と融合した。美食といえば台湾の名が挙がるようになるまでを豊富な資料と図版で丹念に追う。

A5判・3800円（税別）ISBN978-4-562-07525-6

どこか懐しい100の風景

イラストで見る 台湾 屋台と露店の図鑑

日用品から懐かしい味や遊びまで

鄭開翔［絵・文］／出雲阿里［訳］

自転車、台車、三輪車、改造トラック……台湾の路地にあふれる個性豊かな屋台は、時間、場所、客層に合わせて店主たちがつくる小さな世界。生活必需品からお祭り屋台まで、たくましい露天商たちとの一期一会。

A5判・2300円（税別）ISBN978-4-562-07499-0

意外に豊かだった？「閉ざされた」日常のすべて

中世ヨーロッパの修道士とその生活

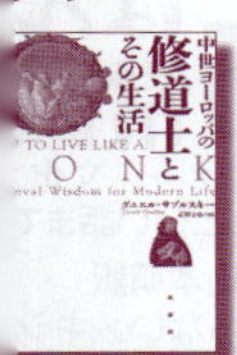

ダニエル・サブルスキー／元村まゆ訳

中世の修道士たちは何を考え、どんな生活をしていたのか。現代と比べて何が違うのか。彼らの食生活や医療知識、「何も持たない」生活、社会活動を、カラー図版とともにわかりやすく掘り下げた異色の生活史。

A5判・3200円（税別）ISBN978-4-562-07513-3

秘められた闇から見える中世人の真実

中世ヨーロッパの女性の性と生活

ロザリー・ギルバート／村岡優訳

中世の女性は夫のいいなりだったのか？ 夫の不在中は貞操帯で守られていたのか？ 性は義務か快楽か？ 13～14世紀英国、フランス、ドイツの裁判記録や教会の懺悔録や文学から収集された驚きの真相。中世人の生活の秘密に迫る。

四六判・3600円（税別）ISBN978-4-562-07510-2

「だけど変だな、これじゃどこにも隠せないよ。南吉さん、何だか大きなもの、背負ってここまで来たんだ、帰り道はもう何も持ってはいなかった。つまりこのあたりのどこかに、あれを置いてきたんだ」

「この岩の周辺のどこかじゃないんじゃないでしょうか」

言って麗羅は、私の横を通り、また表に出ていった。大岩のぐるりをあちこち歩いていたが、また戻ってきた。そして、

「表にも、痕跡ありません」

と言った。

ないだろう、と私は予想していた。表の地面に穴を掘っていたなら、ペンライトの明かりが消えることはなかったはずだ。

「こっち来て、明かりで照らして」

大岩の裏の岩場に、大きな裂け目があり、私は気になっていた。裂け目の前に立ち、麗羅を呼んだ。

「ここに裂け目があって、中に入れるよ」

私は体を横にして、横歩きで少し入り込んだ。

「ああでもここまでだ、ここで行き止まりだね」

私は言った。

「ああ、残念ー」

私のうしろから携帯で前方を照らしながら、麗羅は言った。周囲の岩肌を手のひらでさすりながら、私も言い、首をかしげた。

「駄目だ」

「ないですね、入り口とか」

「でもここ、なんだかイザナミとイザナギの話を思い出すなぁ」

私は言った。

「それ、なんでしたっけ?」

麗羅が言った。

「有名な日本神話でさ、知ってるでしょ? イザナギの命が、すごく愛していた妻のイザナミが死んでしまって、黄泉の国に隠れてしまってね、でもイザナギは妻が忘れられなくて、黄泉の国に連れ戻しにいくんだ。そしたら黄泉の国の入り口にこんな岩場があって、門番がいて、ここで待てと言われるんだ」

「はい」

「そしてしばらくしたら、岩の向こう側からあなた、と呼ぶイザナミの声がしたので、ひと目だけでも君に会いたくてここまで来たんだ。どうかほんのひと目でもいいから、その美しい顔と姿を見せてくれと懇願した。

そうしたら彼女は、それは許されないことです、声だけでも特別のはからいなのですと言った。夫は、君と創りはじめた国はまだ途上だ、君の力がなくては到底完成はできないと訴えた」

「愛情深いー、すごいですね」

「もしくは、依存心かな。そしたら妻は、もう黄泉の国の食べものを口にしてしまいました。二度と地上には戻れない掟なのですと言う。でももしたかしたら方法があるかも。こちらの神さまに尋ねてみますから、もう少しお待ちくださいませと言うんだ」

「へえー、特別扱い」

「まあ神さまだからね。顔だけでもひと目とイザナギが言うと、それはダメです。私の顔は、絶対に見てはなりませんと妻は言う」

「ああ……」

「イザナギはそれで、こんな岩場で一日待っていたら、またイザナミの声がして、天国の花園に咲いている花を一輪摘んできてくれたなら、私は地上に帰れるそうです、と言うんだね。その天上にはどうやって行くのか、と問うたら、ではまた問うてまいりますとイザナミは言う」

「はい」

「しかしイザナギはしびれを切らしていたから、これ以上はもう一秒だって待つことはできなかった。岩の入り口からずかずかと中に入っていって、うしろ姿を向けて遠ざかっていくイザナミに駈け寄り、肩を摑んでぐいとこちらに向けた。そうしたら……」

「はい」

「イザナミの白く美しかった顔は、すっかり腐食した赤黒い肉の塊だった」

「えー！」

麗羅はおぞましさに顔をしかめた——、はずだったが、暗いのでよく見えなかった。

「その黄泉の国の入り口に似てるよここ。入り口は、こんな暗い岩場だったそうだから」

私は言った。

「あっ、ここほら。明かり照らして、ここ。この草むら、取り出せるよ。箱に入っているんだ、これ箱だよ、細長い木箱。上下にふたつ積んである。そして、間に土がきつく詰めてあるんだ。この岩の割れ目に」

言って私は、そのつる草がびっしりと植わっている木の箱を、割れ目から引っ張り出そうとした。

だが、素手では到底無理だった。それで周囲を探して、棒切れを一本拾ってきた。それを隙間に差し込み、こじり出すようにして、箱を手前に引き出した。

「出た、出たよほら。これ、つる草が盆栽みたいに、こんな木箱に植わってるんだ。この割れ目隠すカモフラージュだよ。しかも二箱ある、上下に積んであるんだ」

言いながら、私は箱をふたつ、持ち上げて引き出した。そして、岩の間に詰めてある土を、棒で掻き出した。

「君も手伝って、どこかで棒か板切れ拾ってきて」

言われて麗羅は急いで表に出て行ったが、木材はなかったと見えて、持っていた傘の先で、懸命に土や小石を掻き出した。

岩の隙間から、木箱と土や石くれを掻き出すと、意外にも左手の岩肌に、細い木製のあおり戸らしいものが見えてきた。蝶番と、小さな突起物とこれにかぶせる形式の小さな錠は、太い木材で造って岩場にはめ込んだ、木製の枠に止まっている。木枠の周囲は、コンクリートで補強がしてある。

「あっ、カバン錠が、壊されて下に落ちているよ。もう錆びて、しかも穴に土が入って使いものにならないから、きっとさっきスコップで叩いて壊したんだ」

私は言った。ということは、このあおり戸を開けたのは、ずいぶん久しぶりだったのではないか。今し方南吉さんがここを開けたのは、まず間違いのないことだ。

私はまた体をはずにして、掻き出した土くれや石を踏み、あるいはまたいで、岩の割れ目に苦労して体を差し入れた。錆びて朽ちかかった錠前を突起から持ち上げてはずし、傷みはじめている木の扉を開けた。触れると扉は、意外に厚い板で造ってあり、かなり頑丈そうではある。しかしいかにももう古いもので、岩の隙間だから、大きくは開かない。

「ね、ちょっと明かり貸して」

私は言って、麗羅から携帯を借りた。自分のものを使いたくなかったからだ。

扉の中、暗がりを照らすと、廊下に似た細い割れ目が、ずっと奥まで続いている。これは人が造ったものではなさそうだ。自然にあったこういう割れ目を、人が利用して隠れ家にしたということらしい。

「隠れ家だ、入ってみるよ」

私は言った。

「先生、気をつけて」

麗羅が言う。

「うん」

「私も行きます、待って」

言ってから、麗羅も入ってきた。

彼女を後方にしたがえて、そろそろと進んでいくと、通廊はまず狭くなり、これを抜けると逆に広くなった。さらに進むと、三畳敷きくらいの空間に出た。

「おっ、部屋がある。すごいな、本当に隠れ家だ」

その予想外に驚いて、私は言った。そういう私の声は大きく反響する。岩場だからなのか。

光を上に向けて天井を見ると、天井と呼べるような平らなものはなく、はるか上空まで、岩の割れ目の空間が上っている。

「天井がない。この割れ目、どこまで続いているんだろうな」

「すごく上までありますね」

麗羅の声も反響する。

「うん、二階、三階も造れそうだね、その気になるなら」

「はい」

私は携帯を麗羅に戻し、両手のひらを思い切り打ってみた。ぱしんという音が、反響しながら遥かな高みにまで駈け上っていくふうだ。

「響くぅ、空まで抜けてるのかなあ」

声を響かせて彼女が言い、もしかしてその可能性もあるのではと、私も感じた。山頂まで続く亀裂か。

「でも床は、土が敷いてあって、固そうで、これは人間の仕事みたいだね」

「はい。ここをちゃんとした、部屋にしたんですね」

「うん、でも何のためだ？」

言いながら、私は部屋をぐるりと歩いた。寝泊まりの設備はないふうだ。しかし、小さな机があった。そして粗末な木製の椅子がある。

「机と椅子、いいね、ここで小説書いていたのかな」

私は言った。

「きっと気が散りませんね」

その通りだ、と私も思う。ここの周囲、緑ばかりで何もない。飲み屋も喫茶店も、映画館もゲームセンターもない。ディスコもなければ女子大もないから、ここにじっとして、原稿を書くしかない。出版社がここを知れば、熱烈推薦の仕事場となるだろう。

「これは、この岩の壁に、ポスターを貼っていたんじゃないかな。今は紙の残骸が残っているだけだけど」

私は紙の跡に気づいて、岩の壁を指差し、言った。

戦時中の戦意高揚のポスターを知らず連想した。紙の残骸は、ほかの場所にもある。ということは、ここはもともとは防空壕だったのか？　とすれば、ずいぶん昔からあるものだ。

机の上には、埃を被った布がある。何かの塊を覆っている。埃よけだ。

私はこの布の裾を持って、ゆっくりとめくってみた。するとなかば予想した通り、黒々とした金属の塊があった。

「あっ機械だ」

麗羅が言った。

「何の機械ですか？　オーディオかなあ、ここで音楽聴いていたのかしら」

「スピーカーがないよ」

「でもVUのつまみある、メーターとかも。この窓、ヘルツ数？」

「うん。でも古いよこれ。短波とか、FMの受信機みたいだね。この大きさなら、ずいぶん高性能だったろうな。まだ使えるのかな。ここに、ヘッドフォンあるし、あれ、アンテナじゃないのかな……」

私は顔をあげて、頭上を指差した。ワイヤーが何本か張り巡らされている。

「どうしてそんな受信機がここに？」

「さあねぇ」

言いながら、私はまた布をゆっくりと、もと通りにかぶせた。

机の抽斗を引いてみたら、古いノートが何冊か入っている。ぺらぺらとページをめくってみると、数字がたくさん書かれている。文字はほとんどない。何だろうこれは、と思う。

「ぼくはオーディオに詳しくないけどさ、これ、何年も使ってないように見える。もう壊れてんじゃないかなぁ」

抽斗を閉めながら言った。

「電源、よくありますね、こんな山の中に」

「下の家から、コード這わせてきてるんじゃないかなぁ」

私は机から離れた。

「じゃあこの部屋は、こんなものかな、もう見るべきものはないかな、あっ、まだ奥あるよここ、こっちに入れるよ、また狭くなるけど。ね、君、ちょっとまた携帯貸して」

私は言って、麗羅から携帯を受け取った。そして足もとを照らしながら、奥にある割れ目のような隙間を照らした。そしてついに、あっと、大声を出した。

私の声に、麗羅が飛んできた。見ない方がいいかも、と私は言おうとしたのだ。しかし、とっさには声が出ず、遅れた。それで私の肩越しに、岩の隙間にあるそれを、麗羅は見てしまった。激しい悲鳴が私の耳のそばでして、見たものより、その高声の衝撃で、私はその場に膝をついていた。

すると、私のすぐ眼下に、それがきた。麗羅には言わなかったが、それはさっき私が下で見た、灰色の厚手の靴下だった。南吉氏が背負い、防水のヴィニールシートと見えるものを幾重にも巻いて、その裾からにょっきりと出ていたもの。靴下！

靴下からゆっくりと視線を上げていくと、ぼろぼろに朽ちた着衣の残骸があり、その中央に長々と伸びるものは、明らかに白骨だった。白骨化した、人間の遺体だった。

白骨は、言葉通りではない。大半が白くはない。靴下からずっと視線を上げていけば、一番上に頭骨があるが、それは黒ずんだ褐色をしていた。

南吉氏が、私や麗羅の視界を横切った時、彼の背負う何か大きなものが靴下を穿いているのを見て、私は物体が何かを知った。

そして私は、ひどい予感を抱いたのだ。今から自分たちが追おうとするものが、確実に恐ろしい光景につながることを覚悟した。

身の毛がよだつほどの恐怖が待つ、そう知って私は気が重くなり、足も進まなくなった。黒雲のようにもくもくと胸に湧く不安に、私は怯え続け、引き返すしかなくなる展開を、心のすみで願っていた。

しかしそれはかなわず、何ものかに背を押され、自分の意志とは無関係に、見るべきおぞましいものの前まで、じっくりじっくりと押し出されていった。ゆっくりとした、しかし恐ろしいまでの推進力、それはネジの回転を思わせた。

だから私は、麗羅ほどのショックは受けなかったものの、自分の予感の正しさを、ついに、否も応もないかたちで、自らの目で確認した。

どうしてこうなるのか、全然理解ができない。伊根に向かっている間、こんなことになる予想はまったくなかった。全然別のものを見にきたつもりでいた。白骨死体を見たいなどという期待も予感も、ほんのひとかけらさえなかった。

思いがけず、時空の裂け目に落ち込んだ実感、そして衝撃。自分はいったい今どこにいるのだと思う。時間はいつなのだ？　そしてこの先、どこに行くのだ？　これはいったい何なのだと思う。全然わけが分からない。頭が歪んでいくような気分。失見当識という言葉が浮かんで、ゆっくりと意識が遠のくような心地がした。

9

麗羅はショックを受けてしまい、しゃがんで動けなくなっていた。泣いてはいないようだったが、べそをかいているふうで、かがんで胸を押さえるから、吐く気かなと警戒したが、どうやら無事おさまったようだった。

横にしゃがんで様子を尋ねると、ここ怖い、早く外、出してと小声で言う。それで抱き起こし、肩を貸して歩かせて、出口に向かった。体に触れると、ごくわずかにだが震えているのが解る。まあ死体を見たのははじめてだろうから、ショックも致し方ない。

木戸を開いて大岩の裏の地面まで出て、土の上にしゃがませた。私自身もその横に立ってしばらく呆然としていたが、そのあたりに置いていた、つる草の植わった木箱が目に入り、気になるので、持ち上げて、岩の隙間にはめ戻した。土や石くれも両手のひらで運んできて、隙間に詰めた。

その時、ふと思いついて携帯で照らしてみると、あおり戸の横に、麗羅の傘が置かれているのが見えたので、また入って傘を持ち、木戸はしっかりと閉めておいた。錆びている簡易錠も、しっかり突起をくぐらせておいた。

またつる草の箱をまたいで外に出て、持ってきた傘は麗羅がいる場所のそばの岩肌に立てかけた。それから作業に戻り、ふたつ目のつる草の木箱を持ち上げて、つる草を表に見せて木箱の上に積んだ。そしてまた土をすくってきて、脇の隙間に詰める。

もくもくとそんな作業をしながら、時々振り向いて麗羅を見た。麗羅は全然動こうとせず、どんどん背中が丸くなっていって、今や手のひらを地面にぺたりとついている。

少し下がって自分の仕事の出来ばえを見ると、南吉氏が仕上げていた際の外観には及ばず、これが人工のものであることはひと目で解る。だが疑わずに眺める人には、それなりの山肌に見えるかもしれない。スコップなどの道具がない、素手による作業なのだから致し方がない。時間が経てば、雨風の作用で自然に見えてくるだろう。

どうしてもと通りにするのか、作業をしながら悩んでいた。このつる草入りの箱は、カモフラージュのための仕掛けだ。昔は防空壕に使われていたらしい隠し部屋を、今世間に隠しておきたい者がする作業で、私や麗羅としては、別段これに加担する必要はない。まして今は、この秘密の空間は人の遺体を隠す場所になってしまっていて、そうなら自分のこの作業は、犯罪に加担するものにもなりかねない。しかしどうしても、もとあったかたちに戻すのが行儀のように発想してしまって、こんなことをしてしまう。

とりあえず一段落して、隙間を見ながら私は考えた。疑問符の林に立つように、私には解らないことだらけだった。ここは、もとは防空壕だったように見えた。それなら、耳鼻地区のご近所には、存在が知られているのではないか。隠す意味があるのだろうか。それとも集落の戦中派はみんな死に絶えてしまっているから、岩場の空間の存在はもう誰も知らず、隠す意味があるのか。しかし、そんなことがあるだろうか。知っていた人間は、家族には話しただろう。

それともここは、戦前戦中から依田家が個人的に所有していた土地で、他家は知らないことなのだろうか。依田家が、耳鼻の漁民仲間では昔からリーダーの家柄だとでもいうなら、あるいはそういうこともあるのかもしれないが。

それ以上に、あの白骨死体はいったいどういうことか。誰なのか。南吉さんがしたことなのか。しかし南吉氏は善良そうで、到底人を殺すような人間には見えない。では誰がやったというのか、そして南吉氏は、何故犯人をかばうような行動をするのか。

「あれ、奥さんだよ」

麗羅の声がした。

「嘉さん」

私は麗羅の方を向き直った。

「そんな馬鹿な」

私は反射的に言った。

「だって奥さんなら、ぼくら昨日会ったよ」

「だから、あれ死人だったんだよ。生きていなかったの」

「会ったのが?」

「そう。さっき洞窟にあった骨が、本来の姿なんだよ」

「ああ……」

納得したわけではないが、彼女が言わんとしていることは理解した。仁居見高麿の童話の話だ。

「奥さん、何かがあって、家で死人に戻っちゃったんだよ。だからご主人が背負って、ここに返しにきたの」

「返しに? 奥さんはここで生活してたの?」

「そう。だって死人だから、何も食べなくていいんだもの。お水も飲まない、だからここでいいの」

「じゃぼくらはゆうべ、死人が作ってくれたご飯食べたの?」

「そう」

その割には美味しかったと思った。

「じゃ、南吉さんは? 彼も死人なの?」

「そうだよ。南吉さんだけじゃないよ、この地区に暮らしているみんな、みんなみんな死人だよ」

「ナマコ丼の大将も」

「そう、死人」

それにしてはずいぶんと元気がよい。

「あのかすれた声の男」

「あんなの、死人だよ、決まってる」

それは信じられる気がして私はうなずいた。

「目が死んでるもの」

確かに陰気で、生気が感じられないふうだった。

「あの神主さんは？」

「あの人は違う。だって耳鼻の人じゃないもの」

「あれは生きてるんだ」

「うん」

確かに、彼は言ってることがまともで、知的でもあり、人間的な気がした。

「解るけど、でもさ、それはいくらなんでも……」

「先生、どうして解んないの？　ここ、おかしいよ、みんなみんなおかしいよ、あの廃墟みたいな伊根寿司だって変、死人の家。スーパーのないこの家並みも、ナマコ丼の店も、だから変なこといっぱい起こるんだよ」

聞いて、私もしばらく沈黙して考えた。

「私、頭痛くなりそう」

言われてみれば私も同じだった。脳に霞がかかったようで、立ちつくしていると、足もとがふらつく。

「しかしともかく、この岩山に人骨があること、これだけは警察に届けないと」

私は言った。

「警察?」

なんて変なことを言うの、と言いたげな顔で、麗羅が私を見た。私は驚き、あわてた。

「そうだよ警察だよ。当然でしょ? だって、このまま放ってはおけないじゃない、白骨死体だよ君」

「ここ、警察なんてあるの? 交番なんて私、全然見てないよ」

麗羅は言う。

「そうだけど、このままにはしておけないよ」

「お巡りさんなんて、この土地、出てからじゃないと。ここ、幽霊の村だよ、変なことばっかり起こってる」

確かに、入江内に船幽霊が出たと、ナマコ丼の大将は言っていた。たびたび出るような口調だった。

「お巡りさん見つけても、その人もきっと死人だよ。話なんて通じないよ」

聞いて、私は呆然と立ちつくした。麗羅はおかしくなっていると思った。彼女の話を信じたわけではないが、こっちも頭がぼんやりして、常識的な発想が湧かない心地がした。

思考がまともではないが、それは妙な耳鳴りのような、それとも脳に電波に似た何かが直接訴えかけてくるような、異音を聞いていたからだ。それが脳に、ドリルのように突き刺さる。いったいこれは何だろうと考える。

ふらふらと歩き出し、大岩の端まで行って、そこから表の世界を見た。ああ、と声が出た。雨が降っていたのだ。霧雨のような細かな雨だ。それが一面の植物の無数の葉に注いで、さわさわと音をたてていたのだ。

私は麗羅のところまで引き返し、岩に立てかけていた傘を取って、わずかに開きかけてみた。無事だ、壊れてはいない。

「雨が降ってる。戻ろう、宿まで戻ろうよ。それから部屋で、今後のことを考えよう」

すると麗羅は、しゃがみ込んだままで、ぼんやりした表情をこちらに向けている。

「さあ立って君。あったかいお茶でも飲もうよ。服乾かして、炬燵に入って、それでゆっくり一緒に考えよう」

麗羅に近づくと、大きく開いた目で、私を見た。その目つきが血走っていて異様で、私はぎくりとした。わずかに恐怖を感じたが、この場に放っておくわけにはいかない。その目を見ないようにして、麗羅の腕を持って引き、ゆっくりと立ち上がらせた。

「いやだ」

麗羅はごく小さな声で言い、少し腰を引いてあらがう。

「下の集落、どこにいても怖いよ。死人だらけ。私行きたくない、落ち着けない」

「では横浜帰るかい？　ネッシーはあきらめて」

言って麗羅の顔を覗き込むと、しばらく逡巡していたが、首を左右に振った。私は、少しほっとした。

「おお、執念深いね、いいぞ。じゃ、山をおりよう」

言って、私は麗羅の肩を抱くようにして、表の雨に向かって歩き出した。すると麗羅も、あきらめたように、無言でとことこと歩き出した。表の緑が近づくと、特有の雨の匂い、そして強い植物の匂いがする。雨の音も、徐々に大きくなる。

「雨の音聞くと、落ち着くでしょ？」

私は言った。

「ここ、やだ」

麗羅は言う。

「おい、引っ張ってきたのは君だぞ」

すると麗羅は沈黙する。軽口にも、全然笑おうとしない。

「どうするにしてもだ、今夜は眠らないと、依田さんちの舟屋で。乾いた布団で寝たい、君もそう思うでしょ？」

するとありがたいことに、こくりと麗羅はうなずいた。

「もう夜もふけたし、こんな雨の中だからね、急ごう」

言って私は、霧雨の中に傘を広げた。

7506
伊根の龍神

島田荘司 著

愛読者カード

＊より良い出版の参考のために、以下のアンケートにご協力をお願いします。＊但し、今後あなたの個人情報(住所・氏名・電話・メールなど)を使って、原書房のご案内などを送って欲しくないという方は、右の□に×印を付けてください。 □

フリガナ
お名前 男・女（　　歳）

ご住所 〒　　－

市　町
郡　村
TEL　（　　）
e-mail　＠

ご職業 1会社員　2自営業　3公務員　4教育関係
5学生　6主婦　7その他（　　）

お買い求めのポイント

1テーマに興味があった　2内容がおもしろそうだった
3タイトル　4表紙デザイン　5著者　6帯の文句
7広告を見て（新聞名・雑誌名　　）
8書評を読んで（新聞名・雑誌名　　）
9その他（　　）

お好きな本のジャンル

1ミステリー・エンターテインメント
2その他の小説・エッセイ　3ノンフィクション
4人文・歴史　その他（5天声人語　6軍事　7　　）

ご購読新聞雑誌

本書への感想、また読んでみたい作家、テーマなどございましたらお聞かせください。

郵便はがき

料金受取人払郵便

新宿局承認

5503

差出有効期間
2026年9月
30日まで

切手をはらずにお出し下さい

160-8791

343

（受取人）
東京都新宿区
新宿一－二五－一三

株式会社 原書房
読者係 行

1608791343 7

図書注文書（当社刊行物のご注文にご利用下さい）

書　名	本体価格	申込数
		部
		部
		部

お名前　　　　注文日　　年　　月　　日

ご連絡先電話番号（必ずご記入ください）　□自　宅　（　　　）　□勤務先　（　　　）

ご指定書店（地区　　　）（お買つけの書店名をご記入下さい）　帳合

書店名　　　書店（　　　店）

二階の部屋に戻り、電気ストーヴをつけ、電気炬燵にスウィッチを入れておき、襖を閉めてそれぞれの部屋で濡れた服を脱いでジャージに着替え、ハンガーに通して、乾くように壁にかけた。

窓辺に立って、海に注ぐ小雨をしばらく眺め、それから炬燵にすわってお茶を淹れ、何かと話しかけてみたが、ショック状態から醒めない麗羅は、なかなか話そうとしない。それで布団を延べ、早々に電気を切って、寝床に入った。

少しだけ眠ったようだった、しかし覚醒してしまった。嫌な夢を見たような気もしたが、内容は思い出せない。

ゆるゆると起き上がった。尿意を感じたからだ。母屋のトイレに行こうかと思い、枕もとに置いていた上着を取って、そろそろと袖を通した。麗羅を見ると、こちらに背中を見せて眠っていた。

ゆっくりと立ち上がり、木製の階段を、音をたてないようにおりた。この階段は、きしみ音がするのだが、端を踏んだら音がしない。だからそのようにした。

傘を持ち、ガラス戸を開けると、集落に小雨が注ぐさわさわという音がしている。傘を開き、靴を履いて雨の中に出た。車道を横切り、母屋の壁に沿って、勝手口まで歩いた。

ガラス戸を開けて土間に入り、母屋の廊下に上がり、トイレの扉をそっと開け、南吉氏が寝ていたら起こさないようにと、音をたてないように気をつけて用を足した。

また勝手口に戻り、土間におり、靴を履いた。ガラス戸を開けて表の雨の中に出た時、異音を聞いた。何かが擦れあうようなかん高い音と、葉の茂みに木が倒れ込むような音だった。

差しかかった傘を、いっぱいにはささず、すぼめたままで頭上にかかげ、もの音がした方に体を向けた。

しばらくそんな姿勢のままで、耳に神経を集中して立っていた。すると、激しい息づかいが聞こえた。それで私は歩み出し、さっき登り、またおりてきた踏み分け道の方角に進んで、しかし登ることはせず、脇にそれて、太い幹から幹と伝いながら、草を踏んで大岩の方角に十メートルばかり上がった。

すると暗い中で男が二人、争っているシルエットが望めた。遠い周回路の明かりが、ごくわずかだが届いていたからだ。右手の男が上体をかがめ、左側の男を殴ろうと、右手を繰り出していた。二度三度と男は右手を振り廻すが、相手はこれを、難なくかわしている。右に左に上体を動かしてかわし、目ざとく隙を見つけると、右の男の顔面に拳を当てた。それほど猛烈な勢いではなかったのだが、右の男はよろけた。瞬間、左の男は右の男の体の下に素早く飛び込み、ぐいと持ち上げて、林の中に投げ飛ばした。

男は幹に背中をぶち当ててから、草の中に落下した。すると男の右手を、投げた男が握っていたのが見えたから、一本背負いと解った。柔道の技だ。かなりの腕と見えた。

投げられた男はそれでも立ち上がり、ストレートを繰り出そうと身がまえたが、投げた男は寄っていって、また顔面に拳を見舞った。

鈍い音がして、殴られた男は草の中にばさと埋もれてしまい、もう動かなくなった。荒い息づかいが、雨の林に満ちて、こだまするようだった。

殴った男は右の拳を体の前でかまえ、やや前傾姿勢のままで立ちつくし、木像のように動かなくなった。倒れた男を、上からじっと見おろしている。また攻撃を繰り出してくるようなら、容赦なくとどめを打ち込んでやると、そう思って観察していた。

「おいぼれ相手だと、強えんだな」

というかすかな声が、草の中からした。立ちつくす男は、何も言い返さなかった。

「昔なら、おまえくらい、何でもなかったが」

草の中に寝た男は言った。

「歳はとりたくないもんだな、しかしなあ、我慢できることとできないことがあるんや」

そう言っている言葉は聞き取りづらい、木々を打つ雨の音もある。私は木の下にしゃがんで、全身を耳にする気分で、二人の男が立てる音を聞いていた。

「絶望の人生か、俺も、おまえもなあ、生きていたってしょうがない、何の楽しみもない」

「俺らはどうせ死人だろうが」

立っている男は静かにそう返した。その瞬間、背筋に電流が走るような心地がした。男の声が、かすれていたからだ。

「俺らの命はアボさんが握っとる。ただ、務めを果たせや」

するとしばらくの沈黙。

「果たさんからこうなるのや。何度も警告した」

「果たしてきた、長いことなあ」

言いながら、草の中の男は、むっくりと上体を起こした。

「何十年もだ。もうこれ以上はごめんだ。たとえ女房殺されてもなぁ」

「あんな婆さんに惚れとったか」

男は吹き出すような口調で言った。

「そんなことじゃねぇ」

倒された男は言った。

「あんなさえない婆さんでも、俺らにはよくしてくれた。ろくでもない俺らに対して、誠心誠意、尽くしてくれた」

するとかすれ声は、へへへと笑った。

彼は草の中に、立ち上がった。

「礼も言えなんだ」

「必要なかろう、婆さんは、自分のためにやっていただけだ」

「おまえにゃ解らん」

相手は言う。

「死ぬまでな。おまえは、ろくな死に方をしない」

「けっ、どうでもいいことだ。何の期待もしてねぇよ」

草の中に立った男は、よろよろと、亡霊のように前進した。そしてかすれた声の男の前に行くと、またパンチを繰り出した。

男は、それを右の肘のあたりで受けた。さらに繰り出されるパンチを、上体を揺らしながら避けると、また顔面に拳を見舞った。

相手は草に倒れ込む。だがまた起き上がる。

「そのくらいじゃ死なねぇぞ俺は、どうした、ちゃんと殺せ、責任持ってな、女房殺したんだ、亭主も殺せ」

そして最後の力を振り絞るようにして、右手、左手をめちゃめちゃに振り廻した。到底見ていられないような有様だった。本当に死ぬ気だと思った。

かすれ声の男は難なくパンチをかわし、何の苦もなく、相手の顔面を打った。彼は仰向けにまた草に倒れ込み、断末魔のような激しい肺呼吸をした。

かすれ声の男は、今度は彼の上にかがみ込み、首に手をあてた。

「おいぼれ、おまえ殺すくらいは造作もねぇこった、こうやってな」

首に両手を当てがった。

「ちょいと絞めりゃころりだ。ニワトリより楽だぜ」

「早くやれ、もう覚悟はしてる」

「そうかい」

「女房のところに行く。だがこのままですむと思うな、必ずおまえの前に戻ってくる。そして、必ずおまえを殺す」

すると男はけらけらと笑い声をたてた。

「どうやってだ、やってみろおいぼれ、ちょいとひねって、海に沈めてやろうか」

「必ず戻ってくる。そして、おまえを食い殺してやる」

聞いて私は、足もとの地面を探った。何か、武器になるものはないかと思ったのだ。このままでは彼は殺される。

「確かに、おまえはもう役立たずだ、穀潰しはここらで消えた方が国のためか」

探り廻る手に、石が当たった。持ち上げてみると、野球のボール程度の石だ。

これでは不充分だと思った。武器たり得ない。

「必ず、復讐するぞ」

草の中から彼は言った。

「海からか」

そう訊く声がした。

「そりゃ見ものだな、待ってるぜ」

私は石を、かすれ声の男の背後に投げた。

石が草むらに落下し、がさと音をたてた。

すると男は、はじかれたように上体をぴんと起こした。そして背後を振り返り、きょろきょろと周囲を見廻した。こんな動作の動物がいるなと、見ていて私は思った。

さっと立ち上がり、がさがさと草を踏んで、彼は殺そうとしていた男から離れ、走るような早足で下の周回路に向かっておりていった。

その男の背中から目を離さないでいると、男は遥か下の周回路に姿を現し、右方向に駈け去っていく。すぐに建物の陰に隠れた。

それを確認してから、私は立ち上がり、草を踏んで、倒れ込んで動かない彼のもとに急いだ。

依田南吉氏は、目を閉じて、草の中にいた。

私はかたわらにしゃがみ込み、まず肩を掴み、それから首のうしろに右手を差し入れて、ゆっくりと抱き起こした。

「大丈夫ですか南吉さん、家に帰りましょう」

「だ、誰、何だ、何ですか」

彼は言った。そしてゆっくりと目を開き、私の顔を見た。

しかし、ろくに目は開かないのだった。顔面は血だらけだった。暗がりの中だったが、近くで見ると、ひどい有様であることが解った。あちこち腫れて膨らみ、切り傷だらけで、唇の端からも血が流れていた。

「あ、あなたもしかして、藤浪さん……」

南吉氏は言った。

「藤浪です。立てますか、家に帰りましょう、家に帰って、手当しましょう」

私は言った。

「あいつは、あいつ、遠山は」

「もう行きました。下の道を、あっちに走って行った」

すると南吉は、信じられないと言うような表情になり、無言だった。

「肩を貸します。歩けますか」

私が言うと、彼は痛む体を前方に折った。私はそれを、痛みのゆえと考えた。しかし、そうではなかった。

「すいません、すいませんです」

彼は言った。彼は私に、謝罪をしたのだ。それで体を折ったのだ。

「お客さんにこうなことしてもろうて、ホンマ、お恥ずかしいところを……、お見せしてしもうた……」

「そんなこと、いいですよ、どうしてそんなことを言われます？　歩けますか？」

「すいませんです、そいじゃあ家の前までだけ、助けてもらえますか、すいませんです」

言いながら、私に支えられて、彼は立った。

「家の前までだけなんて、何故です。中で治療して、布団を敷いて横になるまで手伝います」

「とんでもない、それには及びません」

「何でです」

「ご迷惑、かけたくない」

「迷惑じゃないですよ、こんな程度のこと」

言いながら、私は傘を広げた。

しかし彼は歯を食いしばり、ほとんど歩けなかった。なかば引きずるようにして、私たちは踏み分け道まで出た。それから、背負うように姿勢を変えて、傘をたたみ、嫌がる彼を背負った。到底、スムーズに歩けそうではなかったからだ。そうして、そろそろと彼の家の前まで坂を下った。

勝手口の前で彼を下ろし、戸口の柱につかまらせた。すると彼は礼を言い、ここで大丈夫ですと言った。

「いや、マキロン塗るとかしないと。手伝いますよ」

と言うと、

「いや、一人で大丈夫です。こんなものは、すぐに治ります」

と言う。

「まさか！　相当な怪我ですよ」

「こんな程度のもの、かすり傷です。骨も折れてない、ただの打ち身、すぐに治ります。ひと晩寝れば」

「本当ですか、無理は禁物ですよ。遠慮なんて……」

「遠慮なんてしちゃおりません。若い頃からこんなことはもう何度も」

「もう若い頃では……」

「まだ大丈夫」

「あれは、今のは誰ですか」

「昔やったこと、やんちゃの報いです。私は、実はこんな人間で。どうぞ笑ってやってください、お恥ずかしいところをお見せしました」

私は、言葉を失う思いだった。

「あなたはそういう人ではないでしょう」

私は言い、すると南吉氏は苦笑して、首を左右に振った。

「あれは、ヤクザか何かですか」

すると、南吉氏はまた鼻で笑う。

「まあそんなようなもんで」

「あんな人間がいるんですね」

私は本心から言った。驚いていたのだ。

「いっぱいおります、この国には。まだまだおりますよ」

南吉氏は言った。

「みなさんも、気ぃつけてください。それじゃあ私はこれで。ありがとさんでございました」

彼はガラス戸を開けた。

私は右手を挙げたが、彼も手を挙げ、私を制した。

「明日、朝食持っていきますんで」

言うから、私はあわてて言った。

「とんでもない、朝食なんていいです」

「いいや、私ができることはそのくらいですんで」

そして何度もぺこぺこと頭を下げ、ゆるゆるとガラス戸の向こうに入った。そしてゆっくりと戸を閉じた。彼が強い痛みに堪えていることが、私にははっきりと解った。

ガラス戸の向こうで、彼はもう一度頭を下げ、苦労して板の間に上がった。もう一度こちらに礼をして、奥に消えた。

私はしばらく軒下に立っていたが、あきらめて傘をさし、雨の中に出た。

10

翌朝目を覚ましても、麗羅は何も言わない。起き上がり、もくもくと布団をたたみ、とことこ歩いて炬燵に入っても、うつむいて、何ごとかじっと考え続けているふうだ。どうしたの、何を考えているの、と訊いても、うんと言うだけで、何も説明しようとしない。

静かにしているが、夜半にトイレに行った私が、南吉さんの騒動に巻き込まれ、背負って家に連れ帰ったりして、長く隣りの寝床に帰ってきていないことを、麗羅は知っているのだろうか、訊いてみようかとも思うが、妙にできづらい雰囲気だった。私が長く表にいたと知っていて黙っているのであれば、それはそれで問題で、腹の内で何を考えているのだろうかと疑う。

しかし大方、死体の刑事問題であろうとは思う。岩場の空間内にあった白骨化死骸が、たとえ南吉氏の仕業でないにしても、彼が関わっていることは間違いない。そういう人物と、ではこれからどうつき合えばいいのか、どう会話すればいいのか、悩んでしまっているのではと推測する。私に打ち明けないでいるのは、私がなんとなく南吉氏の側にいるような心持ちがしているからだろう。

階段の方角からもの音がしたので驚く。誰かが階段を上がってくる。

「失礼しますよ」

と声がして、そろそろと襖が開き、南吉氏が姿を見せたから私はほとんど仰天した。南吉氏は今日の午前中くらいは母屋で安静にしていて、到底動けないはずと考えていたからだ。

彼は朝食の盆を持っていた。私は急いで立ち上がり、言った。

「南吉さん、朝食なんていいんですよ。休んでいてください。あんなに怪我していたのに」

言って、私は盆を受け取った。そろそろと炬燵まで運んだ。今の私の言で、麗羅が驚いているのが解る。

「大丈夫なんですか？　動けるんですか？　あんなに怪我していたのに」

私がオムレツやパンの載った皿を炬燵の上に移していると、

「怪我？　動けない？」

手伝いながら、聞きとがめて麗羅が言った。

南吉氏は、絆創膏だらけの顔を不審そうに麗羅に向け、続いて私の顔を見るから、

「まだこの人には、何にも言ってなくて」

と南吉氏に向かって説明した。

「えろうすいませんです、ご迷惑かけて」

南吉氏は、畳の上で正座し、上体を深く折った。

「何を言われますか。怪我されてるのに、無理して朝食なんか作ってもらわなくても……」

「これしか、わしにはできません」

南吉氏は言った。

「この程度のことしか。わし、ここまでろくでもない生活送ってきて、ほんまみんなに迷惑かけて。この歳になって、まだ迷惑かけよるんで、ほとほとあきれとります。どうお詫びしてよいやら解りませんです」

「いや、南吉さんが悪いようには、ぼくには見えませんでした」

「いや、みんなわしが自分で蒔いたこと、報いです。昔はわし、ろくなことをしてきませんでした」

「何を……」

麗羅が言い出したから、私は心配した。彼女が一番気になっていることは、岩場にあった白骨死体だ。あのことを質すきっかけが来たと思ったかと警戒した。まだその時ではないと私は思っている。今そんなことを訊けば、南吉氏を徹底して追い込むことになる。彼が気の毒で、私には到底そんな真似はできない。

「いやあ、到底人さまに言えるようなことじゃありません。ただわし、この国のこと、ホンマに好きじゃったです。これは、心底誓うて、嘘じゃあない」

と言ったから、私はきょとんとした。どうしてそんなことを彼が今言う必要があるのか、全然解らなかったからだ。

「これは今後、どう脅されようとも、私もう、ここの人らに迷惑かけるようなこと、殺されてもやりません、もうたくさんじゃから」

「意味わかりません……」

麗羅が小声で言った。

「殺されても……？」

「歩けるんですか？」

話を変えようとして、私は訊いた。

「足とか体、痛くないんですか？」

すると南吉氏は、絆創膏だらけの顔を歪めて苦笑した。

「それはまあ、ぴんぴんして絶好調いうわけにはいかんですけども、いい薬も持っとりますから、なんとか大丈夫です。また昼飯晩飯、近所で食べてもらうようになるかも知れんですけれど……」

「そんなの、全然平気ですよ、ねえ君」

横の麗羅に言った。すると麗羅も、

「平気」

と合わせてくれたからほっとする。

「そいじゃあわし、ちょいとあっちで休みますんで」

「はい、よく寝てください」

私は急いで言った。麗羅が何か言いたそうにしたが、私は小さく顔を横に振って見せた。あとで、と口のかたちで言った。

「何かして欲しいことあったら……」

「ありません」

南吉は即座に言った。

「自分の体のことは、自分でよう解りますから」

「これ、食器、洗っておきます」

「ホントに」

麗羅も言う。

「いや、勝手口のとこ、あがり框に置いといてください」

言って、南吉氏は重そうにゆっくりと立ち上がる。そして壁を伝いながらそろそろと進んで襖を開け、階段をおりていった。明らかに、まだ体に痛みがあるのだ、当然だろう。

私は見送り、心底感心していた。あの歳で、あれほどに肉体的ダメージを受け、次の朝起きて、よく朝食を作れたものと思う。強靱な肉体と、精神力の持ち主と言わなくてはならない。到底自分などにはできない芸当だ。彼はいったいどういう人間なのか。

「どういうことですか先生？　何があったの？」

二人になると、紅茶を用意しながら、麗羅が訊いてきた。

「母屋の裏でね、乱闘があった」

私は言った。

「南吉さんが⁉」

「うん。すごい乱闘」

目を丸くして麗羅が訊く。

ほぼ殺し合いと言ってもよさそうなほどの勢いだった。

「どうして？　誰と？」

「あのかすれた声の男、遠山って言うんだって」

「遠山……」

「うん」

「どうしてですか？」

「さあ……」

「あの裏山の死体と、関係あること？」

やはり、麗羅はそう訊いてきた。今頭を占めているのはそのことだろうから、これは当然だ。

私は黙ってしばらく考えた。どう答えたらいいのか悩まされた。答えようによっては麗羅は、南吉が好まない行動をとる気がした。しかし、結局私はこう答えた。麗羅に、隠しごとはしない方がいいと思ったからだ。南吉は別に身内ではない。好ましさを感じてはいるが、未だ得体が知れない人物なのだ。

「奥さんを殺されたって、言ってた」

「南吉さんが？」

「うん」

「それ、大変なことじゃない、警察に知らせないと」

「うん、でも、乱闘中の言葉だし、殺されたとはっきりは言ってない、たとえ殺されたって同意しないぞとか、そんな言い方」

「うーん、でも、死体があるのは確かだし……」

麗羅も考え込んでいる。

「だけど、ここには警察署なんてないから」

「ないね」

「ここ出なくっちゃ。もっと大きな街に。いつまでもここにいたらどんどん変なこと……」

「ネッシー見物は切り上げるかい？」

言うと、麗羅は黙り込む。当然だろう。彼女が横浜からはるばるここまでやってきた目的はそれなのだ。ここで帰ったら、研究会の仲間に何ひとつ自慢できることがない。

「いったい、何があるんだろうここ……、南吉さんも」

私もうなずいた。私もそう思っている。わけが解らない。

「南吉さん、さっき生きているように見えなかったよ、顔色悪くて」

麗羅は顔をしかめて言う。

「ああ、死人だって、自分で言ってたよ、夕べ」

私はうなずいて言った。

「南吉さんが？」

「いや、遠山」

すると麗羅は、目を丸くしながらうなずいた。

私も考える。遠山が南吉さんの奥さんを殺した犯人なら、あの白骨死体の犯人も遠山ということか？　しかし麗羅は、あの死体こそは夫人だという。この地区に暮らす者たちはみんな死人だからと。

私は頭をぶるぶると振ってみる。思考がいささか混乱する。


朝食を終えて、私と麗羅は盆を持って母屋に向かった。すると、また霧雨が降っていた。傘をさすほどではないと思って、早足になって母屋の勝手口まで行った。

靴を脱いであがり、盆と食器を洗い場の脇に置いた。

「食器持ってきました、南吉さん」

私は奥の座敷に向かって声をかけた。

「これ、洗っておいてもいいですか？」

さらに重ねて訊いた。しかし、返事はない。寝ているのか。

「じゃ洗っておこう。ここに洗剤あるよ」

「でも、置いておいた方が……」

麗羅は言いかけたが、私が洗いはじめると、手伝ってくれた。二人でやればすぐに終了した。乾燥機に皿を立てかけておき、手を洗って戸口まで戻った。

霧雨は続いているが、別段強くなってはいない。靴を履き、麗羅が靴を履くのを軒下で待って、二人で駈け出して舟屋まで戻った。

また二階の窓辺に立って、海に降る霧雨を見ていた。並んで立って、かなりの時間外を見ていた。霧雨はここからは霧のように見えて、青島はやはり白いヴェールの向こうで、姿は見えない。

ここにやってきて、三日目の朝だ。しかしまだ、何ごとも起こる気配はない。このままじっとしていていいものか。

「三日目だね」

私は言った。

「平和だね」

「はい」

麗羅は言った。

「このままここでごろごろしていていいものかな」

すると麗羅は考え込んでいる。

「まあテレビじゃないから、今夜龍神出ますよと予告してくれる人もいないだろうけど」

「警察に通報とか、しなくていいの……」

私もそれは気になる。しかしそれをすると、この舟屋にこのまま滞在は、むずかしくならないか。

「また空振りじゃないかなあ、このままここにじっといても」

するとと麗羅は私の顔を見た。そして、

「じゃああの自衛隊は?」

と言った。私はうなずいた。それもそうだなと思う。連中が出動しているのに、何ごとも起きないということがあるだろうか。

「でも、彼らも空振りってことだって」

私は言った。

「そうでしょうか」

「うん……」

言いながら私は炬燵に戻った。確かに彼らは、高度な情報にしたがって行動しているだろう。あれだけの人数が装備を持って移動してきているのだ、費用もかかる。無駄足は避けたいだろう。

私は自分の行動を決めかねていた。たまたま今、出版社と会う予定などはない。歯医者に行く予定も、病院に定期健診に行く予定もない。その意味ではちょうど谷間のように、具合のいい時期なのだが。

ではともかく、メモ書きでも進めておこうかと思った。近い将来、執筆を始めるための準備だ。パソコンを持ってきておけばよかったと思う。パソコンがあれば、時間を有効に使える。しかしあんなあわただしい、強引な拉致みたいな出発だったから、準備なんてしている余裕はなかった。私は来ないつもりでいたのだ。

麗羅も何か書きものを始めたが、魔法瓶にお湯が残っており、日本茶のセットがあるので、お茶を淹れる準備をしている。

「君は今、予定とかないの？　大学とか……、横浜帰らなくて平気？」

「平気です」

彼女は言った。

「ふうん」

それで私は、それからしばらく書きものをした。二時間ももくもくと続けたら、飽きてきて、ごろりと横になった。なんだかえらく手持ち無沙汰だなと思い、考えてみたら、テレビがないことに気づいた。

私の生活は、思えばテレビが中心だ。起きたらともかくテレビをつける。ニュースを見て、台風が来ていることなどを知る。横浜紹介の番組などよくやっていて、美味しそうな中華街の店が紹介されていたら、そそくさとランチを食べに行く。夕刻になればビールを飲みに行き、何か食べて戻ってきたら横浜球場の野球中継だ。テレビがつまらなければようやく仕事を始める。土日など、近所がごった返すから、一日中部屋にいる。テレビがなければ死んでしまう。

これほどテレビを観ない日が続くのは珍しい。新聞も届かないから、世の中で何が起こっているのか全然解らない。携帯のニュースでも世間のニュースは知れるが、携帯も入れていない。電源を入れると御手洗から電話がかかりそうで怖いからだ。苦情のメイルも入るかも知れないから、メイルも見られない。なにやら、秘境に逃げ込んだ世捨て人のようだと思って苦笑の気分になっていたら、ついうとうととしてしまった。はっと覚醒して、

「何時？」

と麗羅に尋ねたら、

「もう十二時ですね、お昼」

と言われた。

「ああまずい、寝ちゃった、ナマコ丼食べに行こうか」

私は言った。

「またナマコ丼ですかぁ？」

麗羅は不平を言う。しかしレストランがないものはしようがない。中華街が近所の横浜のようなわけにはいかない。平田の方まで行けばあるらしいが、遠い。宿で食事が出ず、レストランがなく、警察官もいず、ついでにテレビもない。えらいところに来たものだった。

表に出た。雨は降っていない。幾分か風が出ていて、首筋が寒い。吐く息もわずかに白く、長く表にいると心底体が冷えそうだ。温かいものを食べたい気がする。

周回路をゆっくり歩き出し、右の山方向にそれて裏道に入ってしばらく進むと、ぎょっとした。彼方に見えてきた自衛隊の駐屯地の様子が騒々しい。いつもと違う。ヘルメットをかぶり、カーキ色の戦闘服を着た男たちが大勢、テントの周辺にいる。数人が固まってミーティングをしたり、歩き出したりしている。山側の斜面には、武器を持つ者が二人、微動もせずに立っている。周回路にはパイロンが立ち、どうやら遮断されているふうだ。

私は緊張して立ち止まり、麗羅と二人、姿勢を低くした。

「まずいなこりゃ、引き返した方がいいかな」

「でもそうしたら、お昼食べられませんよ」

「そうだなあ、こっちには食べ物屋ない」

「ありません」

「でもこれ、臨戦態勢に入っているよ。何かあったみたいだ、何だろう」

「これ、まだそこまでじゃないですね、でもそなえはじめてますね、若干緊張してます。何らかの危険を予測していますね。訓練じゃない」

「じゃ、いよいよ龍神上陸して来るのかな」

「かも……」

「すごいな、わくわくぞくぞく、じゃない君？」

「はい」

「本当なのかな」

「でもともかく先生、ナマコ食べたいなら、もっと山登って、上で迂回しましょう自衛隊」

「ああそうだね……」

言われて私は迷った。そんなことをすると、彼らの敵になるような気がして緊張する。隠れて動いていると、発見されて撃たれてはかなわない。しかしランチへの欲求が優り、山を登ることにした。

少し戻り、山頂に向かうらしい踏み分け道を見つけてかなりの距離を登り、そうしたら左方向に向かう道があったので、これを進んだ。ずいぶん行って、今度は下りの細い道を見つけたから伝いおりたら、ナマコ丼の店をかなりすぎたあたりだった。そのあたりには自衛隊の姿はなく、平穏だったから、周回路を歩いて、亀山の活魚の店まで戻った。

店内はかなり混んでいた。カウンター席にはまだ誰もいないが、テーブル席はほぼ埋まり、奥にひとつきり空いていたから、私たちはそこに行ってすわった。これで満員になり、店内はみなの話し声で騒々しかった。私はぐるりとひと渡り店内を見廻したが、知っている顔はない。遠山の姿もない。

結局、ナマコ丼のランチになった。しかし馴れてくると、これもなかなか美味しく感じられる。

「案外美味しいね」

麗羅に言った。すると彼女もうんと言う。

「横浜も、中華街とかにこれがあるといいな。乳ガン予防に。みんなにも勧めたい」

聞いて私はうなずき、食べた。

「ねえ、君」

と私は麗羅に話しかけた。自衛隊も動き出したことだし、これからのことを相談しようと思ったのだ。その時扉が開き、かっこうの人物が入ってきた。私服を着た神主の手塚だった。私は反射的に右手をあげ、手塚さんと名を呼んでいた。

「こっちお願いします、ちょっとお話あって……」

私は言った。すると神主はこちらを見て、いささかよけいなことを言った。

「ああ、東京の作家の先生！」

それほどの大声ではなかったものの、彼がそんな調子で反応したので、付近のテーブル席にいた何人かが、ゆるりと首を回してこちらを見た。私は亀のように首をすくめ、麗羅の陰に隠れた。

「神主さん、こっちこっち！」

麗羅も手をあげて呼ぶので、手塚はゆっくりと歩んで私たちのテーブルまで来て、椅子を引いてすわった。

「おお、ナマコ丼食べてますなぁ、ほんじゃ私も」

言って、カウンターの向こうにいる親爺に、

「ナマコ丼もうひとつね」

と大声で注文した。

「あんた、東京の作家の先生？」

そう耳もとで言うだみ声に驚き、振り向くと、恰幅のいい大男が、私を見おろすような姿勢で、私のすぐうしろに立っていた。赤い顔をしていたから、一杯入っていたのだろう。

「いえいえ違いますよ。ちょっと本を出したことがあるってだけで、とっても作家なんて呼べる者じゃあ……」

と言っていたら、

「いえ、ホントに先生、すっごく有名なの」

と麗羅が言ったから、彼は回れ右し、巨体でダッシュするようにあたふたと自分の席にとって返し、小型のガラスコップを持って戻って、私の胸にぐいと押しつけた。

「ほなセンセ、ま、ま、ま、ほならいっぱいやってえなセンセ。ぐいと、ぐいとなぁ！」

ととっくりを持ってきて傾けようとする。

な、なんで東京の先生ならこうなるのだ？　と私は思っていた。その理屈が解らない。

「い、いや私は……、こんな昼間から……」

「あ、なんな先生、ほならわいの酒が飲めんと、昼間やから飲めんと、こう言わはる？」

「あいや、そういうわけじゃありませんが……」

「ほならぐい、いうてな、ぐいいうて行ってえな！」

と酒を注がれた。この人たちはいったい何なのであろうと思う。こんな昼間から、日本酒を飲んでいるのか。

「ぐ、ぐいーとぐいーとぐいーとなあ」

と言われるから、やむなくぐいーと飲んだ。すると、

「ええ調子やなあええ調子やセンセ、ほならもういっぱい」

と言われる。飲んでから解ったが、ものすごく強い酒で、目の前がぐらりと揺れた。どうやらこれは焼酎か。

「いやも、もう、もう……」

私は必死で言った。こんなもの、これ以上飲んでは倒れてしまう。

「キクさん、あんたら、もうええもうええ、こちらの先生は、今日はわいと大事な話があるんやさかいに」

神主が助け舟を出してくれた。

「そんなん一杯やって、調子よう話したらええのんや！」

と赤い顔で言うので、神主さんは立ち上がって、男の肩を抱いて、強引ながら丁重に席まで送っていった。

「いや、えろうすんませんでしたな」

言いながら神主は帰ってきて、テーブルにつきながら言った。

「あの人はちょいとアル中の気があるんで」

それはそうだろうと思う。そうでなければ、こんな真っ昼間から、あんな強い酒を飲んだりはしない。こちらは軽くランチを取りにきたのだ。泥酔しにきたわけではない。

「やっぱし、漁師の人というのは酒、強いんでしょうね」

私は言った。

「まあねぇ、楽しみいうたら、そうなりますわなぁ、こうした村じゃ。みな酒と祭り、そのくらいが数少ない楽しみになります。で、先生、話て何ですか？」

言われて私はぽかんとした。

「話て……、何でしたかなぁ、忘れてしまいましたわ」

途中で邪魔が入ったから、ついでに酒も入ったので、私は記憶が飛んでしまった。まだ目が回っている。

「えーと」

私は体を前方に折って、懸命に考えた。

「パパ、警察官のこと」

麗羅が言った。

「あ、あそうか。神主さん、この街、交番ありますか？」

「コーバン？」

神主もきょとんとした。けっこう驚いたふうだったので、この街の人たちは、交番に行ったりはしないのであろうか。

「はいそうです、お巡りさんがいる」

「ああ、交番かい、そりゃ、私の行っとる中学の近くに、一軒あることはありますが……」

「ああ、平田の方ですね」

「そやけど、道訊くとかでしたら、私の方が……」

「あいや、そうじゃなくて、ちょっと事件のことで……」

「あ、そらアカンわ」

神主は言下に言った。

「駐在の大野さん、さっきのキクさん以上のアル中やし、もう歳ですわな、そうなむずかしい話はようでけしまへん」

「むずかしい話て……」

警察官はそれが仕事であろう。

「ただ話し相手の連絡係」

「それじゃあ大きい警察署とかは」

「ああ、警察署なら、そら天橋立やな」

「天橋立かあ、やっぱり。どうやって行くんだろ」

「そりゃまあ、車か船」

「バスは」

「バス停遠いし、二時間に一本ですなあ」

「パパ、私の車で行ったらいい」

「ああそうだね」

「何かありましたんかいなぁ」

「いやそれがですね」

と私が言ったちょうどその時、ばたんとドアが開いた。すると突風が、さっと店内に吹き込んできて、入り口近くの紙を舞い上げた。突然の冷気に、私は首をすくめた。表に、風が出ているらしい。

「あっ」

という声が起こった。

「どないしたんや、南吉さん」

誰かが言った。

「みんな、すまんこってした！」

戸口のところに立ちつくし、南吉氏は大声で言った。顔は、相も変わらず、絆創膏だらけだった。声が上ずっている。息が上がっている？　私は思った。

店内が、水を打ったようにしんとなっている。

「わしはろくなことしてこなんだ、みんなに迷惑かけた」

「なんや、なんや、そうなことないで！」

という誰かの声が応じた。しかし南吉氏は、そこで膝を折り、土間に土下座をして、濡れた床に額をつけた。しばらくそうしていて、それから、よろよろと立ち上がる。

「けどわしは、この国のことも、みなのことも好きやった、尽くしたかった。それだけは解ってや」

言ってから、南吉氏は立ちつくした。店中がしんとしているから、長い沈黙になった。南吉氏も何も言わず、じっと立ちつくしていた。

「みんな、体を大事にな……」

最後の声は、つぶやくようだった。そしてまた一礼し、南吉氏はくるりと背を向けて、だっと表に走り出た。私は舌を巻いた。昨夜、あんなに怪我をしていたのに、走れるのか⁉

「お、おい南吉さん、待て！」

言って何人かが立ち上がった。目の前の手塚神主も立っていた。麗羅も立ち上がる。それで私も立った。南吉を追っていくみなについて、表に出た。

表は予想した通りに風が強かった。雨はそれほどではない、霧雨だ。小さな水滴が、粉のように舞うのが見えた。それをついて、南吉氏は突風のように走り、平田の方角に向かう。みるみる遠ざかっていく。

店内にいた者たちも追って走り出す。私も、神主も走り出した。しかし店内を埋めていた地区の者たちはみな年寄りで、早く走れそうな者はない。それはまったくのところ私も同様で、十メートルも走ったら息が上がった。さっき変な酒を飲んだのもまずかった。これはいかん、この調子では吐いてしまうと思い、速度をゆるめた。私の横で、神主もゆっくりになっている。

そういう二人の間を、突風のように抜いていった者がいる。私はびっくりし、なんとかついていこうと多少加速したが、すぐに息が切れた。

「先生あとでゆっくりきて。私が追う！」

少し振り返って言う。麗羅だった。

そして麗羅は猛然と加速して、南吉氏を追って駈けていった。私は唖然とし、とぼとぼと歩き出した。麗羅は陸上部だと言っていたかな、と歩きながら考えた。

それから私と神主の二人は、老人ホームのマラソン大会のように、歩くのと大差のない速度で、周回路を港の方角に向かって追っていった。しばらくすると家並みが途切れ、前方への視界がきく場所に出る。海沿いの道はゆるく左方向に曲がっていくので、彼方を駈けていく二人の姿が望めるようになった。

伊根港を左手に見る舗装道を、延々と走った。港をすぎると、また左に家並みが始まり、視界がきかなくなる。二人の姿は並ぶ家の陰に入った。そういう集落は延々と続いていくが、しばらくするとぷつんと途切れ、海とコンクリートの護岸が見える場所に出た。海を見れば、波が高くなっている。荒れはじめている。それは、風が強いゆえだ。そういう護岸に、悄然と強風に吹かれながら立つ、麗羅の姿が見えた。じっと沖を見ている。

私はぜいぜいと喘ぎながら、麗羅に寄っていった。私を見つけると、麗羅はこちらを向いてすがるような目で私を見た。頬に涙がある。何かが起きたのだ。

「先生！」

麗羅が叫んだ。

「南吉さん、飛び込んだ、あそこ、泳いでいってる！」

彼方を指差している。そのあたり、目を凝らせば、波の上に小さく、人影らしいものが見える。もうずいぶん小さくなって、波間に入れば姿が消える。風の鳴る音が、海上を渡ってくる。私はまた唖然として、口をぽかんと開けた。ナマコ丼の店から走り出して、もうずいぶん遠くまで来ている。平田も近い。この大変な距離を、南吉氏はあの速度で走り通したのか。あの歳で、あの怪我で、超人的だ。私の方は、息も絶え絶えで、口をきくこともできない。私は断末魔のように呼吸しながら、しゃがみ込んだ。

麗羅も明らかにばてている。肩を上下させて喘いでいて、なかなか口が利けない。しかし私よりはマシだ。私はと言うと、もうここで霊柩車を呼ばれても文句は言えないという気分でいた。なんとかコンクリートの上に四つん這いになったが、正直に言えば、ごろりと仰向けになりたい欲求があった。

まもなく神主が到着した。麗羅は急いで彼に寄っていく。そして、また沖を指差して説明している。それで私も沖を見た。が、もう南吉の姿はどこにもない。神主も喘いでしまって何も言えず、何らの行動もできずにいる。しかしコンクリートの上にくずおれながら、彼は手近の家を指差して何か言っている。

私たち熟年組、いや高年齢組というべきか、ダメージが回復するまでに、絶望的なまでの時間がかかった。たっぷり二十分、いやそれ以上かかったろう。

手塚神主はようやくよろよろと立ち上がり、麗羅の肩を借りてのろのろと歩いて、手近の家に入った。どうやら、起こったことを説明しているらしい。私も立ち上がり、家に寄っていって、玄関先で待った。

ずいぶんして彼は出てきて、この家、船を出してくれるそうです、と言ったが、もう飛び込んでから三十分以上もすぎた。海を見ても、湾はけっこう荒い波が埋めていて、南吉氏の姿などもう影もかたちもない。見つかるだろうかと疑う。さらには、こんな荒れる海に船を出してもいいものかとも思う。

それからさらにやっさもっさして、私たち三人が近所の船に乗って海に出るまでに、さらに二十分もかかったろう。計五十分、どうやら船というものは、自動車のようには、すぐに発進できないものらしい。

私たちは、波にもてあそばれる船に乗り、湾内を走り廻って南吉氏の姿を捜した。しかし、間もなく船頭さんが根を上げた。これは無理だと言う。

私も同意だった。波がどんどん荒くなってきて、船が激しく上下する。強い風が耳もとで鳴り、船側から激しくしぶきがあがり、沈没しそうだ。操縦キャビンの把手（とって）に摑まり、私は頑張ってはいたが、このままでは酔いそうだったし、加えて雨もどんどん本降りになる。波間を見廻すが、何も見つけられはしない。これから何時間かこんなことを続けても、ほぼ意味はなさそうだ。もうじき陽も落ちる。引き上げようという彼の言にしたがうことにした。

南吉氏は死ぬ気だと、私は考えた。そうなら、私たちのような無力な素人にできることなど、もう何もない。

第三章

トマト、リンゴ、ナシ

1

キム・ミョンギルは一九四四年に平壌の小旅館で生まれた。母親は、旅館に勤務していた賄いの朝鮮人女性で、父親は日本の軍人だった。父親は日本軍が撤退する際に本国に引き揚げてしまい、以降行方は知れない。あるいは戦死したものかもしれない。

母親も間もなく死亡したから、ミョンギルは孤児になった。母親の親族の家を転々としながら成長したが、成績が優秀であったこと、ブルジョワ階級の出身ではなく、出生成分が良かったこと、旅館時代、母親とつき合いのあった政府高官がいたことなどで、金日成総合大学への推薦が得られた。

ここでキムは、徹底してマルクス・レーニン主義を学んだ。高名な主体(チュチェ)思想は、この時代にはまだ論理的な完成を見ていなかったので、若者の思想教育に取り入れられてはいなかった。キムは生い立ちが貧しかったので、人民の徹底平等、勤労によって得る報酬は、国の最高元首も、最下層の労働者も同一という共産思想の基本精神には強く心惹かれ、感激もした。

しかし、こののち長く喉もとに刺さる棘のように、キムの心に残った教えもある。この時期の学生は、自動的に社会主義愛国青年同盟に属することになるのだが、ここで共和国国民は三層の階層に分類されることを学んだ。最も上の階層は忠誠層で、これは核心階層とも呼ばれ、首都平壌に住むことを許される。国家への忠誠心が揺るぎなく、最も信頼がおける国民と評価される。

その下は中間派層で、動揺階層とも呼ばれる。状況によって、思想が揺れ動く危険性を残していて、一定量の監視と、絶えざる指導の要がある。全国民の半数がこの階層に属している。南朝鮮に親族がいる者、朝鮮戦争時、韓国側についた過去を持つ家系、あるいは商人の多くがこの階層に属している。

最も下が反体制派層で、敵対階層とも呼ばれる。強制収容所体験者、キリスト教者、旧地主階層、常に監視と再教育を必要とされる危険な階層で、生涯炭鉱や、鉱山での重労働を課される。国民の二割を占めており、時として人民の敵とも称される。

この三層は、上からそれぞれトマト階層、リンゴ階層、ナシ階層とも呼ばれる。社会主義思想の濃淡を表していて、上から順に赤い思想が薄まっていく様子を表現している。こうした三層は、有事の際にも一致団結はむずかしいとみなされている。

キムはこの考え方に抵抗感があった。これでは資本主義圏の貧富の階層発想と似てしまう。すべての人民がみな平等というのが社会主義、共産主義の基本理念ではなかったのか。しかも共和国のこの発想は、未来永劫変わらないものとしている。敵対階層は生涯の労働奴隷で、これでは李朝朝鮮時代の両班(リャンバン)と奴婢(ノビ)の奴隷制度と変わらなくはないか。この発想自体、知らず中国属国時代の半島の、問題ある歴史を引きずるものになってはいないか。

しかしキムは、この疑問を口にすることなく、黙して勉学に勤しんだ。この判断は、自分が忠誠層に組み入れられそうであるゆえかとキムは自問したが、結局曖昧にすることになってしまった。

この時代、キムは同盟の仲間たちと毎日金日成将軍の歌を歌わされた。ほぼ連日、時には日に何度も、歌う機会があった。不思議なもので、声を張り上げてこの歌を歌うたび、そうした気持ちの迷いは徐々に消えていった。合唱には、そういう洗脳効果があるのだろう。

総合大学に二年間在籍したのち、語学の適性を自認して、平壌外国語大学日本語学科に再入学、ここでの成績優秀を認められて、彼は朝鮮労働党中央に抜擢入党、東北里（トンブンニ）にある金星政治軍事大学に入学、エリートと認められて、対外秘密工作員としての訓練を受けることになった。

卒業後、彼は平壌からほど近い大同江（テドンガン）の河口の港、南浦（ナムポ）に移されて、地もとの漁民に混じって漁船乗務員として操船、魚網の扱い、魚類の選定分類、箱詰めの作業体験を、一年間積まされる。

チャン・スクヒは一九四七年生まれ、平安北道の出身、彼女も平壌の外国語大学日本語学科に入学、成績優秀につき中央党に入党、さらに金星政治軍事大学に入学し、エリートの評価で、対外工作員としての徹底訓練を受ける。

日本から拉致してきた日本人女性を教師として、日本語日常会話の実地訓練を東北里（トンブンニ）三号招待所で施されることになり、チャンはここに送られるが、キムもまたここに移住させられてきたから、二人は合流し、三年間の共同生活で親しくなって、血を分けた肉親同様の同志となった。

　この生活の中で二人は、日本人の食生活、流行歌、童謡、民話、生活習慣、歴史、日本的なものの考え方、道徳観などの常識を徹底して身に染み込ませる日本人化教育を受けた。これによって二人は、対日工作員として完成した。

　対外情報調査部第一課が、北海道小樽市出身の履歴書を偽造し、これを持って二人は、日本人香田明喜（こうだめいき）、好子（よしこ）兄妹として深夜小型船で日本に潜入し、情報部が情報を持っていた静岡港の漁船手伝い員募集に応じるかたちで漁師仲間に潜り込む。

　香田好子と名乗ったチャン・スクヒは、漁師街にあるクラブ「ロマン」のホステスとして職を得、自活生活を始めた。キムが二十七、チャンが二十四歳のおりのことだった。

　二人の仕事は、まずはひたすら湾周辺の写真を綿密に撮影して、本国に送ることだった。これは、工作員の日本人化訓練のための資料であり、来るべき日本の社会主義化革命への誘導、および朝鮮民主主義人民共和国の属国化のための、教育資料とするためだった。

　この目的のため、共和国情報部は、日本人を多数拉致し、洗脳教育を施し、革命成就のために忠実な日本人戦士部隊を養成組織する必要があった。そのためには今後まとまった数の日本人狩りの要があり、二人はその先兵として、日本に送り込まれたのだった。

　明喜は好子に誘われ、何度かロマンを訪れて飲んだ。彼は顔だちがよい男だったから、するとたちまち好子の同僚のホステスから熱を上げる娘が現れて、本国の指令もあったから明喜もこれを受け入れ、ほどなく同棲生活に入り、結婚した。本国はさらに、子供を作るようにと言ってきた。

　娘は名をマリといい、目が大きく、なかなか可愛い顔だちをして、陽気で気のいい女だった。が、いささかの酒飲みで、酒癖も悪いという欠点があった。加えて料理がまったくできなかった。結婚式は、市内の神社で行い、仲間の漁船を借りて伊豆七島を巡る新婚旅行をして戻り、漁師街で新婚生活に入った。するとじきに子供ができ、男の子だったが、困ったことには、妊娠してもマリは酒がやめられず、明喜がいかに止めても、叱っても、彼女は台所のあちこちに酒瓶を隠し、密かに飲んでいた。毎夜明喜がこれを探し出し、片端から中身を流しに捨てた。

　ワインならいいだろうと、どこからかワインを手に入れてきたが、これも明喜は捨てた。するとマリは、ロマンに行って飲もうとするから、好子に厳重に言いつけて、マリが来ても、絶対に酒を飲ませないように頼んだ。妊娠中に酒を飲むとバカな子が生まれるのだと、明喜は繰り返し繰り返し妻に説明し、マリはそのたび解ったと言うのだが、どうしてもやめることができないのだった。

　明喜は昼間は仕事があるし、時にはよっぴて漁から帰れない日もあって、妻を見張っているということができない。そういう日は、家に来てくれるように、好子に頼んだ。

　マリは、酒の禁断症状が出ると、泣いて体を震わせた。おまえ、いったいいつから酒を飲んでいるのだと訊いたら、中学の時からだという。家がスナックを経営していたからと言った。

　夜になると、アルコールを求めてなのかどうか不明だが、ふらふらと家を出て行って、行方が知れなくなる。そういう時は明喜も家を飛び出し、港中を探し廻った。こういう時、マリが潜む場所は、いつも決まっていた。それは数箇所あったが、明喜はすべて頭に入れた。倉庫街の暗がりで、壁や柱の隙間から、海が見えている場所だった。そうでなければ、結婚式をやった神社の横の小道を登っていった小山の頂の大樹の陰だった。

マリは、妊娠七ヶ月くらいになっても、あまりお腹が目立たないタイプで、そのため、歩き廻ることがそれほど苦ではないらしかった。そのために、しょっちゅう行方をくらました。

山の上でマリを見つけた時など、さあ帰ろうと言い、坂道に手を貸してやり、そろそろと下りながら尋ねたものだった。夫婦生活に、だんだん自信がなくなりかけていた。

「なあマリ、わしら、夫婦になったんだよな。一緒に子育てしたいと、わしは思っておったんだけど、おまえはそうじゃないらしいな。わしと一緒に家おるの、嫌なんか？」

するとマリは、明喜の腕にぎゅっと縋りついてきた。

「うちはねぇ、あんたに惚れとるんよ、解りませんの？」

闇の中で、明喜は苦笑した。そうして、しばらく考えてから、

「それが、よう解らんようになってきたんだ」

と言った。するとマリは言う。

「店に来とる酔っ払いのおっさんら、全然興味ないわ、あんただけやで、うちが好きなん。あんたの顔はじめて見た時にな、ようやっと、まともな男が現れたてうちは思うて、もう飛びついたわ！」

「ほなら、どうしてふらふら表出ていくんや。そんなことされたらわしが困るのは解るやろが」

「そんなん自分でも解らん」

「酒が欲しいからか」

「違う。体が震えるから、狭い部屋でじっとしとったらおかしうなるんや。もうぶるぶる震えてしもて、涙がぼろぼろ出るんよ。表の風当たったら、ちょっとは我慢でけるようになるんや。せやからふらふらて、気がついたら表や」

聞いて、明喜は考えた。そう聞いたら、少しはマリの側の事情も解るような気はした。しかし、このままでいいというわけにはいかない。

「家が広かったらいいのかな……」

「かも解らん。でもやっぱしアルコールやなあ、それ切れたらうちはあかんわぁ。自分が誰や解らんようになる。あんたが好きなこととは、これはいっさい関係ない」

「酒とわしと、どっちが好きなんか」

「そんなん較べられへん」

「どっちがおらんと困るんか」

「どっちもや」

そしてかなり沈黙していたが、

「うち、頑張るわ」

とぼそりと言った。

「あんたに嫌われとうないもん」

とも言った。

「うち、あんたがおらんようになったら困るわ」

そしてそれからのマリは、一応落ち着いたように見えた。禁酒の生活にも、それなりに馴(な)れはじめたらしかった。この適応は、母親になるという一大事に適用するように作られた、女の本能のような精神メカニズムかもしれなかった。が、代わりにぶくぶくと太りはじめた。妊娠のせいだろうと明喜は思っていたが、どうやらそうではないようで、大きなお腹を差し引いても、マリの体は丸々とし、顔も丸くなった。顎も二重顎になった。

それでもバカな子供が生まれるよりはいいと考えて、明喜は我慢していた。マリの愛らしい顔も好きになった理由ではあるものの、太っていかにも庶民のおかみみたいになっていく女房の外観を見ても、明喜は何故なのか、それほど気にはならなかった。そういう女ばかりを見て育ったせいだろうか。むしろ女房になったのに、若い娘のような外貌をしていると落ち着かない。

思えば明喜は、子供時代から、生活やつれのした女しか見た記憶がない。それともこれは、骨身に染みている、極貧的生活感性のゆえか。道端で餓死して蝿がたかっている人も、子供の時から何度も見た。生きていられるだけマシと、いつだって思えたから、生活臭のする女を見ると、どこか心がほっとするのだ。

間もなく子供が生まれ、眠れないほどに明喜は心配していたが、知能はどうやら健常らしかった。妊娠初期に、なんとかかんとか禁酒させたことが良かったのだろう。赤子を前にすると、明喜は意外なことに、無性に嬉しかった。マリの妊娠に、全然ピンときていなかったのに、この喜びはまったく予想外だった。

しかしマリの方は、子育てには先天的に向いていなかった。育児の手引きとか、離乳食の作り方の本を買ってきてやっても、まともに読もうともしないし、作ろうとしない。頭の構造が、料理という作業を受け付けないらしい。本を枕に横になり、終始ぼうっとしている。これも酒のせいかと、明喜は悩んだ。あれこれと意見を言っても、全然頭に届いている気配がない。本と首っ引きの見よう見まねで、明喜が作るほかはなかった。

どうにも手が足りない時は、好子に電話して、手伝いにきてもらった。好子は国の反日教育の成果で、日本人の男を軽蔑し、恋愛関係に陥るようなことはいっさいなく、結婚の気配は毛ほどもなかったから、体は空いていた。しかもしっかりしていたから、こういう時は頼りになった。しかしこんな状態で、息子の知性が遅れていたりしたらいったいどうなったか、考えるだにぞっとした。

しかも間髪を容れず、次男三男ができた。マリは、子育てに適性がないのにもかかわらず、皮肉なことに異様に妊娠しやすい体質の女に思われた。一人子供を産むと、ますます子供ができやすくなった。妊娠の声を聞くたびに明喜は、喜ぶより先に後悔したのだが、夜マリに誘われると、ついつい体が反応してしまう。

そして好子が、いよいよ工作員としての仕事が多忙になり、こちらの子育てを手伝えなくなった。明喜は、ついに孤軍奮闘を余儀なくされた。

2

好子は、ロマンにやってくる男性客の身上を綿密に調査して、独身で、天涯孤独で、しかも遠い街の者を選び、気があるふりをして、肉体関係を餌にパリやバルセロナ、中国やモンゴルへの海外旅行に誘った。好子はとび抜けた美形ではないが、男好きのする肉感的な体をしていて、彼女に関心を持つ男は多かった。

旅の途上、恋愛関係になり、男が望むなら結婚の約束をして、将来二人で作る家庭の夢などを異国で大いに語り、そうなら婚約を伝えたい身内があるから、一度平壌に立ち寄る必要があると説いて、空港におりたらそのまま招待所に連れ込んで監禁し、金日成の愛に目覚めさせ、救済を与えるという段取りになっていた。好子はむろんそのまま姿を消してしまい、日本に引き揚げて、二度と男の前には現れない。

このいわば人さらい行動の一連を、工作員用語では「人定了解活動」と呼んでいた。そして以降のブレイン・ウォッシング、洗脳を担当したのが、よど号ハイジャック事件によって平壌に暮らしていた日本赤軍派の面々だった。

一九七〇年の日航機ハイジャックによって共和国入りしていた田宮高麿以下九人の共産党連合赤軍派は、共和国入りを望んだが、本来定住するつもりは毛頭なく、軍事教練を受けてのちは日本に戻って、革命の市街戦を闘う決意でいた。しかし先述のような洗脳が、彼らにも功を奏して、完成したばかりの主体（チュチェ）思想を徹底して刷り込まれることによって、この頃には強固な金日成信者と化しており、対日工作活動の中心的な戦力を期待されるようになっていた。もともと彼らは、上下の分け隔てなく、臣民はすべて平等であり、計画的な経済活動によって、国民に豊かな生活を保障する社会主義国家のありように、強い理想を見る者たちだったから、洗脳を受け入れる素地は持っていた。

したがって好子が人定了解活動によって集めた日本人たちはすべて、招待所に待機する彼らよど号赤軍派の日本人のもとに集められ、労働党の担当指導員とともに、連日洗脳教育を施された。

以降彼らは、日本帰国も共和国を出ることも許されなくなる。出られるのは結婚して子供を作り、この子を人質として国に残しておけるようになってからだ。

相手が女性の場合も、このやり方でほぼうまくいった。日本人は温室育ちで疑うということを知らなかったから、深刻な失敗はまずなかった。しかしある女性の場合、平壌の空港ロビーで怪しまれてしまい、走って逃げられてしまって、招待所から男性スタッフを急ぎ呼んで、空港中で派手な追跡劇を演じる羽目になった。最後には大声で泣きわめかれてしまい、安全員（警察官）が出動する騒ぎになった。共和国内でのことだから何ら問題はなかったが、これが外国の空港にいた時点であれば、ことは大事になっていた。以来好子は、男性相手専用に活動することにした。

日本からの拉致の場合、あらかじめ厳重に身上調査を行い、厳選した対象であったから、一件の失踪届も出ず、追跡調査も入らず、問題はなかった。このようにして好子は二人の日本人を共和国に集めたが、この条件でこれ以上活動を続けることは危険だった。いかに遠い街の者を選ぼうとも、好子の周囲で次々に人間が消えては怪しまれる。そこで労働党の指導員と連携し、ヨーロッパ旅行中の日本人男性をターゲットとすることに変更した。

バックパックひとつを背に、ヨーロッパを貧乏旅行中の若者の泊まる安いホテルとそのエリアは、各都市ほぼ決まっている。そして彼らが訪れる人気の都市もおおよそ見当がつく。共和国の工作員たちが落ち合って情報交換や作戦の打ち合わせをする場所、これを「接線（ジョプソン）」と工作員用語で呼ぶが、このひとつが当時は白いゴリラがいることで有名だったバルセロナの動物園内の目立たないベンチだった。工作員たちは、ヨーロッパの各都市に、この「接線」を持っていた。各「接線」はよく知られた観光スポットにあり、しかも目立たない必要があった。

バルセロナの動物園で好子は、ここまで一人旅を続けてきている青年の情報を指導員から伝達された。指導員としては、恋人がいず、おとなしそうな一人旅の者に目をつけて尾行していたのだ。以降好子は彼のあとを追い、偶然を装って声をかけ、知り合いになった。

日本から一人旅をしてきた日本人同士ということで、他愛ないほどにこの策はうまくいった。その後何度行っても、この策が失敗することはなかった。青年たちの方も、異国でのこうした異性との出会いを内心強く求めており、好子と知り合えたことを喜んだ。知り合ってのちはともに観光し、お茶を飲み、旅行ガイドに紹介されている定評のあるレストランで食事をした。

連日会って行動をともにし、食事をし、安いホテルで関係を持った。青年に恋愛感情が芽生えると、日本に帰ってからも交際を続けたいと好子の方で伝え、結婚を視野にという話し合いにして、そうなるとあとはいつもと一緒で、それなら帰国途上、一度平壌に寄りたいと持ちかけて、空港から、即招待所に連れ込んだ。

おとなしそうな青年だったので、あまく見た好子は、仲間の指導員とともに数日後、青年の前に姿を現した。すると青年は激昂（げっこう）して好子の前に駆け寄り、だましたな、と叫んで好子の胸ぐらを摑み、何度も頰を平手打ちした。好子はショックで床に倒れ込んだが、たちまちばらばらと男性指導員たちが駆け寄ってきて男を羽交締めにし、顔面を殴りつけた。一番激しく殴り、

「だまされる者が悪いんだろうが！」

と叫んだのが、もとよど号赤軍派のメンバーの一人だった。男は顔面を血まみれにされ、医務室に運ばれた。

好子が男の顔を見にきたのは、金日成将軍の愛に目覚めると、多くの者が感謝の涙を流し、心から共和国の臣民になりたがると聞いたからだが、それは忖度を入れた現場からの報告であり、現実はそう単純ではなかった。これに懲りて好子は、獲得してきた男性の前にはもう二度と出ないことにした。

この仕事で好子は、欧州各地から五人もの日本の若者を平壌の招待所に連れ込んだ。労働党指導部の対日工作計画は、順調に進行しているように見えたが、獲得した彼らの教育は、それなりに難航していた。洗脳の進行速度に大きなばらつきがあったのだ。それを聞いて好子は、ミーティングのおりにこの理由を説明した。人定了解活動を続け、実感として解ったことがある。彼ら日本人は、恋人ができなければ抵抗を続ける。できれば一転、異様なほどに従順になるのだ。

つまり、招待所に隔離した若者に、異性を獲得してきてやって、妻としてあてがえば必ずうまくいくと好子は言ったのだった。

しかし平壌空港での一件があり、女性の獲得に関しては、好子は自信がなかった。女性の獲得は、男性の指導員に委ねたいと希望を言った。しかし男性指導員もこの点には自信がなく、これは東京にある主体思想研究会の女性会員などを狙うのがよかろうという結論になった。

妻探しとなれば、よど号赤軍派のメンバー九人こそ、まだ独り者ばかりだったから、彼らのためにもまとまった頭数の女性が必要だった。しかも、あまりにも垢抜けない女では具合が悪い。もと赤軍派はインテリだから、それなりに知的で、若干の魅力を持つ女たちが必要だ。

しかし日本人の左翼思想者や、共産主義実現に理想を見る若者たちにとって、当時よど号のハイジャッカーたちは英雄であり、憧れの闘士でもあったから、彼らと会見させるという名目で、主体思想研究会員ならうまく吸引できそうに思われた。こちらの獲得活動は、男性指導員が担当することになった。一方、好子の欧州での男性探しは、以後も続けられた。

好子が一人、欧州や共和国でこの仕事を続けている間、明喜は静岡にいて、子育てに孤軍奮闘していた。出産後しばらくは、マリも母親らしい努力を続けていたが、産後のひだちが悪く、寝込むことが多くなった。立て続けに三人も産んだことがよくなかったらしい。体調が回復せず、寝たり起きたりで、明喜の負担は大きかったが、長男が小学校に上がる頃、ついに入院となった。

腎臓と肝臓が相当に悪くなっていて、さらに一年もしたら、透析生活になってしまった。アパートに帰ってくるとそれなりに家事もできるのだが、それも長くは続かない。疲れやすく、寝床に伏せりがちで、働きに出ることなどは思いもよらないから、子育てと漁師の二足の草鞋を、明喜が一人で頑張る羽目に陥った。時間があれば食事も作ったが、到底そこまでの余裕はなく、連日店屋もののお世話になった。

次男、三男を託児所に預け、当初は漁船に乗っていたが、それも次第にむずかしくなり、仲間の細君が部屋に手伝いに来てくれても、到底沖に出るのは無理になった。そこで港での荷揚げの仕事に変更してもらって、どうにかやりくりした。

好子も、ロマンをたびたび長期休むので、業を煮やした店長にクビにされ、共和国からの資金援助でなんとか暮らしていたが、そうなると労働党に寸暇を惜しんで働かされ、多忙を極めるようになって、静岡を留守にすることがますます増えた。どうやら海外で、貿易の業務までやらされているらしかった。

たまに帰宅しても、タバコやら嗜好品の類を多く持っていて、怪しげな連中に会ってはそれを売っているようだった。好子は言いたがらないのだが、どうやら密輸品らしく、これを組関係者に安価で流して、生活費を捻出しているらしかった。たまにまとまった額が入るのだが、それはどうやら禁止薬物らしいと、明喜には見当がついた。共和国自体金がないので、大使館特権でこうした品をあちこちで入手し、末端の工作員に換金させているらしい。

この頃労働党指導員から、短波放送で指令を送るので、通信機を手に入れるようにという通達が、連絡員を通して入っていた。しかしとてもではないがそのような金はなかったし、時間もなかった。子供が生まれ、女房が倒れで、生活は赤貧のレヴェルに落ちた。

そんな生活を続けて、もがくような数年間を送り、三人の子供が三人とも、どうにか小学校に上がった頃に、女房の病気が重くなって再び病院に搬入され、二ヶ月ばかり入院していると思ったら、あっけなく死亡した。漁業組合が簡単な葬式を出してくれたが、明喜は子育てに奮闘を続けていたから、長いこと実感が来なかった。どのみち女房なしのような生活を続けていたからだ。葬儀会社の指揮であたふた葬儀をすませたが、参列してくれたのは漁師仲間が数人で、マリの友人は一人も来なかった。

マリは兄弟も、つき合いのある親類もいないらしかったが、父親を名乗る男がふらと一人で姿を現わし、葬式ではじめて会った。女親なら子供を何人か引き受けてくれるかも知れなかったが、とうに離婚していて、行方はまるで知れないと言うから、孫の養育とか将来の話など、到底できなかった。

アパートで一人になり、三人の子を抱えて途方に暮れていたら、日本海側の伊根に移動するようにという指令が、労働党から入った。労働党の息がかかっているらしい漁業組合の者が来て伝えてくれ、日本海側の伊根に未亡人がいて、船に乗れる働き手を探しているのだと言う。へえと言って、明喜はぼんやり話を聞いた。それがどうしたと言うのか、自分と関係のある話には聞こえなかった。自分がもう少し若く、独り者なら関係があるかも知れないが、今や三人の子持ちだ。赤の他人の親子四人を受け入れてくれる家などあるわけもない。聞けば未亡人は、子供を産んだことがない人だと言う。

死んだ夫が土地の有力者で、家は代々漁労長のような立場だったから、仲間の漁師連も未亡人も今ほとほと困っていて、腕と人望のある働き手を求めているという。あんたなら務まるのじゃないかと組合員は真顔で言うから、つい失笑した。

否も応もない本国からの指令で、したがうほかはなかったが、それは給料をもらっての仕事かと問うと、いや見合い話だと言うから驚いた。自分はこんな三人の子持ちで、連日どん底暮らしをしている。こんな男と一緒になれば、未亡人はたちまち赤の他人三人の子育てに巻き込まれてこの苦労を体験することになるのだ。そんな理不尽を、いったい誰が承知するというのか。

だらだらそんな話をすると、まあ無理なら賃金労働の口もあるがな、心配するな、多分うまくいくぞと彼は言う。姑もいるから、世話の手はあるのだと言う。それではよけい無理だと思ったが、充分な調査情報を持っているような口ぶりだった。人のことだと思って、無責任なものだと明喜は考えた。だから本気にはしなかった。

好子はどうするのかと問うと、一緒に行けと言う。それならあの女とともに働くか、と考える。それとも子育てをやってもらって、自分が働きに出るか、そういう様子ならイメージができる。伊根がどんなところか知らないが、託児所でもあれば可能だろうか。

それで、やがて戻ってきた好子と話し合い、すぐに引越しの準備をした。家財道具は組合でいっ時預かってもらい、三人の小学生と明喜、そして好子の五人で若干の着替えだけ持ち、はるばる列車に揺られて、日本海側の天橋立まで長い旅をした。天橋立駅の改札には、やはり労働党の息がかかっているらしい、わけ知り顔の男が出迎えにきてくれていて、伊根の漁業組合の者ですと言い、五人を軽四輪で、伊根町の耳鼻まで送ってくれた。明らかな定員オーバーだったが、子供らのうちの二人は、明喜の膝と、好子の膝にそれぞれ乗って、まだ小さいからなんの問題もなかった。

耳鼻地区に入ると、明喜は愕然とした。一膳飯屋も、茶店も、商店もない。これほどの田舎とは想像もしなかった。静岡が大都会に思えた。そう出迎えの男に言うと、ここは昔から陸の孤島と言われておりましてなぁ、とのんびり言う。今はなんとか道が通じたが、長いこと船便しかなかったんですわと説明した。労働党は、どうしてこんなところに移れと言うのかと、明喜は首をかしげた。

依田の家に、直接車は着いた。明喜は呆然と、途方に暮れる気分でいた。言われるままにやってはきたが、幼子三人を連れ、こんな見も知らぬ過疎地に来て、まるで赤の他人の女性と会うのだ。見合いだそうだが、自分はそんなよそ行きの服は着ていない、そもそも持っていない。よそ行き気分は毛ほどもないし、薄汚れた普段着のまま、長い旅をしてきた。明喜はだから、途方に暮れる心持ちで窮屈な後部座席からおりた。そうしたら家から、いそいそと二人の女が出てきた。一人は老婆、もう一人は、当時はまだそれなりに若い、小柄な女だった。いたって平凡な風貌をして、痩せた猫背の女だった。漁業組合の男が、香田明喜さんと好子さん、と二人を紹介した。それで、こっちが依田さんですから、と女たちを紹介した。

二人を前にしても、明喜にはなんの感慨も湧かなかった。何かを思う気分の余裕が、そもそもない。ひたすらに惨めな気分でいたからだ。貧しげな子供をぞろぞろ三人も引き連れ、託児所でもあるまいに、はい一緒になりましょうと言うわけもない女にはるばる会いにきた。まして女は、自身は一度も子を産んだことがないというではないか。そういう人間が、三人もの他人の子を受け入れる道理がない。断られてのち、自分はいったいどんな顔をしてこの地を引き揚げたらいいのか。赤面の極みというものだ。

労働党の指令でなければ、赤恥をかくためだけに、自分は決して来はしなかった。泣きたい気分で愛想笑いを浮かべ、頭ではそんなことをぼんやりと考え、明喜は後悔にさいなまれながら立っていた。

未亡人が自分をどう感じたのかは、まるで解らなかった。何故なら、こちらの顔を見もしなかったからだ。すぐに三人の子供の前に行き、笑って相手をしてくれた。そしてお菓子があるんだよと言って、手を引いて母屋に入ってしまった。姑の老婆の方が愛想笑いをし、柔和な様子でお辞儀をして、明喜を母屋にいざなってくれた。うしろの好子にもお辞儀をしてくれ、どうぞと言って母屋に向かうから、拒絶はされていないのかと思った。

漁業組合の男は、うしろに立って、しばらく迷っていたふうだが、それじゃあわしはこれでと言って会釈をし、軽四輪に乗ってどこかに去っていってしまった。

取り残されて、明喜は好子と顔を見合わせた。いささか逡巡していると、姑がどうぞどうぞとまた言ってうながす。明喜は、何回かぺこぺこと礼をしてから歩き出した。

勝手口の土間に先に入り、下駄を脱ぎながら、彼女はどうぞ上がってとうながす。自分は板の上に上がった。好子は遠慮して、数歩後方にいる。明喜はこうしたことの経験がまったくなかったので、土間には入ったものの、いささか遠慮してこう言った。

「あの、いいんでしょうか」

どうせ断られるなら、上がらない方がよくはないか。

すると姑がさっと身をかがめ、明喜に顔を近づけてきて、小声でこんなことを言った。

「あの子、あんたのこと気に入ったよ」

明喜はぽかんとした。とっさには、言葉の意味が解らなかったからだ。

3

それから四十年近い長い時間を、明喜は伊根の地ですごすことになる。思い返せば不思議でしようがない。労働党の指令でこの土地にやってきて、もしも世話になったにせよ、せいぜい一年程度かと思っていた。嘉に断られ、それも無理になるかと思った。それが四十年という長きにわたった。思いもかけなかったことだ。人生の、最も脂が乗る時期の四十年だ。もうすっかり伊根の人間になってしまい、静岡でのことも、共和国での記憶も、すっかり脳裏から去った。遠い遠い昔のことになったからだ。

息子たちも、みな湾で船に乗りながら成人し、耳鼻地区に軒を連ねる児玉家、博田家、三好家、それぞれの家に婿に入った。後継の者の配偶者は、土地から探すのが昔からこの地の習いのようになっていた。他所から来たがる者はまずいないからだ。息子らは静岡時代を憶えてもいないし、共和国の体験もない。したがって自らのルーツを知らない。そもそもこの土地以外を知らない。南の京都にも、数えるほどしか行ったことはない。

しかし労働党は、毎年のように指導員を送り込んできて、父親の目を盗むようにして彼らを教育し、日本工作員であることの自覚を持たせ、忘れさせないようにした。自らが歳を重ねるにつれて、明喜はそのことを疎ましく感じるようになった。自分は致し方ないが、息子らに共和国に忠誠を誓う義理はない。国にも労働党にも、いっさいの世話にはなっていないのだ。

しかし労働党が何故この土地にこだわるかは、次第に解った。一衣帯水（いちいたいすい）、共和国から、この漁村は海路ですぐなのだ。しかも裏日本と呼ばれるくらいだから、周辺に住人は少なく、異国人の上陸を警戒する目など、ほぼないに等しい。偽装船を使えば侵入はいともたやすく、それが労働党がこの土地を選んだ理由なのだ。平和ボケの日本人は、外国人の密入国など、考えてもいない。

そして日本人のいわば敵である明喜が、四十年という歳月を伊根で平穏にすごし、多くの近隣者に信頼され、縁もゆかりもないこの海べりに根を張ることができた理由は、これは一にも二にも嘉のおかげだった。嘉は土地で真面目に生きてきて、多くの者たちに深く信用されていた。この信用を、明喜は引き継いだのだ。

四十年前のあの日、嘉に言われたことを、明喜は忘れることができない。明喜は、耳鼻の依田の家に婿に入ることなど、まったく期待してはいなかった。いい歳をして、そんな望みは人の道に外れると考えていた。当時の明喜は、赤貧洗うが如き身に転落していたが、それを縁もゆかりもない他人に半分押し付けるなど、ずうずうしさの極みであり、甘えだと考えた。日々、市場に落ちている魚の屑を拾ってきて、スープを作って飢えをしのいでいたのだ。

だからあの日、夕食をご馳走になり、子供らは敷いてもらった寝床でもう休んでしまい、姑も寝て、台所で嘉と二人になった時、明喜は深々と嘉に頭を下げ、もてなしてもらった礼を言った。彼女にそんなことをする義理はなかったはずだ。食事が美味しかったこと、そして明朝、自分らはおいとましますので、と告げた。

するとと正座していた膝をぐいと前方に進めて嘉は顔を下げ、

「うちじゃあいけませんか？」

と言ったのだ。明喜は驚き、愛想笑いが引いた。

「うちは器量もこんなやし、声も聞いての通りこんなです。背いも低うて、なんも、ひとつも取り得がありません。でも体はこれイチ丈夫ですけ。これまでに大きな病気、一回もしたことありません。そいで料理も……」

「それはもう、ものすごう美味しかったです」

明喜は急いで言った。これはまったくの本心だった。世辞の思いはない。最近食べた食事の中で、一番旨かった。

「でも、わしのような者に、あんなんもったいないわ。わしはあんなぎょうさん、みっともないコブ付きで、人に言われて、なんやよう解らんまま、ここまで連れてこられてきてしもて……、すいません、ほんまに恥をさらしました。えろうすいませんです」

また頭を下げた。しかし嘉は関係なく言う。

「うちは一生懸命、毎日一生懸命ご飯作ります。それにうち、子供が好きです。一生懸命世話して……、いうんかなぁ、育てます。こうなところでも、そいでうちのような者でもよかったら、どうぞずっとここ、おってやってやってください」

嘉が言うので、明喜は仰天し、黙り込んだ。

「やっぱし、いけませんでっしゃろか、うちのような女では……」

「いや依田さん、あんな小さい子三人を育てるいうのがどれほど大変か、あなたはご存じない。ほんまに、ほんまに、そりゃ、ひどい苦労なんです」

するると嘉は横を向いて鼻で笑った。

「そうなことから逃げるようやったら、ほんまにそりゃ、つまらん女です」

その言葉を聞いた瞬間、明喜の気持ちはぐらりと揺れた。本心から言っているのだろうか。声の勢いは、純粋に本気のように聞こえた。もしも本心でそれを言っているのなら、マリとのなんという違いかと、目のくらむ思いがした。こんなにも違う女が、この世にはいるのだろうかと考え、それを、はかりたい気分になった。

いい女を求める気分などは、とうに失せている。そんな気分は十数年前に、どこかに置いてきた。ほんの多少だが顔がいいふうがあったマリは、あんな調子だった。子供の命さえ全力で守ってくれるなら、それ以上いかなる要求もしない、明喜はそう思っている。ここ数年の生活は、本当にひどかった。あれを経験してきた自分に、いったいなんの贅沢が言えるであろう。

黙ってしまった明喜に、嘉は心配になったらしい。覗き込むような目で、明喜を見た。

「みんなに言われます、うちは太いアマで……」

明喜は、それをさえぎって言った。

「ほんまにええんですか？　わしらのような者で、ほんまに」

明喜が真剣に訊くと、嘉はひとつ大きく、しっかりとうなずいた。


それからの嘉は、本当によく尽くしてくれた。朝は早くから起き、子供らの朝食を作り、三人を引率して遠い距離を歩き、小学校の下駄箱の前まで毎朝送り届けてくれた。下校時間にはまた校門まで、出迎えにおもむいた。

明喜はというと、依田家の船に乗り、連日早朝から漁に出た。依田の船は、地域のまとめ役を期待されるのが習いだったが、明喜はその期待によく応え、まとめ役の言動をした。漁の腕もよかったから、若い漁師たちの敬意と信頼をたちまち集めた。

夏も冬も明喜はよく働き、依田家に充分な収入を入れたので、家計も楽になったと嘉も姑も喜んでいた。彼女らの笑う顔を見ると明喜も嬉しく、日が経つにつれ、気分は愉快になった。静岡時代と較べ、なんと楽な生活であることかと感じた。子育ては嘉に任せ、自分は船に乗っていればよいのだ。料理を作る必要もない、子供の面倒もみなくてよいし、誰の看病もする必要はない。こんな楽な世界があったのかと思って、伊根に移してくれた労働党に感謝した。

伊根という日本海べりの漁村のことは、労働党も充分に状況を察知しているらしく、写真撮影の要求もない、当分の間、本国から指令が来ることもなかった。

好子は平田地区のアパートに入り、まずは平田にあった漁業組合に事務職で出ていたが、仕事は少なく、楽のようだった。この地域には人口が少なく、外部からの人の出入りもほとんどなく、クラブも飲み屋もないから、人さらいの仕事はできない。彼女にとっても、それからの一年程度はよい骨休めになったろう。かなりのハードスケジュールが続いていた。

明喜は、香田から依田に姓を変え、依田南吉を名乗るようになった。これを機会に、名前も明喜から、本名の南吉に戻したのだ。ミョンギルは漢字では南吉と書く。これは南への憧れが感じられて、共和国では気兼ねのある名前だった。共和国の民はあまりに生活が貧しく、慢性的な食糧難なので、いずれ南と統一がなされたら生活が楽になる、それまでの我慢だという、いわば信仰に似た思いを多くの者が持っている。しかし南への思いを表に出すことは御法度だ。そこで別の漢字を当てていたが、共和国の記憶が遠のいた今、南に対する思いを解放したい気分になった。

籍に関しては、嘉が何らの要求もしなかったので、そのままになっていた。共和国の情報網を使えば、戸籍を入れたふうに装うことも可能なのだが、そうした面倒を考えると気が重かったので、南吉としてもなんとなくそのままにした。

結婚式などは、もう歳も歳で発想もなく、嘉も言うことはなかったが、ケジメだからと居間に漁師の仲間を呼んで、食事と酒盛りの会をやって、祝言ということにした。

その翌日、家に姑と二人でいる時間があり、ちょっとあんたに見せたいものがあるので、裏山に来てくれと姑に言われて、ついていった。すると山の中腹に岩場があり、大岩の裏の、岩の割れ目に石を詰めて隠してある扉があり、鍵を開けて入ると、部屋があった。

「戦時中に、うちが防空壕として使っていたところだよ」

と姑は言った。

「ここ、嘉も知らんの、近所の人も知らない。戦争終わってから、うちの者も使っていない、母屋から距離があるからね、物置としても使いにくうてね、でもあんたに何か使い道があればね、使ってもいいよ」

と姑は言った。

南吉は、姑とはうまくいっていた。よく話し相手になってくれたし、なんでも教えてくれた。南吉も、姑の用事は進んでやるようにした。彼女の体調が悪くなってからは、依田の家にあった軽四輪を使って、たびたび天橋立の病院まで連れていった。入院の時も、差し入れも、退院の迎えも、これを使って行った。相談されたら、仕事があっても億劫（おっくう）がらなかったから、姑は感謝していた。

姑は、嘉とも良好な関係にあったが、嘉に隠れて陰で南吉を使うことに、密かに喜びを感じているようなところはあった。南吉もそれを肌で感じたので、率先して姑の用をこなすようにした。これを億劫がれば、かえって嫁姑の間が波立ちそうな気配があった。しかし二人の女も、そのあたりはよく心得ていて、ぶつかるような言動はしなかった。女たち二人も、南吉が家に入ったことで、潤滑油ができたと感じていたように思う。

南吉が依田の家に入って三年目の冬に、姑は天橋立の病院で亡くなった。これで南吉は、ますます依田の家を背負って立つような言動を求められたが、息子たちが大きくなったので、その仕事も苦にはならなかった。南吉は頼り甲斐のある男だったし、陽気で、しかものんびりした性格で、リーダー風を吹かせるようなタイプではなかったから、なんとはなく、耳鼻の地区を代表するような名の通った人間になった。問題が起これぱよく相談されたし、これに対して的確な答えを出した記憶はとんとないのだが、みなには何故か満足された。

裏山の防空壕の存在は、思えば嘉の前の亭主はすでに亡く、姑も死んだ今となっては、知っている者は南吉だけということになるのだった。思いもかけないことだった。やがて労働党から、短波放送で指令を聞けということを何度か言われるようになり、受信のための重い機械を与えられたのだが、置き場に困った。そこで好子に声をかけ、機械を背負って裏山に連れていき、岩場にある秘密の防空壕を見せた。岩場の間に作られた空間に、短波放送の受信機を置いたら、好子は目を輝かせた。東海(トンヘ)(日本海)の秘密基地ね、と言った。

それで夜間に簡単な工事をして、下の家からこっそり電灯線を引っ張ってきて、受信機につないだ。指定された周波数に合わせると、延々と数字が読み上げられる時間があるのだった。この数字をメモし、与えられた乱数表と照らし合わせて文字化すると、共和国から送られてくる指令の言葉になるのだった。

この乱数表は、与えられたものを持ち歩く必要はない。労働党員なら誰しも知るスローガンの言葉のうち、指定されたひとつを使えば、これを数学的に分解して、解読のキーになる乱数表を作ることができる。キーとなるスローガンは定期的に変わる、すると乱数表もまた変化する、なかなか便利なしろものだった。

指令の内容は、漁に出る際、伊根湾の出口あたりで小舟と接触し、水筒のような筒を受け取る日時を伝えるものが多かった。これを持ち、沖に出て、指定された海域にそれを投棄し、あとは漁をするなりして家に戻ってくればそれでいいという、いたって楽なものだった。投棄ポイントには、たいてい偽装船らしい船影が沖に見えていた。筒の中身が何であるかは南吉には知らされなかったが、好子の言から察すれば、近所にある原発銀座が産する何かであるらしかった。この仕事が、週に二日程度入った。

息子たちが小学校の高学年になってきて、送り迎えは長男に託せるようになったから、嘉は手が離れ、南吉の船に手伝いのため、乗ってくるようになった。水筒運びがある日は、理由をつけて嘉を船に乗せないようにした。嘉は、そういう言いつけはよくきいてくれ、口ごたえはいっさいしなかった。

海の上では、終始嘉と話をしていた。嘉はけっこう話がうまい女で、会話している時間は冗談交じりで楽しかった。それで南吉としては、ああこの女でよかった、この女こそが、自分に最も向いた女だとそのたび思った。彼女の外貌の垢抜けなさなどは、いっさい気にならなかった。南吉の側に、そのような審美眼や、虚栄心的な発想がなかったからだ。

南吉は、子供の頃から終始一貫貧しくて、美的なセンスが心に育つ余裕がなかった。洋服に関しても、格好のよいもの、垢抜けないものの判別がつかない。絵画などに関しても、どれがよいものか、いまだに解らない。

　学業の成績が多少よかったので、否も応もなく、国ではエリート職とされる工作員にされた。以降、労働党の要求には絶対服従の思いでやってきた。だから女に関しても、この女と一緒になれと言われれば、黙ってそうするという人生観だった。南吉よりも理数系頭脳が遥かに優秀で、神童と言われた者たちはサイバー部隊に組み入れられ、今東南アジアで、大型銀行からのオンライン窃盗を業務にしている。彼らよりはマシだと思っていた。

　大海原の上では気持ちが大胆になるものか、嘉が時として男の好みなどについて、話すことがあった。南吉が、どうして自分のようなコブ付きに、家にいてくれと言ったのかと訊いたような時だ。

「うちは自分のご面相がこうなのになぁ、女は勝手よね、男の人の顔について、好みいうもんがあってなぁ、前の亭主は、顔がそうに好みではなかったんよ」

　ほうと、南吉は言った。

「それでも、一緒におるのは嫌じゃあなかったからな、夫婦でおったけど、じゃから自分が幸せなんかどうか、よう解らなんだ。人に、これと一緒になれて言われるからなったんよ、女はそうするもんじゃと思うて。よその家の亭主でも、この人はあかんわというような人がおるん。しゃべり方とか、酒の態度とか、ものの食べ方とか、ああこの人ダメや、あかんわという人がおってんヨ」

「はあそうかあ」

「うちはずうずうしい人間やからなぁ、そいでもテレビで見る外国の俳優さんとかで、この人ええなあと思うことがあって、でもうちはものすご顔がきれいな人は、かえってダメなんよ、アラン・ドロンとかなあ、シガキタロウいうたかなぁ……、ああいうの。ちょっとしぶうて、ちょっとどっかがくずれとるいうんかな、そうな顔が好き」

「はあ……」

ちょっと意味が解らなかった。

「あんたがうち来た時、もういけなんだ」

「ああ？」

「あ、この人やぁとうち、思うてしもうて。この人のためやったらうちはなんでもする、頑張ってつくすぅて思うて、神さまに拝んだんよ、うちにおってもろうてぇて、一生懸命やりますぅて思うて。ずうずうしいやろ」

「はあ、ま、そやなあ」

南吉は笑った。自分の顔がよいのかどうかなど、南吉はこれまで考えたこともなかった。

「じゃから嬉しうて嬉しうて、一生懸命するんよ、生きとってえかったなあ思うて、頑張ったらこうなええこともある、じゃから、いけんとこあったら、何でも言うてね、うちは直すからね」

「はあ」

なかば呆れる思いで、南吉は嘉を見た。しかし気分のどこかは、感動もしていた。自分には、こんな純粋な思いはないと思った。共和国に利用される人生だと諦観し、喜びの気分など終始萎えていたからだ。

そうかと思うと嘉は、こんなことを言う時もあった。

「うちはこんな田舎もんのになぁ、こうなええことあったやろ、じゃから、長生きはでけん思うんよ、それでもええ思うて。長生きはせんでええから、この人と一緒にさせてて思うて、龍神さんにな、拝んだから。じゃから、長生きはせんでええの。太く短うに生きるんョ、じゃから、あんたさんちょっとつき合うてね」

嘉のそうした思い込みを、南吉はむろん信じはしなかったが、これがこの女の信仰なのかと思い、へえという気分で感心した。

そうなら、工作員にされてよかったか、とも思った。工作員でなければ伊根に来ることもなく、嘉と一緒になるという判断もなかったろう。

4

長く平和だった伊根湾だが、南吉が思いもかけなかったことに、まもなく日本国自体が、共和国関連の事件で騒がしくなる運命だった。南吉たちが日本に来る直前、一九七〇年によど号ハイジャック事件が起こり、これも国を揺るがせたが、この事件から数年が経ち、それはつまり日本赤軍のメンバーが、共和国に奉仕するようになるまでの、洗脳の時間を意味したのだが、拉致が一般日本人の口にものぼるようになった。筋金入り平和ボケ国民でも、拉致された同胞が存在するらしいことが次第に自覚されはじめて、マスコミの有志が記事にしはじめた。

当初は共和国と通じている政党政治家たちにより、人さらいなど子供の発想であり、失踪者や変死、不審死の者たちを拉致と被害妄想して騒いでいるにすぎない、今どきスパイ工作員など漫画の中以外には存在せず、他国政府による国民拉致犯罪など、世界がひっくり返ってもあり得ないと強弁されていた。南吉たちが日本に潜入したのはその頃だった。

しかし一九七七年に十三歳の横田めぐみさんが日本海側で拉致されていたことが明らかになり、続いて続々と拉致被害者の名前がマスコミに登場するようになって、能天気な日本人を仰天させた。しかし平和憲法下の戦争逃避国民のことで、被害者返還交渉もまたことなかれに流れがちで、進展は遅々としたものだった。

一九八七年、ソウル五輪前年には金賢姫（キムヒョンヒ）による大韓航空機爆破事件が起こり、彼女が日本人蜂谷真由美を名乗っていたことで、意外にも祖国が、多少は国家間の争いに巻き込まれているのかも知れないと考える日本人も出はじめた。

時代が動きはじめ、伊根湾にも波が立ち、南吉への労働党情報部からの指令も次第に数が増してきたが、湾内でも不審な事件が多発するようになった。

九三年の夏、南吉も親しいナマコ養殖業者、亀山の船が耳鼻の入江の中央で進まなくなり、エンジンから白煙が出るという事件があった。さらに入江の中央で立ち往生していた彼を救出した家の息子が、泳ぎが得意であったにもかかわらず、入江で溺死した。この話を亀山の店で聞いたおり、南吉は驚き、息子を亡くした家族のために心も傷めたが、共和国とは無関係の事件のように思った。

最も不思議な事件は、以下のようなものであろう。非常に霧の深い九六年の秋の夕刻、鴇田家の鴇田丸が、日本海で漁をしていた。風が強くなり、海がしけてきたので、耳鼻の仲間たちの船は、みな早々に引き揚げた。外洋に居残った船も、陽が落ちてきたのと霧のせいで、みなちりぢりになった。

その時、不審にもエンジンを止め、波に上下している第二蔵王丸を発見し、様子を見るために寄っていった。別れてまだ、ほんの十五分程度しか経っていなかった。

第二蔵王丸の船内には煌々と灯りがついていて、窓から漏れる光が甲板に翻る日本国旗を照らしている。接舷し、大声で名を呼んでも返答がない。そこで三男の鴇田光三郎と次男の鴇田勇が、長男の光一を鴇田丸に残して第二蔵王丸に乗り移った。

第二蔵王丸の甲板は、カラシに似たおかしな匂いがしていた。船内は、さらに奇妙だった。よく片付いていて、掃除したばかりのように清潔だった。船室に入ると、ラジオから歌謡番組のものらしい歌謡曲が流れていた。

テーブルの上には夕食が用意されていて、スープとコーヒー、また金属の皿によそわれた白米が湯気をたてていた。横にはカレーの入ったホーロー鍋もあった。しかし、四人いるはずの船員の姿はどこにもない。名を呼び、船内をくまなく探し歩いても見当たらない。こういう様子は、船の機関部の不具合などではあり得ない。

その時突然、第二蔵王丸が大きく揺れはじめた。鴇田丸のブザーが激しく鳴らされている。あわてて甲板に駈け出てみると、鵜田丸の甲板で、長男が早くこっちに戻るように大声で呼び、手を振り廻している。ごおんごおんという不気味な異音が、何もない周囲の海に充ちていて、どどどというとてつもない大きな音がしている。光一が必死になって指差しているこちらの船の船尾の方角を見ると、霧の中に、巨大な水柱が立っていた。

「何だーっ、あれ!?」

次男の勇が叫んだ。しかし水音と、風の音がそれをかき消しがちだ。やがて水柱の中心から、ぬっと、不気味な黒いものが水上に突き出し、ゆっくりとせり上がってきた。

光三郎と勇は、大あわてで鵜田丸に飛び移り、エンジンをふかし、全速前進でその場を離れた。すると奇怪な物体は、こちらに迫ってくるふうだ。舵を切り、船首を青島の方角に向けた。エンジンをフル回転させ、舵を直進に戻し、三人は全力で逃げ出した。異様な物体はしばらく追尾してくるふうだったが、そのまま背後の霧に埋もれてしまい、姿が見えなくなった。

やがて青島が近づく。伊根の漁師は、この島を見るとほっとする。この島の内側は自宅の庭のようにみな考えているから、帰ってきた心地がするのだ。

しかし速度を落とし、島の脇を廻り込んでいると、三人を突然ひどい頭痛が襲った。続いて、猛烈な吐き気がきた。船酔いのものではない、馴れた船だから、誰も酔ってなどはいない。青島の横をすぎ、ここからはもう勝手を知った海だからと思って、エンジンを絞り、停船させた。すると、三人ともが甲板に倒れ、意識を失った。

やがて小一時間という時間が経ち、三人の兄弟は意識を取り戻した。体調が戻るのを待ち、長

男の光一がエンジンをかけて、家のガレージに向かって微速で発進させた。そうしてしばらくすると、

「おい兄貴、あれ」

という三男の声が聞こえた。霧をつき、耳鼻の入江に入ってきた船影は、見覚えがある。

「あれ、第二蔵王だぞ！」

次男が驚いた声を出した。

見れば第二蔵王丸が、何ごともなかった顔をして、伊根港に向かって巡航速度で入ってくる。もう家が近かった鴇田丸だが、家の前で舵を切り、第二蔵王丸に向かっていった。伊根港に向かっていた第二蔵王丸だが、近づいてくる鴇田丸に気づくと、速度を落とした。廻り込んでから追尾する格好になり、右後方から近づいていき、接舷した。波があるから、二艘の船はかなり上下する。

鴇田勇は甲板に出て、船長の富田の名を呼んだ。すると船長室から富田の陽に焼けた顔がのぞいた。それで、さっきはどうしたんだ、と勇は大声で尋ねた。やや風もあったからだ。

「何が!?」

と富田も大声で訊き返した。

「さっき船にいなかったろ」

勇は訊いた。

「明かりがついて、その船にゃ誰もいなかったぞ」

そう言うと、

「いんや、おったぞ」

富田船長は大声で答えた。

「どこに行っとったのや」

「どこにも行かん、船におったわ」

予想外の答えを聞き、勇はびっくりし、言葉に詰まった。何を言っているのだ？　船中を見た。どこにもいなかったではないか。

何と言ってよいか解らず、しばらく沈黙になった。しかしさっき、船内を端から端まで見たのだ。船底も見た。隠れるところなど、いっさいなかった。

「見間違いや」

船長は言ってくる。

「でっかい怪物みたいの、見たか？」

光三郎も出てきていて、横で訊いた。

「海の中からどーんと出てきたんや、見たか？」

「はあ!?」

頓狂な声で反応し、富田は唇に薄笑いを浮かべた。暗い中だったが、窓から漏れる明かりで、それが鴇田兄弟には見えるのだ。

「なんやそれ。見んなぁ」

富田はあきれるように言った。

「なんやと？」

勇は小声で言った。

驚いた。あんな大きな音をたてていたのに、あれを見なかったと？　そんなことがいったいあるものだろうか。

あまりのことに、二人の兄弟は呆然と甲板に立ちつくした。この船長、もしかして嘘を言っているのか？　だがもしもそうなら、いったい何のために？　そんな見え透いた嘘をついて、いったいどんな益が彼にあるのか。

「晩飯は食べたんか？」

勇は、それほど大声でなく尋ねた。船内に用意されてあった、晩飯の支度が目の前に浮かんだからだ。

「そら食べたわ」

船長は笑いながら言った。何をくだらんことを訊いているんだという調子だった。カレーか？と勇は続けて訊こうとした。しかし富田は、すぐにこう言った。

「そいじゃ！」

言って彼は、船室に入っていった。すぐにエンジンがうなり、第二蔵王丸は、波に上下しながら鴇田丸から離れていく。兄弟はぼんやりそれを見た。

「おれ、さっきおかしなもの見たんや」

言いながら、長男の光一が船室から出てきた。

「あん時、船に残っておってなぁ」

「何を？」

光三郎が訊いた。

「なんや、黄色い目玉が光って……」

「はあ？　目玉？」

「うん。えれえでっかいもんが、海の中をびゅーっと泳いでいったんや」

「黄色い目玉？」

「そうや。もう、すげえ速さでな、水深十メートルくらいのとこ、少し浮いたり沈んだりしながら、びゅーっとすぎて行ったわ」

「大きかったんか？」

「そりゃ大きかった！　大きかったなぁ、なんや、龍みたいやったわ」

「龍神か？」

「そうやろ。そしたらこんだ、あんなものすごい水音がして、でっかいもんがどーんと浮かんできたろ？　もうびっくりした。肝冷やしたわ、わし」

「その、びゅーと行ったもんが浮かんできたんか」

「そういうことやろなぁ……」

三人は無言で立ちつくす。頭痛や吐き気の名残りは、まだ体内に残っていて、不快感があった。

入江に入って、波は少し穏やかになっている。しかし、やはり普段よりは高い。風の音もする。

「いったい何やこれ！」

勇が大声で言った。

「わけが解らんぞ。わしら、何見たんや？　何の話やこれ！」

兄弟二人もうなずいていた。同感だったからだ。

黄色い目玉の大型の怪物が出て、知り合いの船の中からは人間が消えていて、しばらくしたらまた現れて、消えてなんぞいないと言うのだ。ずっと船の中にいたと。

「こんな話、聞いたこともないわ」

二人もうなずき、揃って首をかしげた。

「何や、めちゃくちゃな話やな。夢でも見たんかな、わしら」

「ともかく、もう家帰るか」

長男が言った。

5

南吉にとってありがたかったことは、乱数表による暗号通信という手法が古くなり、これを使った指令が来なくなったことだ。工作員の世界にも流行がある。いかに便利な代物でも、定期的に乱数表を作り、暗号解読の計算をやるのは煩雑の極みだった。職業を持っていないならそれでもよいが、こちらは連日海に出なくてはならない。収獲後の魚の仕分けもあるし、船の手入れもある。時間が足りないのだ。

漁に関しても、気になる事件が発生した。ある時期から急に、奇形魚があがるようになったのだ。耳鼻の漁師仲間の間でも話題になり、集まりごとに論題になった。訳知り顔の者がいて、付近にある、原発銀座の放射能のゆえだと言う。福井県の海沿いには十五基の原発があり、数も密度も全国一だった。ここからの大量の排水が、奇形魚を生んでいるというのだ。

奇形魚は当然売れなかったし、福井にはガン患者も多発しているという。きちんとした調査データはまだ存在しないらしいが、それと奇形魚との関連が噂されており、事実の可能性はあった。しかし耳鼻地区には大学もなかったし、学者の知り合いなど、漁師たちは誰も持っていない。相談できる組織も、知識人もなかった。

耳鼻の漁師の内にも、体調の不良を訴える者がいた。しかしそれは、単に年齢のせいかも知れなかったし、深酒のしすぎかも知れない。伊根には大病院もなかったし、みな金も時間もないから、不安を抱えながら我慢して働く以外にはなかった。動けなくなったら、それはガンになったということだ。地区の漁師の生活は、昔からそんなものだった。

その頃から、製網業者の遠山という男が、頻繁に姿を見せるようになった。彼は実際に魚津で製網の工場を持っていたが、筋金の入った工作員で、耳鼻地区の漁師の世界に昔から食い込んでいて、しきりに網を売りつけながら、短波ラジオの乱数表に代わって、国からの指令を、直接届けにきた。

そしてどうやって調達したか、この男がたくさんの奇形魚を南吉のもとに運んできた。おそらく国の漁師からか、魚津の漁師あたりから仕入れてくるのだろう。夜中に南吉の船に勝手に入れる。そうしておいて翌朝、これらの魚、あんたが獲ったことにして、みんなに言いふらせ、と命じる。そして原発の排水で、ここら一帯の海は激しく汚染されていると触れ廻るように言った。噂を使って何ごとか成す計画を、労働党の情報部が持っているのだろう。

遠山の話を聞いてから、定期的に沖の不審船まで運ばされる水筒型の容器が、南吉は気になりはじめた。中身の見当がついてきたのだ。好子の言からも類推して、原発銀座で生産されている精製プルトニウムではないか。むろん鉛で、放射能は遮断されているだろうが、手で触れるのが気味悪くなった。

原発施設にも、工作員は多数潜入していた。無数のあの構造物は、世間的には発電所とされるが、南吉は若い頃、大学で核反応の原理について学んだ。昔のことだが、要点は忘れていない。原発とは本来発電が目的で開発された装置ではなく、ウラニウムという核兵器製造の材料が極めて希少であるため、量産のためにはプルトニウムを大量に造る必要があり、これを生産するというのが真の目的だ。

プルトニウムは、精製したウランを燃やす、つまり核分裂させるとできる廃棄物だ。いわば灰だから、もう核分裂はしない。しかしこれを精製し、高純度のプルトニウムにしてやれば、再び核分裂を起こすようになる。しかも量が増えているから、量産核兵器の材料となり得る。このプルトニウム生産の装置が、実は原発なのだという。つまり、あの施設群なのだった。

原子爆弾という超強力な破壊兵器は、製作は実はごく簡単なのだと聞いた。ウラニウムを、百パーセントに近い純粋なものに精製すれば、それだけでいいのだ。静止限界量の正確な数字は忘れた、確か二十数キログラムではなかったか。その量に達すれば、精製ウラニウムは自動的に核分裂を開始する。この物質は、そういう性格を持っているのだ。したがって精製ウランを十数キロずつふたつ造り、破壊対象に持っていって、どんとひとつに合体させてやれば、あとは何もする必要はない。核分裂は必ず発生する、つまり爆発する。そういう理屈だったと思う。

しかしプルトニウム型はもっとずっと繊細で、球の内部、中心にひと塊の精製プルトニウム、外周部にも複数の精製プルトニウムを配置しておいて、無数の小爆弾によって、時計のように正確に爆縮を起こさせる。周囲のプルトニウムを、中心部のプルトニウムに向かって同時に、均等に、正確に衝突させるのだ。そうしなくては、プルトニウムの核反応は起こらない。

したがってプルトニウム型原爆のメカニズムは複雑になり、扱いが神経質になる。だから広島、長崎への原爆投下前に、アメリカ軍が何度か実験したのはプルトニウム型ばかりで、ウラニウム型原爆は、ただの一度も実験されていない。こちらは必ず爆発することが解っていたからだ。

ともあれプルトニウム製造は、ウランを燃焼させる過程で長時間、超高熱が出るので、これを使って熱湯と蒸気を作り、発電装置の回転翼に吹きつけてやり、回せば電気が発生する。どうせなら、途中過程の高熱をそのように利用すれば一石二鳥だという発想の、極めて原始的な装置が原子力発電機で、もともとこれは、プルトニウム生産が目的のメカニズムなのだ。

プルトニウム型原爆を造るには、原発で造ったプルトニウムをもう一度精製し、百パーセント近い純度に加工しなくてはならない。日本国は原発が出したこの精製前のプルトニウムを、四十万トンも備蓄していると言われ、かつて米軍が問題にしたことがあるが、原発銀座には核増殖炉も存在していると言われ、こちらではプルトニウムの精製も行われているという噂が、労働党情報部内でしきりだった。

原発は、炉心の高熱を冷却するために大量の水が必要になり、これが汚染水の発生になる。原発の汚染水は危険だが、増殖炉の冷却水は、毒性がさらに強いので、そのさらに何倍も危険になる。むろんこれの海への放出の前には、危険物質の除去が何層にもわたって行われているのだが、増殖炉の場合、なかなか充分とはならない。それが若狭湾周辺の奇形魚の理由と言われた。

共和国は今、核兵器の製造に血道をあげているが、情報部は、日本が造っているこの精製プルトニウムを、潜入工作員によってごく少量ずつ盗み出し、自国の兵器開発に使用しようとしているのではないか、それがあの水筒型の円筒容器ではと、南吉には見当がついた。そうする一方、有害汚染水の悪評を国内で立てさせ、施設全体を混乱させ、作業の妨害や、盗み取りを容易にしようと考えている。

このあたりの学問的知識や理解は不充分にしても、好子は連絡員との会話によって、この工作の断片的な情報を得ている。それを南吉が聞くにつけ、つなぎ合わせればおおよその内容の見当がつく。好子は遠山を気に入って、よくつき合っているが、南吉は遠山のねちこい性格が苦手で、避けるようにしていた。

やがて南吉に、工作員人生に決定的な嫌悪感を持たせるようなできごとが起こった。遠山がやってきて、明朝の六時に、青島の南で、小型のレジャーボートから荷物をひとつ受け取り、沖の輸送船まで運ぶように命じた。中身は何だと聞くと、それを知る必要はおまえにはない、サイズはこれくらいだと、両手で大きさだけを示した。

「中身を知る必要はないか……」

南吉は思わずつぶやいた。

「これから、増えるかもしれんぞ、こういうミッション。共和国にとっては重大な意味を持つ仕事だ。極めて重大だ。国の命運がかかる。それともあんた、これに積極的に関わる覚悟あるか？」

「どんなことか知らんけど、わしなんぞにゃ、そんな力はないわな」

南吉は言った。すると遠山はちょっと鼻で笑い、

「それじゃあ、指令通りに黙って責務を果たせ」

遠山は言い捨て、背を向けて闇に消えた。

翌早朝は霧が出ていた。南吉は、楽しい気分ではないものの、指令を重く受け止めてはいなかった。いつも通り、手早くすませればいいことだと考えた。

一人で船を操り、南吉が青島の周囲を廻って南側に行くと、小型のレジャーボートが待ってい

た。南吉の船につけてきて、サングラスの男が、体の前でゴム製らしい黒い袋を抱いて、南吉の船に移ってきた。そして操縦室の足もとに置き、

「急いで頼む」

とひとこと言い置いて、自分のボートに戻っていった。こんなふうに言われる時は、国の船はもう沖合に来て待っている。南吉は小さくうなずき、船を出し、ゆっくりとスロットルを開けた。

すると足もとで袋が動いたから、びっくり仰天した。大型の魚でも入っているのかと思ったが、そうでないことはすぐに解った。エンジンの唸りの中でもそれと知れる、細い泣き声が聞こえたからだ。

声質は細く高く、女の子のものらしい。この体のサイズから言って、まだ子供だ。十歳くらいだろうか。やがて泣き声は、お母さん、お母さんと、母を呼ぶ声に変わった。

南吉は愕然とし、ひどい衝撃を受けた。工作員と呼ばれるようになり、自分でもそう自覚して以来、それははじめての経験だった。自分の身の上を、南吉はつらく思ってはいた。しかし、人間として恥じるような行為はしていないと考えていた。どんな国であれ、生存のために多少の問題行動はするはずだ。これが一番多いのはアメリカだ。しかしそれが逃避であったことを、この日はっきりと思い知った。自分がしてきたことが、どこかずっと遠くで、こんなふうに誰かを泣かせ続けていたのかと知った。

自分の子を思い出し、南吉は、精神が激しく押し潰されるような苦痛を味わった。さらってき

たのか、と思い、人さらいはもうやめたと聞いていたのに、と思った。だが国は、まだ続けていた。なんということをするのか。そして自分のような平々凡々として、他人に迷惑をかけたくないと思いながら日々を送っているような人間が、その片棒をかつがされるのだ。

なんという理不尽か。自分で求めて入った世界ではない。こんな仕事、よいことなど何ひとつない。ひたすら、貧困の底を這いまわるようにして生きてきた。ほんの一週間でさえ、豊かな暮らしを味わった経験はない。女房に辛い思いをさせ、子供に辛い思いをさせ、恥を忍んで生きて、あげくがこんなことか。自分の血は、半分は日本人のものだ。日本は祖国であり、日本人になんの恨みもない。

この子の精神が今置かれている激しい恐怖を思うと、たまらなかった。子供をさらわれた親の絶望も、洞察はいたって容易だ。自分にも子供があるからだ。今この子の親は、死ぬほどのパニックの中にあるはずだ。子供の動きがゆるいのは、拘束されているからだろう。口も塞がれていたに相違ない。それがわずかにはずれて、今いくらか声が出るようになったのだ。

精神が奈落に落ちていく心境だった。なんとひどいことができるものだろう。この子にはなんの罪もない。出生成分が、許しがたいブルジョワというわけでもなかろう。たとえそうであっても、この子の罪ではない。なにがいったい社会主義だと思った。なにが平等主義の共産体制か。首領は、中世の王に倍する贅沢三昧をしている。なにが革命か。どこに平等がある。早く革命を起こせと思った。その上こんなことをして、そんなやからに、いったいどんな理想を見ろというのか。

子供の泣く声、親を呼び続ける声は、沖に貨物船を見つけ、その船腹に船側を当てるまで続いた。終始泣き声を聞きながら、南吉は、操船を続けた。絶望で、怒りで、大声をあげたい心地がした。

エンジンを絞り、船を停め、ゴム袋の横のジッパーを開いて、子供を助け出してやりたかった。いったいどれほど、そうしたかったことか！

そして家のある街を尋ね、舳先をそっちに向けたい。このまま、沖に待つ船にこの子を届ければ、自分は鬼畜となり、人間ではなくなる心地がした。

気分は、ほとんどそう決めかかったのだが、そんなことをしたら国を裏切る者になる。立場を考えれば、思いもよらない。そんなことをしたら、子供を含む共和国の大勢の民を集め、その眼前で、迫撃砲を用いて公開処刑にされる。

しかし、そうされてもかまわないとまで思い詰めた。足もとにこんな子を置いて、何もするなと言うのか。この子は、これでもう一生祖国には帰れまい。いったいどんな正義が、これにあるのか。誰か、教えてくれと思う。身をかがめ、袋に手を伸ばした。袋に触れると、中の子供がもぞもぞと身をよじっているのが伝わる。

だが、やはりできなかった。これまで育ててくれた多少の恩が、朝鮮労働党にはある。ジッパーを少し開いて、声をかけ、励ましてやりたいとも思った。が、それもできない。助けてやれもしないのに、かえって辛くするだけだ。第一どんな言葉をかけろと言うのか。

錆の浮いた大きな貨物船の腹に船を当てると、すぐに縄梯子が投げおろされる。と同時に、男が一人、馴れた動作で梯子を伝いおりてくる。その速度は速い。中途から、南吉の船の甲板に、音をたてて飛びおりてくると、南吉の顔を見もしないでさっと操縦室に歩み込み、床のゴム袋を抱えて、すたすたと出てきた。そしてそれを、乱暴な仕草で肩に載せた。続いて袋についていたふたつの太いたすきに両の腕を通し、背負うかたちにした。

手助けをするべきかと、南吉は手を伸ばしかけた。男ではなく、中の子のためにそうしたかった。が、その必要はなかった。男は実に手馴れていて、すぐに体勢をととのえ、また南吉の顔を見向きもせず、縄梯子に取りつく。そして、するすると上がっていった。あきらかに、こういう訓練を受けた男だ。今回、仕事がはじめてではない。

男の姿が上空に消えてからも、南吉は動けなかった。呆然として、甲板に立ちつくしていた。全身から力が抜けていて、何もする気が起きない。どのくらいそうしていたか、上から大声がふってきた。見上げると男の顔が見えていて、右手を激しくあおっている。あっちに行け、船から離れろと言っているのだ。

のろのろと操縦室に入り、エンジンの回転を上げて、南吉は船を青島の方角に向けた。しばらく進んでから、回転を絞った。

エンジンを止め、波に揺れるにまかせていた。気づくと、床に尻餅をついていた。今日はとても、漁をする気にはなれない。しばらくぼうとしていた。

これまで工作員として、日本国の法に触れることをしているという自覚はあった。しかし、あきらかな犯罪は為していない、そういう思いもあった。しかし今日こそは、自分は悪人に身を落としたと思った。なんとひどい気分か。今この瞬間も、あの子が味わっている地獄を思えば、死にたい心地がした。

背後の床に手をついて、立ちあがろうかと、ぼんやり考えた。体調がよくなくて、家に帰って横になりたいという思いに囚われた。これまで一日も休まず、頑張ってやってきた。今日一日くらいそうしてもよかろうと考えた。指先が濡れたような心地がするから、手を顔の前に持っていって見た、指先がわずかに赤く染まっていた。

血だ、と思った。あの子の血だ。どこかから出血していたのだ。

ごろりと倒れ込んだ。そのまま、長いこと動かずにいた。そうしていたら、腹の底の思いが、次第にかたちを成してきた。

もう、こんな仕事はごめんだ、はじめてそう思った。金輪際(こんりんざい)、もう二度とごめんだ。もう二度と、こんなことはやらない。誰に頼まれても、どう脅されてもごめんだ。やらない、そう決意した。またあんなことに手を貸せば、自分は人間ではなくなる。もうこれ以上生きていけなくなる。

はじめて、共和国を憎んだ。共和国は、ふたつの祖国のうちのひとつだ。なんという国かと思った。こんなことをして、首領以下、国のトップどもは地獄に落ちるだろう。彼らだって人の親のはずだ。わが子がこんなことをされたら、いったいどんな気分がするか、何故考えないのか。首領も、子供を可愛がっていて、着飾らせて側近に見せたりしているではないか。あの子が外国勢力にさらわれたら、いったいどんな心地がする。

自分は手を伸ばし、ゴムの袋越しに、あの子に触れた。しかし、何もしなかった。勇気がなかった。自分の妻や子供たち、家族への報復も怖かった。

さらったあの子を、党はどうするつもりなのか。おそらく洗脳して、工作員の日本人化教育のために、語学や生活の教師などをやらせるつもりなのだ。そんなことまでしなければ立ちゆかない国なら、もう滅んでしまえ、と思った。

自分だけは美しい女たちを抱き、高級食材と密輸入の酒をがぶ飲みして、何十台もの高級車や豪華ヨットを持ち、宮殿のような豪邸を何軒も国の各地に所有している。ぶくぶくと肥え太った、そんな贅沢生活を維持したいがために、核兵器の密造を続け、欧米から非難され、経済制裁され、食糧備蓄が枯渇して、しかしそうさせた自分はその乏しい食糧を独占し、罪のない民は、日々餓死を続けている。

なんの罪もない中層身分、低層身分の者たちは地獄を這いずり、ネズミや昆虫、木の皮を食べる。だが、工作員だって同様だ。静岡で、自分は魚市場で魚の臓物やクズを拾って食いつないだ。

つい今し方、手を触れられる位置に、無垢な子供がいた。自分は臆病で、あの子を救えなかった。何故助けてやらなかったのか!? 手を伸ばしながら、自分は助けなかった。こんな自分、果たしてこれから、生きていく資格はあるか。

6

「足もとにさらわれてきた女の子がいる。まだ年端もいかない、多分十歳くらいの子供だ。ゴムの袋の中でもぞもぞ動いていた。泣いて、絶えずお母さん、お母さんと名を呼んでいた。わし、助けてやりたかった。よほどジッパーを開けて、子供を出して、うちはどこかと尋ねたかった」

南吉は言った。裏山の洞窟の中だった。

「一刻も早く、家に帰してやりたかったんや、親のもとに。なああんた、好子、あんたも解るだろう」

「何が？」

好子は訊いた。

「何がて、ゴム袋の中で、子供が跳ねて、動いているんだぞ」

「そりゃ動くでしょう、生きていればね」

好子が言い、南吉は絶句した。

「生きていればて、おまえ、何も思わんのか」

「何を思えっていうのあんた」

好子は低い声を出した。

「わが子をさらわれた母親の気持ちが、絶望が、解らんとは言わんだろう。あんた女だ、将来子供を産むかもしれんだろう」

「産まないよ」

好子はあっさり言った。

「何？」

「私は子供なんて産まない。夫も持つことはない。あんたも同じ」

「ああ？　わし？　もう女房おるで」

南吉は言った。

「世間的な意味での女房は持たない。仕事に必要だから持っている。当然でしょうが。あんたも私も、工作員なんだよ。しっかりしなさいあんた、ちゃんと目覚ましなさい。私ら、身も心も、共和国に捧げた人間なんだよ、社会主義の理想に生きる、永遠の闘士なんだ。あんたこそ、なにを寝言言うてるの。目を覚ましなさい。大事の前の小事、闘士は小事に心奪われるべきではない！」

「大事だと？　大事て何や。どこにいったい大事がある」

「あんた、もう一回、政治軍事大学、入りなおさんといかんの？　思想教育忘れたか。理想の具現の前には、子供がたとえ目の前で片腕を引きちぎられようと、冷静でおらねばならんのよ。ましてそれが敵国の子供ならなおのこと」

「待て。ここは、わしには敵国ではない」

「はあ？　あんた馬鹿ね。あんた、性根、もういっぺん叩き直さんといかんの？」

「何やと？　何を叩き直す」

「日帝強占三十六年、日本は世界で最も進んだわが国から、すべてを奪った悪の根源でしょうが、忘れたんね。富も言語も、自由も、思想も、文化も。そうしておいて、われわれの猿真似ばかりしてきた、今もよ。それを救ってくださったのが、金日成将軍さまではないの？　忘れたんかあんた。日本にあるものはすべて、もともとはわが民族が創ったものだ。だからこんな小日本、早くわれわれの属国とし、きびしく指導して、愚民の性根を、叩き直してやらねばならない。誰が主人か、ちゃんと思い出させるんよ」

「それがおまえの理想か？」

南吉は言った。

「地球上の世界はまもなく、すべての国家が社会主義化する。これはもう確実なこと、アメリカもそうなる。言論の自由とやらは、進歩をにぶらせるだけの愚民の思想。われわれはその先兵となる！」

「大層(たいそう)なことやな好子。そりゃ、両班(リャンバン)の言い分だぞ」

「両班？　何よそれは」

「おい、朝鮮に生まれて、自分の国の歴史を知らんのか。まあ学校では、毎日嘘ばかり教えとるからな」

「歴史を直視せぬ民族は滅びる！」

好子はきびしい声を出した。

「そりゃ、おまえらのことだ。李氏朝鮮の時代から日帝に至るまで、わが国には愚劣な、世界最低の奴隷制度があったんだ。知らんのなら、教えてやる。両班、中人、常人、賤民、そういう身分制度があってなぁ。両班は、下の階層の者たちの税金で食べていた。

その頃来た旅行家のイザベラ・バードが、自分の旅行記に書いている。朝鮮には盗む階層と、盗まれる階層のふたつしかない。支配階層の両班は、金がなくなると人をやって、下の身分の者とか奴婢を道で捕らえて、金銭を没収する。その金は返されることはない。農民が収穫を上げると重い税を徴収して、払わない者は連行してきて、椅子に縛り付けて、すねを棒で殴って骨を折るんだ。朝鮮の両班は、世界で最も傲慢で、凶暴な支配層だ、朝鮮の災いだとまで書いている」

「あんた、そんなものを信じておるんか!?」

「事実だ好子、これは史実なんだ。だから朝鮮では誰も農地を耕さなくなり、田畑は放棄され、荒れ果てていた。収穫しても、両班に盗まれるだけだからな。灌漑用の水路もなく、山はハゲ山で、学校も病院も乏しく、家にはトイレだってない」

「馬鹿! なによそれは。聞いたこともない、嘘言いなさんな、あんたどこで聞いた? そんなでたらめ。じゃあどこで排泄するんだ」

「家の前のみぞや、道端だ。だから当時は朝鮮の首都の目抜き通りも、鼻が曲がるほどに臭く、不衛生だった。病気が蔓延していた。

女たちは汚れていて、顔にはみんな天然痘の痕があった。全員で川べりにしゃがんで毎日洗濯をするが、その川の中央部分は、捨てられたゴミの山だった」

「馬鹿! 漫画の読みすぎ!」

「両班は、儒教道徳を曲解していっさい働かず、髭も剃らず、手も動かさない。召使がキセルを口に運び、読む本も手に持ってやり、食事も口に運んでやる。両班が腕がいいものづくり職人を軽蔑罵倒するから、着衣の染色技術も、大八車の車輪作りの技術も、国からすっかり滅んだ。朝鮮には、車輪というものがすっかりなくなっていたんだ。着衣も白だけになった」

「テレビで歴史ものをやってるじゃないの。みんな鮮やかな色ものの衣装を着ている」

「すべて嘘だ。当時の写真を見てみろ」

「そんなもの、見たくもない！　くだらない！」

「日本が半島を併合して、両班の階層や、奴隷制を強制的に廃止して、苗字を持たなかった奴婢たちにも苗字を与えた。そして奴婢は、生涯賤民階級から抜け出せないという理不尽をなくして、民に平等に教育を施し、出世の機会も与えた。田畑を復活させ、農業を教えて食糧収穫を促し、山には植林をし、灌漑用の水路を作り、各家にトイレを造るように指導した。日本の国家予算を注ぎ込んで、学校や病院を大量に作り、伝染病を駆逐した。それで朝鮮人の寿命は一気に倍、半島の人口も、一挙に倍に増えたんだ」

「馬鹿者！　あんた誰のおかげで生きてる！　嘘を言うな！　あんた、祖国の恩を忘れたんか！何人だ、この親不孝者が！」

「親は関係なかろう」

「それは日本がついてる汚い大嘘だ。日本人は、教科書に大嘘八百書いているんだよ」

「そりゃあな、わしらの国のことだ」

「そんなこと、学校でちっとも教わりはしなかった。本当のことなら教わるはずだ！」

「それは日本に特権を取り上げられたもと両班の階層が、日本への恨みつらみから、徹底した反日教育を民に施したからだ。連中は両班、つまり科挙に合格し、儒教道徳の真髄を極めた文武両道の教養人という名の通り、一応教養があったからな。特権を奪われて、子供を教育する側に廻ったんだ」

「ナンセンス、ばかばかしい!! コミュニズムの理想の前にはすべては小事！ 目を覚ませ！」

「おい好子、おまえこそ目を覚ませ。そんなら教えてくれ、どこに理想がある？ いったいどこにコミュニズムの人民平等があるんだ、今の共和国に。金一族だけが、中世の王侯貴族以上の、腐った贅沢暮らしをするのを、わしらが命かけて守っとるだけじゃないか。これが社会主義か？極端に理不尽なブルジョワ身分制、いわば封建王政だぞ。それを打倒したのが革命じゃないのか？ どうして社会主義の共和国にはまだこんなものがある？」

「馬鹿」

「社会主義だ、コミュニズムだは、すべてお飾りなんだよ、言葉だけの嘘八百だ。自分ばかりがドンペリがぶ飲みして、国中から選抜された美人の尻をひたすら追いかけて、抱いて、毎晩猥褻なパーティやって、何人もの女に子供を産ませて、国中に宮殿を何軒も持って、何十台もの高級車を所有して、レジャーボートを持って。こんな自分の贅沢特権を守りたいから核兵器を開発して、世界中から経済制裁されて、民を餓死させて、自分は飽食だ。その上人さらいか。欧州の王様だって、ここまでの愚劣はやっていない。そんな大馬鹿者を、わしらは命をかけて守ってやっているだけだ」

　すると好子は両眼をかっと見開き、唖然とした。

「あんた、狂ったか、いったい何を言い出すんだ？　自分が何を言っているのか、解っているのか！　反動思想文化排撃！」

「何のお題目だ、そりゃ」

　南吉は鼻で笑った。

「忠誠階層の誇りを忘れたか⁉」

「トマト、リンゴ、ナシか、そんなもの、とうに忘れた」

「白頭の血統の首領さまが、私たちの命を守ってくださったのを思い出せ！」

「われわれが連中を守っているんだろ。おまえこそ目を覚ませ」

「なにぃ！　無礼者！　大馬鹿者！　祖国の敵‼」

「それに白頭山血統ったって、金正恩(ジョンウン)の母親は在日で、大阪育ちだぞ。言ってみりゃ、半分は富士山血統じゃないか、与正(ヨジョン)もだ。正日(ジョンイル)が女好きで、日本育ちで垢抜けて、美人だったから興味を持った、それだけのことだ。一緒になるべきじゃなかったんだ。正恩の兄の正男(ジョンナム)なら母も半島人で、白頭山だがな」

「あんた、いつからそんな恐ろしい悪徳思想にかぶれた！　アメリカの手先か⁉」

「前から思っていたさ、口に出さなかっただけだ」

「あんた、性根が腐ったか。どうして動揺階層、いや、反体制派階層に堕ちた！　よりによって！」

「忠誠層、動揺階層、反体制派階層か。チョソンの共和国社会に、どうしてそんなおかしな三身分制度があるんだ？　完全平等の社会主義じゃなかったのか？」

「憎むべきブルジョワ階層の残滓が、共和国には残っているからよ。出生成分だ！」

「違う。両班の奴隷制度が、みなの頭にこびりついているからだ。わが民はな、軽蔑できる自分よりも下層が常に必要な民族なんだ、いつまでも奴隷制度が必要な愚民なんだ、屁理屈を動員してな！　あっ！」

南吉は、歩きながら話し、好子に背を向けていた。突然背に、焼けるような激痛が走った。

「うっ」

南吉はうめき、土の上に膝をつきそうになるのを、かろうじてこらえた。左手を背に廻し、痛みを発しているあたりを押さえると、指先に血がつくのが解った。

振り向くと、血のついたナイフをかざして、鬼の形相の好子が立っていた。と見る間に悲鳴のような大声をあげ、激しく体を躍動させて、音をたててナイフをびゅんびゅんと振り廻した。

「あんたは、共和国の敵になりさがった。成敗してやる！　国のため、正義のため、私があんたを葬り去ってやる。地獄に行きなさい！」

好子は大声でわめいた。わめきながら、大型のナイフを振り廻した。

「待て好子、落ち着け」

「これが落ち着けるわけないでしょうが。狂った人間を前にして、どうして落ち着ける！」

「狂っているのはおまえなんだ、まあ聞け」

「やかましい、その汚い口塞げ！」

ナイフをかまえて突進してくる好子を、横跳びでかわした。同時にその腕を左手で抱え込み、ナイフを持つ右の手首を摑んだ。

「離せ馬鹿者、恩知らず！　こんなところに呼び出して、あんた、私に何を言おうとしたんだ」

「おまえの目を覚まさそうとしたんだ、労働党情報部が何をやっているのか、おまえもきちんと知るべきだ」

「しゃらくさい!!　私は知っている」

「そうか、そうだったな。欧州でおまえも人さらいやっていたからな」

南吉は言った。思い出したのだ。

「だがわしはもう、工作員の仕事はやらない、金輪際やらん。だから、おまえにそれ、言っておきたくてな」

「そんなことが許されるわけないだろうが馬鹿者！　ひよって、天命を忘れたか!?」

「そんな天命を帯びた覚えはない。わしはこれっぽっちも希望なんてしなかった。こんなくだらん仕事、人間のやることじゃない。だが、おまえが続けたいなら、これが天命と言うなら、干渉はせん。警察にも告げん。わしのぶんも頑張ってくれと頼もうとした」

「断る。あんた、地獄に行きなさい！」

「聞け好子、何年も一緒にやってきた。助け合ったろう、昔の、辛い時分を思い出せ。おまえ、一人じゃやれなかったろう。それなりに情も通った。忘れたか？」

「忘れた！　祖国を裏切る者は、人間ではない。そんな馬鹿者との関わりなど、すべて忘れた」

「そうか」

言いながら、二人は激しく揉み合った。洗脳の効果だなと、南吉は思った。

「死ね！」

ひと声叫んで、好子は激しく前進した。それと南吉が、足払いをかけるのとが同時だった。それで好子は、宙を飛ぶようなかたちになり、激しく土に体を打ちつけるように落下して、倒れ込んだ。

うっと、声を上げた。急いで南吉が好子のそばにしゃがみ、体を掴んであお向けると、大型ナイフは、柄までを埋めるようにして、彼女の胸深くに突き刺さっていた。

「おお、好子、しまった！」

南吉は叫んだ。まともな女だと思ったことはないが、それなりに南吉には大事な女だった。いっときは真剣に頼りもした。いつかは足を洗い、幸福になって欲しいと願ってもいた。

舌が唇から出てきた。徐々に徐々に、それが長く突き出す。そして痙攣するように小刻みに震えた。唾液が大量に出て、むき出しの土の上に垂れる。断末魔だった。そういう女が、こんなふうに、最期を迎えるとは。こんな結末は、少しも予想しなかった。なんということだ、南吉は思った。

死んでいく仲間を見つめながら、南吉はいっさいをむなしく感じた。どうしてわれわればかり底辺が、こんなふうに苦しみ、死んでいかなくてはならない。いったいわれわれは、自らの人生の、どこをどう間違ったというのか。どう修正したらよかったのか。

むなしくてむなしくてたまらず、知らず涙が出た。好子も、貧しい家庭の生まれだった。母一人子一人で、懸命に頑張ってきた。頑張って頑張って、学問も、訓練もだ。それらすべてが、こんなむなしい死のためだったというのか。

第四章 龍神出現

1

それから神主の手塚は、南吉の三人の息子に電話をして、亀山のナマコ丼の店に集合させた。昼食時はすぎていたから、顔見知りの者ならここを喫茶店代わりに会議に使うことも気兼ねではないようだ。実際、店はがらんとして、もう客の姿はない。

息子たちは三人ともに熟年に近かったが、弟二人はまだ若い印象で、長男はやや小太りだが、弟二人は痩せていた。長男は、以前ここで遠山と話していた人物で間違いなかった。三人ともに口数は少なく、非常におとなしい印象で、亀山が置いていったお茶を、無言ですすっていた。

「なんや、ええ話やのうてなぁ、あれなんやけど……」

と神主はおずおず言って始めた。表で、風の鳴る音が聞こえた。

「私も南吉さん、好きやったから、つらいわ。お父さんが、南吉さんが、さっき言うたようなことでなあ、なんでああようなことになったんか、わしらはきつねにつままれたような、あれなんやけどな、それでもお父さんは、みんなに慕われとったような人やさけね、なんか理由はあるんやろと思うて、あんたら、解る？」

すると、三人ともがゆっくりと首を横に振った。

「解らん？」

すると三人ともが小さくうなずく。

「解らんけど、船出して、捜したいわなあ、父さんのこと」

長男が言う。

「それが無理なんや」

手塚は言った。

「さっき、堀米さんが船出してくれて、私らかなり探したんやけど、波が高うなってきたんよね、どんどんどんどん高うなりよる。こりゃ、ちょっと無理やて感じにまでなってきてなぁ、危険やし、冷えてもきたし」

「雪降ってきた」

次男がぼそりと言った。

「雪降っとる⁉　寒い思うたわ」

神主は言って、両手で体を抱き、身震いする仕草をした。

「南吉さんがおらんようになった日に、初雪か……」

そうつぶやいた。

「父さんのこと、ぼくらはようは解らんけど」

長男が小さな声で言い出した。

「うん」

「あれだけの人やから……」

「信念言うんかな、そういうの、持っとった人やから」

受けて、次男がつぶやいた。

「信念？」

「いっつもはにこにこしとるけど、絶対に考えを曲げん人やから。じいっとな、あんまり口には出さなんだけど、思い詰めたようなもんが、あったんやと思う」

「そうやろな、街の者に聞いても、やっぱし全然解らんと言うんやけど、みなそう感じとったようで。思うところがあったんやろなあて」

神主が言う。

「こちらが長男さんですね？」

私が神主に訊いた。

「ああそうです、こっちが長男の児玉正雄さん」

手塚が言って紹介してくれて、正雄は無言で私に頭を下げた。

「石岡和己と言います」

私も頭を下げ、言った。

「こっちは横浜で作家をやっとりなはる人で、せやからペンネームやな」

「あ、藤浪です」

麗羅も急いで自己紹介をして、頭を下げた。

「そいでこっちが次男の博田さん、博田吉雄(よしお)さん」

すると次男も黙って頭を下げる。

「そいで、こっちが三男の半蔵(はんぞう)さん。三好半蔵さん」

すると彼も、無言で頭を下げてきた。みな言葉少なで、視線を下方に伏せたままでいる。三人ともに、こちらの顔を少しも見ようとはしない。

「私たちは、南吉さんの舟屋に滞在させてもらっているんです。このところの何日かなんですけど、南吉さんとも親しく話をさせてもらって、すごさせてもらっておりました。そしたらいきなり奥さんが、あなた方の義理のお母さんと聞いておりますが、急にいなくなられて、どうしたんだろうかと思っていたら、今度は南吉さんがあんなことで、本当に驚いております」

私は説明した。自己紹介がわりの挨拶のようなつもりだったが、三人の息子たちの顔には、何の反応も現れなかった。三人ともがじっと目を伏せたまま、ひとことも言葉を発しない。その様子は少し異様で、だから私は言葉が継げない気分になった。空気次第では、遠山とのあの争いの様子を、話してもよいものかと思う気分もあったが、到底口に出せそうではなかった。この静かな様子はいったい何ゆえのものかと、私は内心では戸惑っていた。

「とても穏やかな人で……」

とだけつけ加えた。

「とにかく依田さんのお家は、これで誰もいなくなってしまいました。空き家です」

「藤浪さんもこまりますなぁ、賄いもないようになって、風呂も入れんようになる」

神主の手塚が言った。

「いや、私らなんかの方は、それはいいんですけれど。食事もずっとここでとっていたような按配ですから」

私は言った。

「いや、風呂のこともありますからなぁ」

「風呂屋なんて、耳鼻地区にはないですかねぇ」

私は訊いた。

「いやぁ……、風呂屋はないなぁ。そうなら、マルに行って、入らしてもろうたらいい、あそこ、温泉みたようなこと、しとるみたいやから。私が言うといてあげましょう。まあ入浴料は取られるやろうけど」

「そんなのは、もちろんいいですけど」

「この人らも、それぞれ家庭があるからなぁ、家離れられへんやろうしな」

すると三人ともに、無言でわずかずつうなずいている。

「でも、いずれは家、片付けに行かんならん、思います」

長男の正雄が小声で言った。

「そやなあ、あんたらには実家やもんなぁ。あそこの家から、小学校、中学校と通うたんやろ、三人ともに」

　神主が言うと、彼らはてんでに、また無言でうなずいている。

「あんたら、生まれは静岡やろうけど、ここ伊根の耳鼻で、ずっと育ったんやもんな」

「はい」

　長男の正雄が小声で言った。彼らは伊根の、しかも耳鼻地区しか世界を知らないのだ。彼らのこんなに静かな様子は、戸惑いもあるのだろうが、それと関係があるのか。そして父親の死の悲しみに堪えているのだろうと私は考えた。育ての母の死の悲しみもある。死んだ二人が、耳鼻地区の三人の兄弟を全面的に支えた。

　双方ともに、まだ死んだという確証はないが、まず生きてはいまい。彼ら三人は義理の母の嘉さんに手を引かれて小学校に通い、嘉さんの作るものを食べて育った。こんな辺鄙な場所だから、給食以外には、おそらく他所の食べ物を口にしてはいないであろう。見ていると、三人とも次第に深くうつむいていく。顔は見せないようにしていたが、涙ぐんでいるのかも知れなかった。


　夕食どきにはまだ間があったから、一度依田家の家の中を見に行こうかという話になった。ざっと点検して、片付けの段取りとか、処分する家財とか、家と舟屋を貸し出すか否かなどを、兄弟で検討したいということになった。

　ナマコ丼の店を出ると、もう周囲は薄暗く、夕闇に沈みはじめている。しかし時間はまだ四時前だ。どうやら天候のせいらしい。風があり、重そうな暗灰色の雲の下、粉雪が舞いはじめている。骨が冷えるほどの冷気が、海べりの集落を支配しはじめた。京都の北の地に、今年はじめての冬日が訪れた。

渦巻くように舞う粉雪に頬をさらして歩み出し、襟を立て、何故ということもなく、私は胸騒ぎを感じた。何かが起こりはじめたような悪い予感を感じたのだ。

歩きながら私は、含羞の人という印象だった、南吉氏の風貌をしきりに思い出していた。そのことを手塚に話すと、彼もまたうなずき、

「嘉さんの前の亭主が亡くなって、一家の大黒柱が欲しいからいうて、静岡の漁協から南吉さんに来てもろうた、漁の腕もええいうことで。南吉さん、子供を三人連れてここに来て、それで依田の家は続いたんやけどなぁ、結局ここまでやったいうことやなぁ」

と自らの感慨を交えて言った。

「あとはこの人ら、息子さんらや。この人らが南吉さんのあとを継いで、地区のために頑張ってもらわんとな」

依田家、つまりは私たちが滞在している家に向かって歩き出したのだったが、自衛隊が駐屯している米田の家の前を通ることになるなと私は考えていた。今日は神主の手塚、南吉氏の息子たち三兄弟、つまりこの土地の住人四人と一緒なので、隠れて山裾を歩く必要はないと思ったが、この土地に来て、まだ自衛隊員のそばを大っぴらに歩いたことがないので、知らず私は緊張していた。

六人でしばらく無言で歩き、米田家が近づいてくる頃合いだと思っていた私は、ぎょっとして立ちすくんだ。

「あ、これ……」

思わず私は口に出した。

「どうしました？」

神主が私の方を向いて尋ねてきた。

「いや、あれ」

言って私は前方を指差した。

米田家前の、舟屋と母屋との間の道に、カーキ色の軍服が大勢ひしめいていたからだ。まるで戦争が始まるような気配で、私は激しく緊張した。私と麗羅は、彼らの制止を振り切ってこの地区に入っている。それがばれれば、拘束されないだろうかと考えた。

しかし四人の住人たちは、まったく気にする様子もなく、戦闘服にヘルメットの集団に向かって歩いていく。彼らはマシンガンこそ持ってはいなかったが、短銃は身に帯びているようだった。

近づきながら左手の空き地を見ると、十数人ばかりの隊員が整列し、声を上げながらジャンプし、体操をしていた。

私は身を低くし、先頭を行く神主の背中に隠れるように身を縮めていた。神主が一人の自衛隊員の背中に近づき、

「はい、ごめんなさいよ」

と声をかけると、彼はさっと跳びのき、

「あ、失礼しました」

と丁重に言った。それを聞いて私は、瞬間的に気持ちが楽になった。恐怖が薄らいだのだ。威圧的に見える彼らだが、近づいて見れば、ごく普通の若者たちだった。

仲間の声に促され、戦闘員たちは次々に動いて左右に割れ、われわれのために道を作った。私たちは一列になって、その道をおずおずと進んだ。

私が無事に通り抜けた瞬間だった。

「あっ、石渡君」

と言う麗羅の声が後方で聞こえた。

「はい」

と言う返事がして、通り抜けた麗羅のそばに、一人の青年が群れを抜けながら近づいてきた。

「あ、藤浪さん」

彼は言った。

「どうしてここに？」

彼は言った。

「この先に知り合いのおうちがあるの。君こそどうしてここに？」

しかし青年は、その質問には笑って答えなかった。

「これ、災害救助じゃないよね」

麗羅は訊く。

「まだ違いますよね」

彼は快活に言った。

「まだ？」

聞きとがめて、麗羅は言った。

「この先の展開次第ではそうなるってこと？」

「お答えできません」

彼は言った。

「えっ、どうして？」

「これは秘匿の任務です。口外は禁止されています」

彼は言う。

「じゃ、終わったら教えてくれる？」

「終了しましたら……、はい、それは」

「ここ、怪物が出るって……」

すると青年の口もとから笑みが消えた。そしてごく小さくだが、

「どうしてそれを……？」

とつぶやくのを、私ははっきりと聞いた。

「石渡」

と名を呼ぶ声がして、彼は小さく麗羅に頭を下げ、さっと回れ右して、仲間の集団のうちに戻っていく。姿が消える直前、彼は少し声量をあげてこう言った。

「今日は表に出ないで。危険だから！」

聞いて私たちは、思わず棒立ちになった。

「表に出るな？」

思わず私は小声で反芻した。麗羅の顔を見ると、彼女もまた立ちつくし、呆然としているふうだ。

みなで前方を向き、また六人の歩行に戻って、

「どうしてそれを、って彼今言ったよね」

と私は麗羅に言った。

「言った」

麗羅も同意し、うなずく。

「危険だから今日は表に出るなとも」

「うん。やっぱりここに、これから何か出るの？」

私は訊いた。

「そうみたいだねー、あの感じだと」

麗羅は言う。

「今から出る？」

私は言った。

「だって、嘘つく人たちじゃないもの」

「今の人は？」

「石渡和徳君。おじいちゃん訪ねて、何回かうち、来たことあるの」

「ふうん、そういう人がたまたま今日ここに来てて」

「うん、ほんと、偶然」

麗羅も言った。

「児玉さん、何か聞いていませんか」

私は長男の方を向いて言った。

「え」

と彼は言ったが、何も言葉を継ごうとしない。

「今日何かあるって。自衛隊が出動しなくちゃいけないような何かが」

しかし彼は黙り込んだままだ。

「みなさん、どうですか？　何か聞いてらっしゃいませんか」

私は弟たちにも向き直り、尋ねた。

するとみな一様に首を小さく左右に振っている。そして何も言葉を発しようとはしない。

2

依田家の家の中は、きれいに片付いており、ただ冷気があった。掃除をした形跡もある。夫人の姿が消え、一人になった南吉氏が、熟考の末に自分も去ると決め、長年暮らした家を整理したものに相違なかった。

三人の兄弟は無言のまま家の中をあちこち歩き、見ていたが、三男がふと簞笥の最上段の小さな引き戸を開けて言った。

「ここにお菓子が入っていた。子供の頃、手が届かなんだ」

兄弟二人は反応せず、しばらくそばに立って見ていた。

南吉氏が使っていた座卓があった。その上に三通の白い封筒があり、上に、正雄へ、吉雄へ、半蔵へと宛名が書かれていた。三人の兄弟は立ち、それをじっと無言で見おろしていたが、やがて長男が身をかがめ、手を伸ばして自分宛ての封筒を取り、続いて弟たちもそれぞれ自分宛の封筒を取った。それから畳の上のあちこちに腰をおろし、封を破り、便箋を引き出して読みはじめた。

神主の手塚が部屋の角にある石油ストーヴを見ていた。点火するかどうかと迷っているふうだったが、結局動かずにいた。

そう長いものではなかったと見え、みなすぐに読み終わった。

「遺書やった?」

手塚が訊いている。三人は、てんでに小さくうなずいている。

「どうなことが？」

手塚はそれとなく尋ねている。

「これからのぼくらの生き方のこと」

正雄が短く答えた。表情は暗く、あまり話したくないというふうだった。

「おまえら、ここの家具で、欲しいもんとかあるか」

長男は、弟たちに尋ねている。

弟二人は、てんでに首を横に振っていた。

「まあみな、持っとるわな」

彼は言う。

「もう古いし、特に価値はないわなぁ」

正雄は言う。

「布団は？」

またみな、首を左右に振る。

「欲しい人がおったらあげて、あとは捨てるしかないな」

「手紙には、家具の処分のことなんかはなんも書いてなかった？」

神主が訊く。

「いらなんだら捨ててくれて」

「はあ、ほうか」

「そんなら、もう行くか」

長男が言い、みなうなずいている。

「ほんならぼくら、もう行きますわ」

正雄が言い、するとみなくるりと体の向きを変え、勝手口の方を向く。

「まあみな、家のこととか、やることあるやろしな」

神主は言う。みな無言で、すたすた歩き出した。

「葬儀、神式でやりたかったら言うてきてな、仏さんより安いけね」

神主が言う。長男が、振り向いてうなずいた。

「まあご遺体、見つかってからやけど」

三人は無言で勝手口にたまり、順番にもくもくと靴を履いている。その背中が、居間から望めていた。長男が戸を開け、表に出て行った。弟たちも続く。勝手口の戸が開くと、表を渡る風の鋭い音が侵入してくる。

私たち三人は、居間に取り残された。冷えた部屋に、しばらく呆然とたたずむ心境だったが、他人の家なので、ともかく外に出ようという話になった。

勝手口から表に出ると、外は吹雪いていた。雪片が、渦を巻くようにして飛び交っている。

「おいおい、こりゃ寒いな、たまらんなぁ」

手塚が言った。

「あんたら、どうするね、これから」

神主が私に問う。

「晩飯にはまだちょっと早いですね、部屋で少し休んで、あとでまた、ナマコ丼の店行きますよ」

私は応えた。

「ナマコ丼はもうやだ」

麗羅が言った。

「手塚さんは、おうちで食べられますか？」

「うち？　わし？　ないないご飯ない。わし、独りもんやさけ」

「じゃあやっぱりナマコ丼ですか？」

「まあ、自転車置いとるしな、店の裏」

「お腹へってます？」

「へってない」

「じゃあちょっと部屋寄って、お茶飲んでいますか、夕食時まで」

「せやなあ、ほなそうさしてもらうかな、寒いしな」

「熱いお茶あるかな、魔法瓶のお湯、まだ熱いかなぁ」

麗羅に訊いた。

「大丈夫じゃない？」

麗羅は言った。

舟屋の二階に上がり、電気炬燵のスウィッチを入れ、電気ストーヴのスウィッチも入れた。それから窓辺に行って立ち、カーテンを開くと、陰鬱な空の下で、雪が激しく横向きに飛んでいる。波も高く、波頭はあちこちが白く砕けている。

舟屋のすぐ鼻先でぐうっと低く沈んだり、高く盛り上がってくる海面を見ていると、こんな海のすぐそばに居間があり、寝床があるということに恐怖が湧く。簡単な造りの木造家屋だし、大丈夫なものなのかと不安になる。ここで生まれ、ずっと暮らしてきた人なら、怖くは感じないものかも知れないが。

「風強いなあ」

横で神主も言う。

「ええ、音も部屋に入ってきますね」

私は言った。窓ガラスは二重ではなく、ゆえに防音も断熱も、完全ではない。だから部屋はすぐに冷える。

「窓二重にする家も増えてきたけど、ここはまだ二重やないな」

手塚が言った。

「こんなにそばに海があって、すぐそばで布団敷いて寝てるの、怖くないものですか?」

「そら怖いわなぁ、考えてみたら」

海を見ながら手塚は言った。

「津波来たら、一発でお陀仏やな」

と神主らしからぬことを言う。お陀仏は仏さんであろう。

「津波の来た記録はないんですか？」

「ないなぁ、一回でもあったら、舟屋文化はしまいやな」

そうだなと思う。

「龍神さんの……」

「うん、御心次第やなぁ、頑張ってお祈りせんとなぁ」

神主は他人事のように言う。それは自分がやってくれないといけない。

魔法瓶のお湯はまだ熱かった。麗羅が日本茶を淹れてくれ、私たち三人は黙ってお茶を飲んだ。会話が途絶えれば、飲んでいる間中、表の風の音を聞いている感じになった。

「最近は、東京はどんなんですかなあ」

日本茶をすすりながら、神主が言った。

「どんなて、何がですか？」

私は訊いた。

「いや昔は、光化学スモッグやとか、排気ガスがひどいて言うてたやないですか。こら人間が住むとこやないなとか」

「ああ、最近はそれ、聞かなくなりましたね」

私は言った。

「なんで？」

「やっぱし自動車が進んで、ハイブリッドとか、ＥＶとか、排気ガスあんまり出さない車が出てきましたし、道もいろいろ工夫したり、みんな車手放したりで、渋滞はあるんですが、少なくなりましたね。空気もきれいになったんじゃないかなあ、ねぇ」

と私は麗羅に言った。

「うん」

と麗羅も言う。

「私らはこんな田舎の、海のそばの、空気きれいなとこにおりますやろ。都会言うたら、なんや二の足踏みますのや。この歳になって、あんまり汚れた空気吸いとうないなあて。しかし空気きれいになったのなら、久方ぶりに東京行ってみるかなあ、月島の龍神さんに、ご挨拶に行かんならんと以前から思うとります」

「ああ、来てくださいよ、昔よりはきれいになりましたよ空気。光化学スモッグとか、気管支喘息とか、排気ガス系の文明病、とんと聞かなくなりましたね、最近は」

「ほなら行ってみるかいなあ。重たい腰あげてなあ」

神主は言った。

そしてまた黙ってお茶を飲んだ。

「神式の葬儀って、安いんですか？　仏式に較べて」

「ああ、そら安いよ」

「どのくらい安いんですか？」

「まあそら、ざっと百分の一かなあ」

「ひ、百分の一⁉」

「仏式は高いやろ、それで坊主儲けとるもんなあ」

「それならどうしてみんな、神式でやらないんですか？」

「そら、知らんやろし、お寺さんと親しうしとったら、神式でやりたいなんぞ、言い出しにくいやろからな」

「そうか。見映えが違ったりするんですか、葬儀会場の。花とか」

「いや、おんなじやね」

「ホントに？　そんならぼくも、神式でやろ、死んだら」

「それがええよ」

「どうせ参列者もいないしね、来てくれる人は、数人だろうから」

「数人て、誰ですか？　私とか？」

麗羅が問う。

「出版社の担当編集。数人もいないか」

「そんなことない、読者さん、いっぱい来てくれますよ」

「そうかな、読者さんて、普通行くかな」

「そんなお話、縁起でもないからやめましょ」

「うん」

「でも、南吉さんの息子さんたち三人、静かでしたね」

「うん、おとなしい人たち」

私も同意した。

「お父さん死んで、ショック受けてたんだろうな」

「そうでしょうか」

麗羅が言うから、私は聞きとがめた。

「君、何か思った?」

「私、南吉さんと、たったあれだけのおつき合いだったけど、あの人、伊根の入り口までわざわざ迎えにきてくれたんですよ、船で」

「ああそうだね、いい人だった」

「真っ暗な海です。普通、そこまでしますか? 私、悲しかったです、涙出ました。まあ目の前で海に飛び込まれたせいもあるけど」

「うん」

「何か言葉があると思うんです。何かの言葉。悲しみと、抑えきれない思い。あんなに長いこと、ただ黙っているでしょうか、肉親なんですよ、涙も見せない。私ならできない。何十年も必死で働いて、育ててくれたんですよ」

私は黙って考えた。麗羅の言葉を頭の中で噛み締めてみた。そうだなとも思う。私でも、父が死んで、あんなにひたすら黙っている、などということができるだろうか。

それは、長いこと喧嘩でもしていたというなら別だが。南吉さんのような人で、そういうことがあるのだろうか。

「何かの事情があったのかな、そう思うの？　われわれには解らない。何かあるって……？」

「そう、私はそう思う」

麗羅が言った。

「何がある？」

「それは、解らないけど。あの人たち、お腹の中に、何か考えてることあると思う」

それから私たちは、夕食を食べに表に出た。なんだか長いこと話していたので、表に出ると、もう暗くなっている。そして口を開くのも億劫なほどの冷気だった。海に沿う周回路は、もううっすらと白くなっている。道を覆う雪が、時おり強く吹く突風に舞い上がっている。

こんな様子なら、今夜は積もるのかも知れない。粉雪を含んだ激しい横風が来ると、直接骨が冷気に打たれるような思いがした。それほどのきびしい冷気だ。

米田家の前まで来ると、雪の舞う冷風の中に立つ自衛官は二人だけだ。あれは見張りなのだろうか。大半は建物と、ミニバスの中に避難している。

ナマコ丼の店の前まで来ると、往来まで談笑の声があふれている。相変わらず土地の人でにぎわっている。ドアを開けて踏み込むと、かすかな石油の匂い、黒ずんだコンクリートの床に置かれた、石油ストーヴが立てる匂いだ。

その中に、人々の笑い声や、話し声が満ちている。表の雪と冷気がそうさせるのか、みな酔っている。楽しみが少ない海べりに暮らす住人が寒さに対抗する方法は、常に酒なのであろう。そして、仲間と集うことだ。

私は、また一気飲みを要求されてはと思い、危なそうな人は避けたいと思った。しかし、問題の人物の顔は見えないし、テーブル席はもう全然空いていない。空席はカウンターだけだ。やむなく三人、カウンターに寄っていって並んですわった。

とそのとたんに、カウンターのそばの席が空いた。赤い顔でテーブルを囲んでいた三人が、揃って立ち上がったのだ。

「あ、空いた」

と麗羅が言った。神主の手塚がそれを聞いて、

「あ、移る?」

と訊いた。私としては別にどこでもよかったのだが、麗羅が、

「ここ、なんか、話遠い」

と言ったのだ。三人の中で、私が真ん中にいたから、麗羅と神主とは確かに話が遠そうだ。亀山の活魚の店のカウンターは、椅子が少なくて、並ぶ客にはちょっと距離ができた。それで神主がつと立ち上がり、

「こっちの席移るわ、わいら」

と言った。すると亀山は、

「あ、ホンマ、どうぞ」

と言った。それで私たちは席を移った。亀山がいそいそとカウンターの向こうから出てきて、テーブルの上を布巾で拭いた。その彼に向かい、手塚は、

「わい、ナマコ丼ね」

と注文した。

すると亀山が私の方を向くので、

「なんか刺身が食べたい。刺身定食、いいですか？」

と訊いた。

「もちろん」

亀山は大声で応じる。すると麗羅は、

「ナマコ丼」

と小声で言ったから、私はびっくりした。

「え、君、ナマコ丼やなんでしょ？」

と訊くと、

「うん、でもやっぱお薬は食べないと。私、乳ガンの危険あるから、おばあちゃん乳ガンだった」

と言った。

「あ、そう」

私は言った。

「それからビールね」

神主は注文している。

瓶ビールをコップについで乾杯すると、麗羅がじっと入り口のドアの方を見ている。すると
ドアが開いて、客が入ってきたらしい。冷気と風の音が侵入した。私は背中を向けているから、
入ってきた客の顔は見えない。

「ああ寒いなあ」

私が言うと、

「センセ、その襟のとこ、フード付いてまっせ」

と神主が言った。

「あ、ほんとだ」

私は手で襟に触れて言い、ジッパーを開けようとしたら、神主が手を伸ばしてやってくれた。

ジッパーをいっぱいに開き、私はそこからフードを引き出し、かぶってみた。

「ああ、ずいぶん違う、こりゃ暖ったかそう」

「そうでっしゃろ」

「ずっとこれで行こうかな」

「それがよろし」

麗羅を見ると、まだドアの方を見ているから、

「どうしたの」

と訊くと、

「あそこで南吉さん、みんなに、世話になったって、体を大事にって言って、駈け出していった」

「ああそうだな」

私は言って、うなずいた。私もあれが、南吉さんを見た最後になった。同時に、家の裏の山で、遠山と闘っていた南吉さんも思い出す。あれを見たのは私だけだ。彼は私の目には含羞の人で、いつも照れたように薄く笑い、控え目で穏やかだったが、おとなしい一方の人ではなかった。いざとなれば、激しい行動の人だった。

なんだか、気分が沈んでしまった。店内は、相も変わらず、酔客たちの胴間声が満ちている。が、私たちはビールが入っても、明るい会話をする気分になれなかった。

その時、またドアが開いて、誰かが入ってきた。相変わらず顔は見えない。神主も麗羅もうつむいていたから、誰であるかは見なかったろう。ほかに席はないから、入ってきた者たちはみなカウンターに行ってすわる。ナマコ丼が来た。刺身定食はまだ来ない。

私たち三人は、酔客たちの大声の中にあって、いたって静かだった。少しも声を発しないでいた。目を伏せていた麗羅が、ナマコ丼をひと口食べてから、顔を上げてごく小さな声でこう問う。

「南吉さんのこととか、奥さんのこと、警察に言わなくていいんですか？」

確かにそうだ、と私は思った。何か大ごとが起きても、警察には頼らないというのがこの土地の流儀かも知れなかったが、いつまでもそういうわけにはいかないだろうと思う。

「ああ、ほやな、ほな明日あたり、わし、大野さんに相談してみるわ」

「大野さんて?」

「学校のそばの交番の巡査」

「ああ」

と私が応じた、その時だった。急に背筋が冷える心地に襲われた。

「寒うなったな、今夜は冷えるで」

そういうかすかな声が、フード越しの耳に聞こえたのだ。忘れようとしても忘れられない独特の声。かすれ声だ。

遠山だ、瞬時に私は思った。気づかなかった。今入ってきてカウンターにすわった客は、遠山だった。まだ紹介されてはいない、だから、向こうはこちらの顔は知らない。警戒されないのも道理だ。しかし誰か連れがいた。これは誰だろう、この人物は私の顔を知っているかも知れない。神主の肩越しに、私は遠山の横にすわる男を見た。そして、驚いて声を上げそうになり、こらえた。

三男だった。南吉の三男の、半蔵だ。遠山と熱心に話しながら店に入ってきたので、私らに気づかなかったのだ。それとももう酒でも入っているのか?

そうか、私はフードをかぶっていた。顔が見えなかったのだ。そして神主は、カウンターに背を向けている。

私は神主に顔を近づけ、唇の前に人差し指を立て、声を封じた。そして、うしろに遠山がいることをささやいた。麗羅も、察して小さくうなずいてよこす。

その時、刺身定食が来た。

「へい、お待ち！」

亀山が能天気な大声を出し、私は遠山の気を引かないかと心配した。コップの間に皿を置くので、テーブルの上はわずかにがちゃついたが、その時私は、遠山の口が立てた、不思議な言葉をはっきりと聞いた。

「今夜やで、ええか、今夜や」

そうはっきりと、彼は言ったのだ。隣りの半蔵に向かって。

私は緊張した。意味が解らなかったからだ。今夜か、それは解ったが、今夜がどうしたというのか。今夜何があるというのか。

私はそそくさと刺身定食を食べた。みなにも、ナマコ丼を急ぎ片付けるように言った。

遠山の声には、何ごとか、切羽詰まった響きがあった。多くの人間の命運がかかるような、深刻な響きだ。

遠山は、まだわれわれに気づいていない。そして何故か三男も気づいてはいない。しかし、このままでは三男は気づく。気づかれない方がよいと思った。気づかれる前に店を出たい。とにかく今夜、何ごとかは解らないが、大ごとがあるのだ。それが何であるのか、あとでゆっくり考えたい。この店では、何ももめごとを起こさず、そっとしておくのがいい。

「早く出ましょう」

私は神主にささやいた。

「お金はこのテーブルに置いて、早く出ましょう。そんなふうにするからと、前もって亀山さんに言っておきましょう」

「はあ、ほうかね」

言って手塚も、真剣な表情でうなずく。

「もしも明日が早くないなら、手塚さんも、私たちの部屋に来ませんか。今夜何かがあるんだ、自衛隊が来てるんだから、きっと大ごとです。それが何なのか、みんなで考えましょう」

私は言った。

神主も麗羅も、必死の表情で、ナマコ丼を口に運んでいる。私も急いで刺身を食べ、白いご飯を食べた。

具合がいいことに、その時ちょうど亀山がテーブルに来たので、急いで財布からお金を出し、お釣りの要がないように小銭も揃え、神主と私とで、彼の手ひらに載せた。そしてまた人差し指を立て、亀山の口も封じておいた。

何故だという顔を亀山がするので、あとで言いますから、と小声でささやいた。中瓶の底にまだビールは残っていたが、私たち三人はそっと立ち上がり、麗羅を先に立て、男二人の体で彼女を隠すようにしながら、急いで店を出た。

ドアを開けると、表の雪はますます強く、激しくなっている。風の音も大きい。この音に、遠山がこちらを見ないかと心配して、わずかに顔を横むけ、視界のすみで遠山と半蔵を見ると、二人は相変わらず話し込んでいて、こちらに関心を引かれたふうはなかった。

「なんですか、センセ、何聞いたんですかいな？」

手塚が大声になり、私に訊いてきた。風の音が大きいからだ。

「今夜だぞ、今夜だ、と遠山が言ったんです」

「半蔵君に？」

「半蔵君にです」

すると、神主は黙った。

「どういうことなんかいなぁ、それは。今夜何があるんかい」

「うーん」

私は唸った。

「解りませんが、自衛隊が来るようなことなんですよ、それは」

「ちょっと待って、遠山いうのは……」

「南吉さんが、自分の家の裏山で、決闘していた男なんです」

「えー!?　ということは、悪人なんやその男、いうことは半蔵君、そういう悪人の仲間やいうこと？」

「うーん」

私はまた唸った。

「私、あり得ると思う」

麗羅が言った。

「え？」

と言って、神主が麗羅の顔を見ている。

その時、黒塗りの高級車が、ゆっくりと私たちの横を追い越していった。なんとなく見ていると、ぱっとブレーキランプがともり、それから右にぐいとハンドルを切って停まると、バックになってゆるゆると駐車スペースにおさまっていく。見れば、米田家の舟屋の駐車場だ。

すると、まるで爆発のように、戦闘服の自衛隊員の一団がばらばらと道路に飛び出してきた。そのうちの三人が、私たちに向かって全速力で駈けてきたから、私はぎくりとして足を停めた。

私たちの前に来た隊員は、さっと両手を広げて私たちを停め、

「申し訳ありません、少しだけお待ちください！」

と大声で言った。

隊員たちは、黒塗りの車を取り囲み、どうやら中の人間をガードしている。後部のドアが開いて、黒い影がふたつおりてきた。すると隊員たちは移動してこの二人を囲み、銃に手をかけながら、狭い道路を横切り、舟屋の玄関口まで進んでいく。

「何これ、要人？　警護？」

神主が尋ねている。疑問で立ちつくす私たちの周りにも、しきりに雪が舞う。

隊員たちは両手を広げたまま、背後を振り返りながら、小さくうなずいている。舟屋に入り終わったなと見ると、

「はい、もうけっこうです、申し訳ありませんでした」

大声でそう言い残すと、三人はまた駐車場に向かって駆け戻っていった。私たちは、それでゆっくりと歩き出した。

駐車場をすぎる時に見ると、舟屋の入り口にも、駐車場のミニバスの周囲にも、大勢の隊員がかたまって立っていた。

米田家をすぎると、道はまたひっそりとする。

「今夜やて？　今夜、今夜何が起こるんかいな……」

手塚はつぶやく。そして考え込んでいる。

「今もなんか、起こっとったわな、さっきのあれ、誰？」

神主は私に問う。私は首をかしげるほかない。

「石岡センセ、あんた何か、聞いてます？　何か考えある？」

「いや、解りません。見当もつかない」

私は大声で言った。吹雪の音が大きいから、風の音に挑むような声になる。

「君、何か考えある？」

麗羅の顔に口を近寄せ、訊いた。しかし彼女は、首を縦にも横にもふらず、じっと前を見たまま、黙って歩いている。

やがて、依田家の建物が見えてくる。

「部屋でゆっくり考えてみませんか、今夜何が起こるのか」

私は言った。

「考えるいうてもあんた、解らんで、なんぼ考えても。わいら、見当もつかへんがな。考える材料がないもの、わいら、何も知らへんから」

神主は言う。

「いや、ぼくたち、もうけっこういろんなもの見ました」

私は言った。

「そう、私たち、もう材料は得てると思う」

麗羅も言った。その時だった。

おーん、という、世界を満たすような大きな音がした。こちらの骨が共振するような巨大な音、それが雪の舞う暗い世界いっぱいに轟いた。世界がびりびりと震え、恐怖で私は足を停めた。

「な、何？　あれは」

私は言った。

麗羅も、手塚も、顎を上げ、白い雪片が舞い飛ぶ暗灰色の夜空を見ている。意外に空が明るい。何故だ？　と私は思う。どうしてこんなに明るいのだ？

まるで世界が終わる音のように、私には聞こえた。

巨大な獣が、吹雪が乱れ飛ぶ夜空に向かい、激しく遠吠えをするような、得体の知れない雄大な声。いったい何が吠えたのだ？

「何やろ……」

神主も足を停め、空を見て言った。

するとまた、世界を揺さぶるような、とてつもない声がした。

「あ、また」

私は怯えて言った。今度のものは長く、長く、尾を引いて聞こえた。

何かを呼ぶ声のようにも聞こえた。何だあれは。いったい何を呼んでいる？

文字でどう書いてよいか解らない。こちらの脳髄を摑み、振動させるようなおーんという声。

世界を満たすようなこんな大きな声を、私ははじめて聞く。

「龍神さま？」

麗羅がつぶやく。

「えっ？　龍神さん？　これ、龍神さんが吠えとるんか、龍神さん、ここに来とる？」

神主も怯えたような声で言い、思わず海の方を見る。しかし、ここから海は見えない。

3

冷えた二階に急いで駈け上がり、コートを脱ぎ、ストーヴのスウィッチを入れ、炬燵の電源も入れて、みなで炬燵に入った。お湯がまだあると言って、麗羅がお茶を淹れてくれた。思えばこのお湯は、生前の南吉氏が、最後に用意してくれたものだ。

しみじみとそれを飲み、部屋が暖まるのを待っていると、風はますます強くなり、窓枠が時にがたがたと鳴りはじめた。

「すごい風」

麗羅がつぶやいた。

「こんな風だと、飛行機は飛ばないね」

格別なんという意図もなく、私は言った。みな無言で、反応はなかったが、その時、自分がどうしてあんなことを言ったのか、しばらく不思議な思いがした。風が強かろうと弱かろうとこんな夜、しかも吹雪くようなこんな天候で、飛行機が飛ぶわけもなかった。

「遠山さんが言った、今夜だっていう、さっきの……」

麗羅が言い、私は思い出した。ああその通りだ、それをみんなで考えようと思って、私は手塚をここに誘ったのだ。

「うん、さっきも出動した自衛隊員の様子見てて、これはもう、東宝の怪獣映画以外ないと思ったよ。ゴジラとかが海から上がってくるからさ、この集落とか、日本国民守るために、自衛隊員がはるばるここまで遠征してきて、駐屯して、待ち構えてるの、銃とか、武器持って」

「うんそう。わしもそう思うたよ、ものものしい様子やからね」

神主も、私に同意した。

「でもその武器、全然効かないんだよね、バンバンいくら撃っても効かない」

「ああ、そうそう」

「そうかな、私はそういうの、よくわかんない」

麗羅は言った。

「まああんたは、怪獣映画観たことないやろうから、若いからね」

神主は言う。

「え、そういう問題？」

「そうね、君は生まれてからこっち、ゴジラ映画なんてなかったろうから、私ら子供の頃はね、いっぱいいあったよ、ねえ」

「あったあった、いっぱい作られて、封切られて」

「ありました。最近のゴジラ映画、ありますよ」

麗羅は言う。

「あ、そうか、ハリウッド産のゴジラか……」

私は言った。

「こんな波高い夜なんかに来ます？　ゴジラ」

「ゴジラは、波なんて気にしないだろうから」

「何のために来るんですか？」

「ちょ、ちょっと待ってよ、ぼくをここ連れてきたの君だよ、ネッシー出るからって。今さら出ないなんて言わないでよ」

私は言った。

「そんなこと言ってません、出ないなんて。でも私が考えてたのは、沖に泳いでるところが見えるかなーって感じで、陸に上がってきて、自衛隊と闘うなんて、そんなの全然考えてませんでした」

「あ、そうか」

私は言った。

「何のためにネッシーが陸に上がるんですか？　自衛隊が待ってて、撃たれるのに」

「まあ自衛隊が待ってるってのは、当人は解らないだろうけど」

「映画観てないから」

「でも上陸する理由って、あります？」

「あそうか、われわれのは、ゴジラ映画の観すぎか」

神主が言った。男の子は、ついそう考えるのかも知れない。

「ゴジラっていうと、即自衛隊だもんなあ、われわれの感覚」

「あれ台風だって言われますよね、日本人の感性には。だから雨戸閉めて、家にこもってじっと待ってると、やがてすぎて、帰っていくの」

「そう。上陸にも、だから意味はないんですよね、台風って、上陸するものなんだもん」

「ネッシーって、そんな悪いことした記録ってないんですよ」

麗羅は言った。

「ああイギリスのネッシーは……」

「伊根湾で目撃されたのなら、この湾に、好物の魚とか、何かがいるからそれ食べにきてるのかなって、私は思ってました」

「ネッシーの好物って何だろ」

「ナマコかなぁ、亀山さんが養殖してるナマコとか」

「ああ、抗ガン効果あるっていうし」

「ふざけないでください。でもじゃ、なんで自衛隊が出動してるんだろ」

「うん……、怪物が上がってくるわけでもないのに、あんなに武装した中隊が出張ってくるかなぁ、よほどのことやで、あれは国家的な一大事ってことや」

神主が言う。

「うん、ゴジラ出現以外に、そんな国家的規模の一大事って、あるかな……」

「でも猫やないんやから、ネッシーが、ナマコ食べにくるかいなぁ」

「ナマコだって、私は言ってません」

「でも怪物だって言ったら、どうしてそれをって、さっきの自衛隊の彼、言ったんだよね」

「ああそうだ、そやそや。だから、怪物はやっぱり来る？」

「相手が怪物だから、ぼくらが来たんだって、そう言いたそうだったよね、さっき彼氏は」

「うーん」

聞いて、麗羅は唸っている。

その時、またおーんという巨大な吠え声が聞こえた。

「あ、また」

聞きとがめて、麗羅が言った。不気味な吠え声がやむと、吹雪の音がする。麗羅は膝に両手をつき、さっと立ち上がった。

「来た、そばにいる」

つぶやくように、彼女は言う。

「来た？　龍神さん、来た？」

神主が言った。

「私解る」

麗羅は小走りで窓のところに行く。さっとカーテンを引いた。男二人も立ち上がり、麗羅について、急いで窓に寄った。

「あーっ！」

麗羅が大声を上げた。

「うわーっ！」

続いて神主も声を上げた。

舞い飛ぶ雪片の下、自分たちのいる舟屋の至近距離で、巨大な水のしぶきが上がるのが見えた。高くなっている波の間に、今わずかに、巨大な黒い影が見えた。がすぐに、波の間に消えた。沈んだのだ。

「何だ今の！」

私も叫んだ。

「私、見たい、そばで！」

麗羅が叫び、くるりとうしろを向いて、階段に向かって駈けていく。

「危ない！」

私は叫んだ。

「さっき自衛隊の彼も、今夜は外出するなって」

言ったが、麗羅はハナからこちらの言うことなど聞く気はない。さっとコートを摑んで階段に飛びおり、とんとんと駈けおりていく。私たちも走り出し、コートを拾い、もたもた羽織りながら、麗羅を追って、階段を駈けおりた。

麗羅は最初から通りには出ず、舟屋に入り込む。そして南吉氏の船に飛び乗り、甲板を横切って向こう側に出る。それからコンクリートの突端の先に出て、そのまま隣家の舟屋の突端に飛び移る。また船に乗って横断し、さらに隣家の突端に出る。さらに船に飛び乗り、横断し、また次の家の舟屋に移った。いいのか、家宅侵入ではないのかと心配しながら、私も続く。

米田家の舟屋だ、と私は思った。自衛隊が駐屯していた家だ。それが見えてきた。その舟屋の前方の海に、波が騒いだ跡がある。あそこに龍神が出たのだ。

全体的に波が高い、舟屋の建物にへばりついているわれわれに、寄せてくる波のしぶきがかかる。顔に、体にかかり、そしてそれは氷のように冷たい。しかし興奮している身には、さして冷たさは感じない。

「あそこだね、さっきの」

と私が大声を出した瞬間だった。その海、つい鼻先の海から、とてつもなく巨大な黒いものが、白波を立てながら顔を出した。

それは長い、巨大な鎌首のようで、夜空に伸びあがる。それは、まるでバスのように巨大だった。黒い首から、轟音をあげて白い海水が落下する。滝のような轟音をたてる。

「うわーっ‼」

とわれわれは冷気の中で、全身をふり絞って大声を上げた。麗羅の悲鳴も、かすかに聞いた気がする。

いくら大声を上げてもかまいはしない。風の音と、落下する海水がたてる轟音で、われわれが叫ぶ声などごくささやかだ。隣りの麗羅にさえ、聞こえているとは思わなかった。周囲は轟音に満ち、人間がどれほどの大声をたてようとも、これに勝る音量などない。周囲の民家にも、誰にも、まったく聞こえてはいないだろう。

黒々と屹立する巨大な何かは、高く高く空に伸びていく。果てしなく高く聳え立つ。その周囲を、雪片と水煙が白く舞う。

これは夢か？　私は思った。ついに私は見たのか？　自分の目で。伊根の龍神を。

「うわーっ」

神主がまた叫ぶ。冷たいしぶきが大量に体にかかった。

私も叫びながら、依田家の部屋に引き返そうと思った。危険だ、こんなものに襲われたら、たちまちひと呑みに食われてしまう。鼻先に見る巨大な怪物の体。びっしりと、無数のフジツボが付着している。そのあたりから、海水が白く、怒濤のように落下する。

ああこれは本物だ、と、私は夢中の気分のすみで思った。海の底にいた龍神が浮上し、今われわれの視界に出現したのだ。われわれは、ついに目撃した。そうなら逃げなければ、と思う。過去この生物を世の中に伝えた者はない。それは、目撃と引き換えに死んだからだ。だからわれわれも今、死の淵にいる⁉

御手洗が言っていたのはこれかと気づく、そしてさっき自衛隊員の若者が言っていた、今夜は表に出ないでという理由もこれで解った。しかし、もう遅い。われわれは武器の類を何も持っていない、丸裸で怪物の鼻先にいる、猛獣に差し出された餌のように。なんて馬鹿なことをしてしまったかと、激しく後悔する。

巨大な黒い何かは、塔のようだ。荒い波の中央に屹立し、波を蹴立て、ぐうっとこちらに迫ってくる。

「うわーっ！」

私はまたしても叫んでしまう。こんな時、ほかの言葉など出はしない。

「逃げよう、死ぬ、殺される！」

私は叫んだ。

「み、道に出んとあかんわ！」

神主もまた、そんなことを叫んでいる。

「早よう、早よう！」

しかし足が動かない。恐怖でもつれ、無理にあわてれば海に落ちる。麗羅があわてて体を、こちら側に向けているのが見える。

その時、風の音に混じり、銃声のような音がした。自衛隊が発砲している？　私は思った。

その時、爆音も聞こえた。何の音だ？　と思う。横を向いて逃げながら、私は首を回して夜空を見た。彼方の空に、ごく小さな機体が、猛烈な勢いで、こちらに向かってやってきていた。風の音に混じり、爆音も大きくなる。猛然としたスピードに見える。

こんな強風の中、ヘリコプターが飛んでいる？　私は思い、幻覚でも見ているのかと思った。みるみる大きくなる。と思ったその瞬間、ヘリコプターから何かが放たれた。それは後方から火を吐いて飛ぶ、そして、とてつもない爆音がした。続いてごうという不思議な風切り音が、荒れる海上に満ちた。

私は息を呑んだ。巨大な黒い怪物の頭部に、何かが命中した。どーんというすさまじい轟音。出現する巨大な火の玉。

火は風に乱れる髪の毛のように、四方に砕けて跳び、視界いっぱいに広がった。怪物の頭部で、打ち上げ花火が炸裂したと思った。無限の火の粉が、何十匹もの蛇のように四方に伸び、天高く、そして左右にも、海上にも、千々に乱れて飛散し、落下し、消えた。一瞬、世界は真昼以上に明るくなり、私たちは溶鉱炉の前に立たされたような猛烈な熱気を感じた。

何が起こったのか。光に目が射られて、光芒が消えれば漆黒の闇だ。何も見えはせず、ごくわずかな音もない。こうして世界は終わるのかと、私はとっさに考えた。しかしなんとも不思議なことに、私はまだ生きている。生きて立っている。そのことが最も大きな、理解しがたい不思議に思えた。

巨大な黒い龍神が、ゆっくりと前方に、私が立つ側に、倒れ込んできた。ぎりぎりと鳴る巨大なきしみ音。回復したばかりの視界で、聴覚で、私はそれを感じた。直後、すぐ鼻先で立ちのぼるとてつもなく巨大な水柱、そして骨を揺すりたてる轟音。再び視界を消滅させる、猛然たる水煙。私は再び耳が聞こえなくなり、眼前は真白くなって、何ひとつ見えるものがなくなった。

全身に水を浴び、着衣ごとずぶ濡れになっていた。頭が真っ白になってしまい、口をぽかんと開け、そのまま凍りついたようにその場に突っ立っていた。思索は停止し、気がつくと、がたがたと震える全身があり、しかしそれに気づいたのは、かなりの時間が経ってからだ。寒いからか、恐怖からか、興奮からか、理由は全然解らない。

いったいどのくらいの時間が経ったものか、長い時間だったようでもあり、ほんの一瞬だった気もする。轟音のような強烈な耳鳴りとともに、五感が全身に駈け戻ってきた。急に耳が聞こえるようになり、猛烈な風の音、波の音が耳もとに押し寄せて私を圧し、ぞっとさせた。視界は、水に浮かべた薄紙に浮く墨痕のように、ゆっくりと眼前に湧いてきた。

しきりに舞い飛ぶ粉雪が見え、荒れる黒い海面が目前に甦った。それは劇的な光景だったはずだが、ごく平和な景色に見えた。もうそこに、巨大な黒い龍神はいなかったからだ。

私は呆然と立ちつくした。消えた。潜ったのか？　その時だった、私の目は、この世のものでないような、不思議な光景を見た。

伊根湾の海水の中に、赤や黄色の小さな灯りが、いっぱいに満ち溢れていた。それは、湾を埋める光の乱舞だった。右に左に、猛烈な速度で走り廻り、こんな時、このような言い方はおかしいけれど、私はその時本当にそう感じた、実に美しかった。

私は自分の身が置かれた危険や恐怖をしばし忘れ、その光る小さな点の乱舞を見ていた。これはいったい何だとも、この光がこれから何かを起こすのだろうかとも、いっさい考えなかった。ただ呆然と眺めて、天国とはこんな様子なのだろうかと考えた。

小さな光はやがて、外洋に向かって遠ざかるようだった。深い外海に帰っていくのか？　と私はぼんやり考えた。

その時、すべての光がふいに消えた。私の眼前には、それで何もなくなった。夢から醒めるように、たった今、私を怯えさせていたすべてのものが、一瞬のうちに消滅し、ただ荒れる海の音、風の音、暗い波と、雪の乱舞だけになった。

4

私は恐ろしい夢から醒めた気分で、しばらく海べりに立っていたが、次第に冷静になり、われに返っていった。これは三人ともが、きっとそうだったろう。心が次第に平静になり、体が濡れて冷えていることにも気づかされてきた。寒くなってきたからだ。濡れているのはコートやズボンばかりではあるものの、脱いで乾かさなくては、下のものにも染みてくる。

轟音や光の乱舞が去り、波が荒れる暗い海の静寂が戻ってきたはずだった。しかし、世界は妙に異音に充ちているのだ。人間たちがたてる異音、騒音が感じられる。麗羅も、神主も、だんだんそれに気づきはじめたようだ。きょろきょろとしている。

私はそれを、自分の精神が聴く幻聴かと思っていた。しかし、どうやらそうではない。実際に大勢の人々の雑踏の気配が近くにあるのだ。私もきょろきょろと首を回して、騒音のありかを探した。どうやら、周回路からのようだ。

私と神主の手塚はのろのろと歩き出し、舟屋二軒の間の路地に体を入れた。体をやや斜にして路地を抜けていくと、ぽっかりと周回路に出る。すると米田家の舟屋付近に、大勢の自衛隊員が群れていて、今救急車が、サイレンを鳴らしはじめて走り出すところだった。救急車は加速し、次第に姿が遠くなる。

「誰が運ばれてるんだ?」

私は言った。

「何やろなこれ、いったい何が起こっとんのかいな」

横で神主も言って、私たちは顔を見合わせた。続いて首をかしげる。事態が呑み込めない。それはたった今海ではとんでもないことが起こった。しかし、それがどうして陸で救急車の出動になるのだ？　龍神の出現は、それはとてつもない衝撃だったが、何もせずに海に戻ったはずだ。

私たちもこうして無事だった。怪我人が出たようには見えなかったが——。

「あの救急車、どこ行くんかいな」

神主が問う。

「そりゃ、病院でしょう」

私が言った。

「内科かいな、外科かいな」

「外科でしょうねぇ」

「誰が怪我したん？」

「さあ……」

「ああ、自衛隊の車もついてくわ。あ、さっきの高級車はもうおらへんな」

「石渡君！」

麗羅の声がした。すると、隊員たちの群れの中で、こちらを振り返る若者の顔が見えた。

「ああ、藤浪さん」

彼は言った。

「任務は終わったの？」

「ああ、重要部分は終わりました。でもまだ海上捜索とか、警備の任務は残ってます」

「じゃあ教えて。運ばれていったの誰？」

「まだ正式に情報解禁にはなってません」

彼は言った。

「つまりダメ？」

「ご理解、お願いします」

「君はこれからどうするの」

「上官が病院行きましたので、自分も任務上行くべきなんですが、足がありません、だから……」

「あ、あそこにタクシーいる」

「え、あ、ホントだ、誰が呼んだのかな」

石渡は言った。

「ぼくがタクシー代出しますよ、病院行くなら」

私はとっさに言った。

「石渡三曹、こちらは？」

多少歳かさの男が寄ってきて、石渡に尋ねた。

「あ、こちらは藤浪一佐の……」

「ほう」

上官は暗がりでもそれと解るほどに目を剝いた。

「あのタクシー、誰が呼びました？」

「曹長だろう」

「ああ、じゃあダメだな……」

「三曹、病院に護衛行くなら、使ってもいいぞ」

彼は言った。

「あ、そうすか」

それで私たちは、タクシーに乗ることができた。後部座席に麗羅と私と石渡。助手席に手塚が乗った。石渡は、天橋立の病院名を運転手に告げた。そして持っている小銃は、ドアの側に回し、隠した。

タクシーが走り出すと、麗羅は私と神主の手塚を石渡に紹介した。石渡はすると、素早い仕草で、私たちに会釈をした。

「私たち、さっき何が起こっていたのか全然解らないのよ。任務終わったのなら、お願い説明して。口外はしないから」

言われても、石渡はしばらく沈黙した。かなり悩んでから、こう話し出した。

「先ほど申しあげた通り、任務はまだ完全終了してはおりません。したがって、正式に解禁にはなってはおりません。しかし一佐のお孫さんなら……」

「はい、お願い」

「口外しないと約束してくださるなら、若干話せることはあります」

「約束します。こちらの人たちも」

それで私たちも急いで声を揃えた。

「もう、お約束しますわ」

「解禁まで、絶対に口外することはしません」

私も言った。いったいこれは何なのか、聞きたくてたまらなかった。

「解りました。何を……？」

「救急車で運ばれた人は誰？」

すると石渡はまた貝になりかかった。しばらく口を開かない。

「その名前は、この先何年も、A級の国家機密になる可能性があります。私の口からはとても言えません、すいません」

「解禁はないってこと」

「はい」

「お願いよ、石渡君。あなたと私の仲じゃない」

麗羅は泣き落としにかかった。

「なんと言われても、それは絶対に駄目なんです。国家的な重大機密ですから。私が話せば、隊全体の連帯責任になります。それ以外で……」

「はい、解りました」

そして麗羅は、私と神主を見て問う。

「何が聞きたいですか？」

「さっき私たちは、海で巨大な怪物を見ました。とてつもなく大きくて、舟屋よりも高いくらいの」

私が言った。すると石渡三曹は沈黙する。反応がなくなった。

「あなた方は、あの怪物への対処のために、この地に来られたんですよね」

彼が沈黙するので、私は言葉を継いだ。

「違うのですか？」

しばらく考えてから、三曹はこう言った。

「そうとも言えますが……」

「言えますが？」

麗羅が言った。

「正確には違うの？」

「違います。私が言った怪物は、チョンリマ・ミンバンウィという国際組織のリーダーで、エイドリアン・ホンという人物です」

「チョンリマ……」

「千里の馬と書きます。非合法組織で、欧州で大使館を襲撃して、ＰＣなど盗んだ前科がありますから、国際指名手配されています。ホンはアメリカのアイヴィーを出た頭の切れる人物で、関係者にはよく知られた大物です。それがここに来るというので。しかし北を仮想敵とするなら、彼は敵ではないですから」

「はあ」

「共闘できるってこと？」

「はい」

「彼が負傷したの？」

「違います」

「もっと大物？」

「そうです」

「自衛隊が発砲する銃声を聞きましたが」

「われわれにはまだ発砲命令は出ていません」

三曹は言った。

「え、では、撃ってない？」

「はい」

「でも、その大物が撃たれた……」

「はい」

「亡くなった？」

「いや、肩の肉をえぐられただけで、命に別状はありません」

「ああよかった。よかったのよね」

「自由主義圏にとっては、よい結果です」

「よい結果というのは？」

「国際情勢が、緩和の可能性があります。簡単ではありませんが」

「ヘリコプターが飛んできて、ミサイルを撃った」

私は言った。

「発砲しましたよね」

では命令違反ということだ。

「あれはNATO軍で」

石渡は意外なことを言った。

「NATO!?」

われわれは揃って頓狂な声を出した。こんな寒村にNATO!?　NATOとは北大西洋条約機構のはずだ。ここは極東、太平洋の西端で、日本海だ。

「外国の軍なら、われわれとは命令系統が違いますから」

「自由な発砲が許されている？」

「まさか。そうはいきませんが」

「問題になる？」

「なるかも知れませんが、結果オーライですね、正直われわれは助かりました」

「はあ」

「しかしいい腕です。はずしたらうしろは民家ですから、よく撃てたものだ、あの強風の中で。

よほど豊富な実践経験を積んだ空兵でしょう、顔を見たいもんだ、まあ熱追跡あったかもだが」

ややや、意味が解らない言葉があった。

「アパッチのエンジンは強力だ」

「なんでNATO軍まで来るんですか？　こんなとこに。これじゃまるで世界大戦でしょう」

「私は理由は聞いてません、しかし……」

「しかし？」

「実際はもうそんなものですよ」

「そんなもの……」

「このあたりは、もうアジアでは最も危険なゾーンなんです」

言われて、私たちはタクシーの中で沈黙した。それは、第三次大戦が起こってもおかしくないという意味か。

「あれ、ネッシー？」

麗羅が訊いた。

「え？」

三曹は、驚いたように言った。

「あの怪物。舟屋より大きかった」

「いや度肝抜かれましたわ」

神主も言う。

「ああ、あれ」

三曹は、やっと理解したというふうに言った。

「そうです。本当に肝を潰した」

「あれは、生き物ではないです」

「えーっ」

聞いて私たちは、揃って声を上げた。仰天した。

「じゃ何⁉」

「おそらく、第二次大戦中の潜水艦です、日本海軍の」

三曹は言った。

「潜水艦⁉　日本海軍の？」

私たちは啞然として、言葉を失った。

「でも、そんな古いものが、どうして……」

「ここ伊根は、特殊潜航艇の訓練場だったんです、青島を標的にして、さまざまな訓練をやっていたんです。だから米軍の空襲もけっこうあって、撃沈されて、沈んだままの船体もあるんです。連中はその残骸を使ったんです」

「何に？」

「米田さんの舟屋の二階にいる重要人物の、狙撃にです。あの船体の残骸を立てると、ちょうど二階の窓の高さになる。そばにあんなものが出て、驚いて窓辺に出てきた人間を撃つのにちょうど具合がいい」

「えー……」

私は目をみはり、絶句した。まるで予想もしなかった説明だ。

「狙撃のために、潜水艦を使った……？」

「でないと、海から撃てません、高さがありますから」

「では、あの先端に狙撃手が乗っていた？」

私は啞然とした。

「それで、標的は、撃たれたのね？」

「撃たれました」

「しかしはずした」

「はい」

「それで救急車や！　そういうことか」

神主が言い、私は呆然とした。なんという作戦だ。

「それで狙撃手は？」

「不明です。明日以降捜索しますが、多分逃げているでしょう」

「どうやって？」

「小型潜航艇です」

「それで石渡君は……」

「病室を警護に行きます。もう仲間は行ってますが、自分も合流して、補佐します」

「その千里馬の人たちを」

「そうです」

「しかし、あんな残骸の上から、狙撃犯はよほど自信あったということですね、至近距離だったかも知れんが、あの波だ、足場は揺れるだろうに」

私は言った。

「せやからはずしたんやなあ」

「いや、ジャベリンも持っていたと思います」

三曹は言った。

「ジャベリン？」

「小型の携帯ミサイルです。肩に担いで発射します。狙撃を外したら、撃つつもりでいたんじゃないかと思います」

「えーっ、ミサイル？」

「海保と組んで湾内を掃海してからですが、おそらくそうでしょう。しかし舟屋をふっ飛ばしたら、当然死者、負傷者が大勢出ます。火が出たら、大火にもなる。そこまでことを大きくしたら、これはもう宣戦布告も同然です」

「そらそやな」

「いかにおっとりした日本国政府も乗り出すでしょうから、作戦内容がすべて露見して、国民にも隠せません。時間かけて作った国内の工作員組織が、全部駄目になる危険もあります、当然総連系にも影響が出る。ぎりぎりまで我慢という指示じゃないかと思います」

「そんな組織が？　日本に？」

「ありますね。だから、それを読んだＮＡＴＯが、躊躇なく撃ったんじゃないですか？　まごましてたらジャベリン撃たれるとみて」

「ははあ……」

聞いて、われわれは慄然とした。とんでもない背景が、徐々に垣間見えてきた。

「じゃあ日本国政府にとっても助かったのね？　これでテロを秘密にできるもの」

「おそらくそうなります」

「ちょっと待って」

私は言った。額を押さえ、考え考え私は言った。

「大戦中の潜水艦の残骸だったってのは解ったけど」

「そうね、はい」

麗羅も言う。

「それをどうやって立たせたの？　あれ縦になって、突っ立って浮上してきた」

「三軒の舟屋の、モーターを使ったんです。船をガレージに引き上げるためのモーター使って、ワイヤーで引いたんです、残骸を、三方向から」

「三方向から」

「児玉正雄、博田吉雄、三好半蔵、三人の兄弟です。これはもう現場に急行して、身柄を押さえました。警察に渡します」

「えーっ、あの、南吉さんの三人の息子たち」

「工作員です、北の。正確にはもう一方向、これは小型の潜航艇から引いたと思われます」

「小型の潜航艇？　潜航艇いうて」

「湾内にいっぱい入り込んでいたんです。これらが指揮して、四方向から残骸を引いて立たせて、米田さんの家の二階を狙うように、何度も練習していたようです」

「練習？」

「小型の潜航艇？　もうわい、わけ解らんわ」

神主が頓狂な声を出す。

「北の海軍には、ああいう二人乗りの超小型特殊潜航艇があるんです。それがいっぱい入り込んでいるんです、この湾に」

「はあ、入り込んでた」

「それで連中が、夜間に繰り返し訓練してた。人の国の中でです」

「はあ、よく目撃されなかったものだ」

「いや、見た人もいたようです」

「ああ」

麗羅が言って、うなずいた。私も横でうなずいていた。それがネッシーの噂になったということか。

「北の特殊部隊のメンバーは強力です、各人の格闘能力、運動能力は極めて高い。夜間に来て、潜航して、舟屋そばまで引っ張ってきていた潜水艦の残骸にワイヤーを結びつけて、これを博田、三好、児玉の三方向に渡して、号令出して、うまくバランス取って引っ張らせたんです」

「ははあ……、ようやれたもんやなぁ」

われわれは呆然として、しばらく沈黙した。

「しかし、それにしても、よくそこまで突き止めましたね」

自衛隊の能力に感心した。

「NATOから、詳しく情報が来ていたんです」

「NATOから……？　またそんな遠い場所から、よくそこまで突き止めましたね、彼ら」

「そうですね、伊根の地形まで、よく調べたものだ。なんだか、すごい切れ者がいるみたいで」

「しかし北は、なんでそこまで手間ひまをかけて……」

「そこまでの大物が相手だからです。国の全能力をあげて、消す必要がありました」

「そんな大物がこの村に来た？」

三曹はうなずく。

「チョンリマのホンがその人物をここに連れてきて、一方北からも軍の高官が秘密裏にここに来航して、米田さんの舟屋で極秘裏に密会する手筈になった。それを知った北の暴風軍団が、この重要人物の殺害を命じられて、わが国に潜入して動いていたんです」

「殺害しないといけなかったの？」

「国が続くかどうかの局面ですから。正恩からの直接命令です。北きっての能力の者たちが来ていたと思います。クアラルンプールで、金正男が殺されたでしょう、女二人にＶＸの乳液を顔に塗られて」

「ああ、ありましたね」

「彼を消さないと、首領の立場が危うかったからです。今回も同じです。首領の側近や、彼らの下にいる大勢も、危うかった」

「そこまでの大物かい」

「北の国内の事情は、もう立ちゆかないところまで来ているらしい。国民の気持ちも、指導者から大きく離れています。自由主義圏からの経済制裁で、国民はばたばた餓死している。南には到底追いつけないところまで経済格差が開いてしまって、統一は放棄して、南に憧れて南のテレビドラマを見た中学生を、大量処刑したりしている」

「ああ、これはもう国とは言いがたいですね、恐怖団体、為政者側のヒステリーです」

「そうです。軍の一部には、もうある程度民主化した方が国が立ちゆく、と考えはじめた勢力もいて、祖国の民主化のために、国外で活動する非合法勢力も複数出てきていました。彼らは、軍のそうした勢力と、極秘裏に連絡を取り合っているんです、チョンリマもそのひとつです」

「ふうん」

「金日成の血統の有資格者を別の首領に立てて、政権の転覆の機会をうかがうようになっていた。この有資格者が、今回ここに来たんです」

「密会の場所がここなのね」

「北の軍人が、半島の南に潜入はできませんから。彼ら軍人が、この有資格の人物の人となりを見るために、秘密裏の会見を、米田さんの舟屋の二階で行ったんです」

「自分たちがついていける人であるかどうかを」

「その通りです」

「それクーデター……」

「それに、自衛隊が協力した？」

「異例のことです、ですから極秘任務です。国内にも、情報を出すわけには行きません。この先の情勢がどっちに転んでも、野党系からの揚げ足取りは容易です。ですので、お願いします」

「解りました」

「運転手さんもお願いします」

「はあ、解りました」

運転手は言った。

「一方北の国内も、風雲急だった。総書記の心臓は、年々悪くなっている。後継の者の名を、自分で言うようにもなっていると聞きます」

「先代も、先々代も、心臓でしたね、亡くなった理由は」

「はい。北の軍首脳が、極秘裏に船で来るには、ここは最適の場所なんです。一衣帯水ですから」

「半島は離れないと、無理ですからね」

私は言った。

「はい」

「今夜は、そんな歴史の一大重要局面だったの……、驚いた」

麗羅がつぶやいた。

5

天橋立総合病院は、山の中腹にあった。雪でかなり白くなった道をタクシーは登り、病院の玄関口に着けた。私たちは揃っておりて、病院の玄関口を入った。タクシーの料金は私が払った。

タクシーをおりると、雪はやんでいる。心なしか、風もゆるやかになっている。こんなきびしい天候も、もうじき終わるらしい。事件も終わったらしいし、明日は晴れたらありがたい。

玄関のロビーはがらんとして人影はなかったが、受付には男性が一人いて、石渡三曹が寄っていって話すと、話が通っているものと見えて、難なく通過することができた。

ひっそりとした廊下をずんずん進み、突き当たりのガラスドアを開けると短い渡り廊下があって、別棟の建物が見えた。そのガラスドアを入ると、すでに自衛隊員の一人が警備のために立っていた。

石渡が少しだけ立ち話をして、奥に進み、エレヴェーターに乗った。エレヴェーターの前にも、武装した隊員が立っていた。よいのかなと思いながらついていくと、エレヴェーターには入ることができた。

しかしおりると、廊下にまた二人の隊員が見えて、われわれは廊下で待つように言われて、石渡は一人で病室に入っていった。

間もなく出てきて私の前に立ち、石渡は言った。

「私はここに立つことになりましたので、ここでお別れしなくてはなりません。お送りいただき、ありがとうございました」

「ああいえいえ」

私は言った。

「こちらこそ、お世話になりました。警護は朝までですか？」

「そうです」

「寝ずに？　それは大変ですね」

「どうということはありません、馴れています、それではまた」

言って、石渡三曹は、私たち三人に敬礼した。

「頑張って」

麗羅は言い、私たちは彼に背を向けた。神主の手塚は振り返り、何度も彼にお辞儀をしていた。

私たちはエレヴェーターに乗り、一階におり、短い渡り廊下を通って本館のガラスドアを開け、本館の廊下に戻った。館内は暖房がきいていて、暖かだった。

「なんか、すごい事件だったなあ」

私は言った。なんとも形容のしがたい疲労感がある。肉体的な疲れだけではなさそうだ。

「いろいろな事件を経験したけど、こんなのははじめてだな、すごく変わってた。これで事件は終わったんだろうなあ」

言ってみたが、不思議なことに、終わった実感がない。今回のものは、これまで経験したものと、まったく質が違った。だからだろうか。

「はい、なんかまだ、心臓がどきどきしてる」

麗羅も言った。

「本当だ、まだどきどきだよ」

私も言った。

「思いもしなかった結末になったって感じ」

「はい、本当に」

麗羅も言う。

「手塚さんにもお世話になりました」

手塚に向いて言った。

「いやいやこちらこそ」

彼は言った。

「ネッシー観にきたのにね、まったく予想外の結末。結局観られなくて、残念だったね」

「いえ全然、もっとすごいものが観られたもの」

麗羅は言う。

「なんかまだ、総括ってものができない、頭ぼーっとして、なんか、混乱の極致。でも、すごいものだったね、すごい経験をした」

「いや、ホンマですわ、なんと言うべきかな、怖かったわ。でも楽しかったっていや、楽しかったんかな、まだそんなんとても言えんけど、そんなん言うたら不謹慎やけど、でも多分そうなるんやないかな。こんなんはじめてやなあ、いやー、なんや、ものすごかったなあ、今日はすごかったわ」

「でもまだ解決していないこと、あれこれ残っているような……」

麗羅が言い、私も同感だと思い、うなずいたが、それが何であるのか、すぐには口に出てこない。頭がまったく未消化で、宙ぶらりんの感覚だ。混乱している。真のショックは、実はまだこの先だったのかも知れない。

私たちは玄関ロビーを抜け、正面入り口のガラス扉を開け、雪がやんでいる表に出た。しかし正面にあるロータリーの植物にも、車寄せの舗装路にも、雪は白く残っている。

その時、横にいた麗羅が、おかしな冗談を言った。

「あ、御手洗さん」

彼女はそう言ったのだ。

それで私は思わず軽く噴き出し、後方を向いた。どういう意味の冗談か、知りたかったのだ。

するとそこに、一人の男が、暗がりから明かりの下に姿を現し、

「やあ、石岡君」

と言ったのだった。聞き覚えのある声だった。

「久しぶりだね」

そう彼は言った。その時、私は軽い眩暈を感じた。な、なんだこれは、と思った。やはりこの冒険のすべては夢だったのか？　と思った。まだ私は夢の中にいる？

「元気そうだね。無事でよかったよ」

さらに彼はそう言い、私は全身がフリーズしてしまって、車寄せの明かりの下に呆然と立ちつくした。

「ぼくは、今日は、夢を見ているのかな……？」

誰にともなく、そう訊いた。長い長い夢を見ていたのだと、本気で思った。

御手洗は右手を差し出し、茫然と立ちつくす私の右手を取って握った。

そうしてから、なおも氷解しない私の硬い体を引き寄せて、ぎゅっと抱きしめた。

「どうしたんだ石岡君、ぼくを忘れたのか？」

耳のそばで、そういう声がした。

だれ、きみ……、とつぶやいたような気もするのだが、思い違いかも知れない。ただそう思っ

ただけで、声は出ていなかったのだろう。

体を離されて、それでも私の頭の真空は、全然改善の兆しがない。ただ次第に、これは夢ではないのかも知れない、という気分だけは起こってきた。と同時に、私はこのことが最も不思議だったのだが、私の瞼に涙が湧いた。

「どうしてなんだ、どうして君がここにいる?」

私はようやくの思いで、やっとこれだけのことを言った。私の頭は、驚きと不可解さと、混乱と、懐かしさと、そして多分喜びで、破裂しそうだった。

「驚かせてすまなかった」

御手洗は詫びた。それで私はわずかな力を得て、言った。

「ひとこと連絡くれたってよかったじゃないか……、そうなら、こんなには驚かなかった……」

「どうやって」

彼は言った。

「でも、ぼくは、こんなに驚いた」

私は思考停止の人形のように、ただ同じ言を繰り返した。

「君が悪いんだぜ、電話の電源を切っているからね、連絡ができない。直接やってきて、無事を確かめるしかないじゃないか」

「そ、そんなことが、だけど、でも、無事をだって? だけど、どうして、君はスウェーデンにいるんだろ、そんなとんでもない遠くで……」

「ああ、確かに遠いね、でも月や火星じゃない。その気になればすぐに来られるさ」

「でも、そこまでしなくちゃいけないことだったのか?」

私は言い、御手洗は笑ってうなずいている。

「君は解っていないけどさ、すごく危なかったんだぜ。もしも君があの舟屋にいたら、一瞬遅ければ死んでいた。工作員がジャベリンを撃ったら」

「ああ」

私はうなずいた。さっき石渡三曹に聞いていたことだから、それはすぐに理解できた。

「君のいる場所を、こちらは知らない、最悪の事態を考えて、NATO一の早撃ちで、一番の腕の者を連れてきたんだ。向こうより早く、敵を吹き飛ばさなくてはならない。ひとこと頼んでおいて、ウプサラにいるって気分にはなれなかった」

私は空を仰ぎ、ため息をついた。ああそうなのか、と聞いて納得もする。けれど何より、そんなふうにすると、涙腺が落ち着くと知っていたからだ。

長く天を見て、そして視線をおろしながら麗羅を見ると、何故だか彼女も泣いていた。

「この地の友達かい?」

御手洗が問うので、神主の手塚と、麗羅を紹介した。三人は互いに会釈を交わし、

「三時間あるんだ。この風はもうじきやむ。三時間の風待ちをするんだ。この先のホテルに部屋を取っている、そこで話そうか、ここは寒いだろう?」

御手洗は言う。

そばのホテルの一室に落ち着いた。フロントはひっそりとして、誰もいなかった。狭い部屋だったが、暖かいのはありがたい。ハンガーを取り、上着を脱いで、スティームの上にかけた。みんなそうした。

椅子が二脚とテーブルがある。紅茶のセットもあり、麗羅がポットのお湯を注いで、ティーバッグの紅茶を淹れた。

カーテンを開けて小窓から外を見ると、天橋立の細い砂州が望める。真っ暗なのだが、よく目を凝らすと、砂州の風景がぼんやり見えるのだ。小皿を持ち、麗羅はティーカップをみなに配っていく。けれど見ると、麗羅の分がない。カップが足りなかったのだ。

「君のがない」

私が言うと、

「いいんです、私は今あんまり飲みたくない」

彼女は言った。

「その代わり、御手洗先生、お会いできて嬉しいです」

麗羅は会釈して言う。そして、

「握手してもらっていいですか？」

と訊いた。

「もちろん」

快活に応えて、御手洗は右手を出した。二人は固く握手をしていた。

「ああ嬉しい!」

麗羅は言う。

「こんなふうにするの、夢でした。いつかは実現したいと思っていたけど、思ったより早かったです」

確かにそうだなと私は思った。麗羅を御手洗に引き合わせるなど、あっても遥かに先のことになると私は思っていた。

「石岡先生、御手洗先生に思われてますね」

私の方を向き、麗羅は思いもかけぬことを言った。

「なんで」

私は言った。意味が解らなかったからだ。

「あのヘリコプターの狙撃手、すごい腕ですね」

麗羅は言う。

「ああ、歴戦の勇者だから」

「欧州一?」

すると御手洗は黙ってうなずいた。何故なのか、そのことにはあまり言葉を費やしたくないように私には見えた。

「あそこまでの腕の男、顔を見てみたいと自衛隊員が言うとりましたわ、さっき」

神主が言った。

御手洗はすると、苦笑するような表情で、

「見ない方がいいかもね」

と言った。どういう意味だろうと私はちょっと考えた。

「今回はすごい変わった体験で」

私は言い出した。

「そうかい」

御手洗は言う。

「こんなの、まったくはじめてだった」

すると麗羅や神主がうなずいている。

「占星術の殺人や、暗闇坂や、いろいろあったけど、そのどれとも違った」

「うん」

「まだ解らないことがいくつもあるんだ、もしよければ、教えてもらえないかな。口外していけないなら、解禁まで誰にも言わない」

すると二人もうなずいている。

「どんなことかな」

御手洗は言う。

「今回の事件は、北の大物がこの地に来たせいで起こった。大組織が押し寄せて、この人物を消そうとして。そうだろう？」

　私は言い、

「その通りだよ」

　御手洗は応えた。

「彼は狙撃され、肩を負傷した。そしてこの近くの総合病院の特別室に入院している、そうだね？」

「うん」

　御手洗はうなずく。

「この人物は誰なんだい」

「クアラルンプールで暗殺された金正男の長男で、金漢率という若者だ」

「つまり、北の、四代目指導者候補……？」

　御手洗はゆっくりとうなずいた。

「金日成、金正日、金正恩、そして……、ですね」

　麗羅が言った。

「またしても血統で選んでいいならだけれどね、でももう許されがたい時期にきている」

「ふうん」

「今の総書記の正恩や、妹の与正は、父は二代目総書記正日でも、母は在日の朝鮮人だった。しかし長男、正男の母親は慶尚南道生まれの正当な半島人で、正男の夫人もそうだったから、漢率は血統的には文句のない、完全な首席相続の有資格者になる。そして多くの有資格者が厄介にうんざりして政治から逃避したが……、実は彼の父親の正男もそうなんだ、彼は能力はあったが、あまりに危険だし、国民の命を万単位で抹殺する非人情な仕事だから、主席の仕事から逃げた」

「ああ」

私にはおぼろな知識があった。暗殺事件の時にニュースで聞いたのだろうか。

「しかし息子の漢率は違った。彼はいつか北の地に帰って、困窮する人民の救済をしたいと、ことあるたびに語るようになった。だから千里馬民防衛（チョンリマ・ミンバンウィ）のホンが彼を評価し、暗殺勢力から長く匿ってきた。彼がスウェーデンに潜伏している時期にぼくらは知り合って、仲良くなったんだ」

「へえ」

私はようやく理解した。それで御手洗はこの事件に関わったのか、と思った。

「だから千里馬のホンは、クーデターの意志を秘める北の軍幹部と極秘裏に連絡を取り、半島から離れた日本のこの地で密会させた。この軍人の名はここで口にしても、君たちの危険が増すだけで意味がないから黙っているよ」

「ふうん」

言って、私はうなずいた。

「ホンは、いつの日にか、北を民主化したいという夢を抱いているからね、漢率と同じだ。だから北の現政権としては、この人物を地上から消さないと危険だとずっと思ってきた。民主化もそうだし、国民の心が自分から離れているし、今や軍人の一部さえ離れはじめている。さらに南との統一もなくなって、民の心から夢が消えた。自分より国の指導者にふさわしい器の首領候補が、世界のどこかにいては危ない」

「そうか。しかも自分より正当な血筋なんだね」

「その通りだ石岡君、血筋も純粋だし、はじめて現れた優しくて、有能な指導者候補なんだから。加えて自分の体も悪くなった。いよいよ一族の権力の危機なんだ」

「なるほど」

「あの国では血筋は最重要の問題。権力保持の唯一の理由だからね。もしも母親が在日朝鮮人であることが露見したら、政権が転覆しかねないほどの重大罪悪なんだ。白頭山血統というのは、悪辣な日本軍を追い出した正義の拠点という意味だからね、だから国を率いる資格がある」

「ああ」

「ほんのわずかでも敵国日本が関わっていてはまずいんだ」

「中国の共産党とおんなじ理屈でんな」

「その通り。さらに加えて、正恩の母親は日本人だという外部の研究まである。内部の関係者の多くもささやいている。正恩の家庭には日本人の美人家庭教師が入っていて、この女性は、日本人なら誰もが知るある有名な人物なんだ」

「好色な正日が、日本人の美人家庭教師に手ぇつけた、いうことでっか」

御手洗は無言でうなずく。

「絶対タブーの禁断日本は、故に裏面で憧れの桃源郷にも育ってしまった」

「徐福伝説と言い、極東アジアは秘密だらけでんな」

神主の手塚が言う。

「家庭教師が現指導者を生んだって？　それは本当なの？」

「情報不足で不明だね。もしも事実なら、指導者交代の時だってことさ」

「なるほど。では次の質問だけれど、あの太平洋戦争中の潜水艦の残骸を使って、この指導者候補を狙撃したんだね、これが三方向の舟屋のモーターを使ったトリック。これを看破したのは君だね？」

私は訊いた。

「そうだよ」

「あんなに遠くにいて、よく解ったね」

すると御手洗は、首を大きく左右に振った。

「違うんだ、ぼくには情報がたくさん入っていて、全然謎でさえなかったよ」

「そうなの？」

「誰にでも解ることなんだ。漢率から、日本の伊根で北の軍幹部と密会すると打ち明けられた。そうしたら、耳鼻地区でネッシー出現の目撃があったという話が伝わった。干満差がごく少なく、舟屋という珍しい建物が入江のぐるりに並んでいて、一階には船のガレージがあり、引き上げ用のモーターが各家にある、こんな条件が完備していればね、工作員の計画はすぐに解るよ。

まったく予想外であわてさせられたのは、君がそこに行くと言ったことだ」

「ああ、そうか」

「漢率の警備よりむずかしかったね、居場所が解らないのだから」

「すいません」

麗羅が頭を下げていた。

「おかげでNATOの出番になり、ぼくは短い帰国をする羽目になった。が、かえってよかったよ、こうして祖国の土を踏めたし、君らにも会えた」

「嬉しい、そう言ってもらえて」

麗羅がつぶやいていた。

「日本に帰ってこないんですか？」

そしてすかさず訊いた。

「デッケイド・オブ・ブレインも一段落したからね、考えているところさ」

「早く帰ってきて」

麗羅に言われて、御手洗は笑ってうなずいていた。

「横浜も、京都の街も、歩きたいね。高瀬川のほとりでお茶を飲みたいよ」

「ここから車ですぐですよ先生、行きましょう！」

麗羅は、手を取って引っ張らんばかりの勢いで言った。御手洗は、懐かしそうな表情を浮かべた。

「時間があれば行くがね」

「依田南吉さんは、工作員だったんだね」

私がつぶやくと、御手洗はまたうなずく。

「奥さんは……？」

「奥さんは関係ない」

私は、依田家の裏山の岩場で、白骨化した遺体を見つけたことを話した。死の前日の依田南吉さんが、家から大きな荷物を運び出し、背負って山を登るのも見た。そしてこの地でお世話になった彼の人となりについても、詳しく話した。

「工作員としての訓練を受けてのち、依田南吉さん、キム・ミョンギルは、チャン・スクヒという名の女性工作員と二人で日本に侵入したとインテリジェンス筋から聞いた」

「チャン・スクヒ……」

「以前ヨーロッパで、日本人旅行者の拉致を専門に行っていた工作員だ。しかし数年前から行方が知れなくなっているから、どこかで殺されたんだろうという話だった。その白骨死体が、彼女かも知れないね」

「南吉さんの奥さんも行方不明だ、殺されたんだろうか」

「可能性はある。仕事に嫌気がさして働かなくなった男性工作員が出ると、その夫人を殺して彼女の金を盗み、凶器に夫の指紋をつけておいて、妻の死体が出れば犯人として言い逃れができないぞと伝え、働くように脅迫するというのは工作員世界の常套だから、あるいはそういうことがあったのかも知れない」

聞いて私はうなずいた。もしもそんなことをされれば、南吉さんの怒りはいかばかりだったろう。彼は奥さんを誰よりも大事に思っていた。そして、そういうことをしそうな人間を私は知っている。遠山だ。そういえば彼はどうしたろう。南吉さんが、家の裏の山林で、遠山と争っていた話も御手洗にした。

その男は、もう祖国に逃げ帰ったかもしれないと御手洗は言った。ではもう捕まらないということか。南吉さんの霊は、それで浮かばれるのだろうかと考えた。

「あと質問は……、なんだっけな、急には出てこない、君何かある?」

私は麗羅に問うた。

「あの、遠山さんが言ってたアボさんて言葉……」

「ああそうだ」

私も言った。

「アボさんてのは」

「それはアボジだ、お父さんて意味の朝鮮語で、国家元首の首領様のことを、そう隠語で呼んでいたんだろうな、親しみもこもるし、日本人には意味が解らないから」

御手洗は答えた。

「ああそうか。アボジ……、ふうん」

「まだありますで」

神主の手塚が言い出した。

「なんです？」

「もうだいぶん前やけど、亀山さんがナマコの生簀見にいって、船が動かんようになったこと、あれは？　エンジンから白煙が出て、スクリューもガンガン回っとるのに、船が進まんようになった、この土地のもんがみな言うてる船幽霊、あれはなんやろ、あれも科学的に説明がつくことでっか？」

「夏だったんじゃないですか？」

「夏でしたわ、えろう暑い夏でなあ、記録的な暑さの年で」

「そういう時、海水の表面が急激に温められると、深い位置の海水と温度差が大きくなるんです。すると温水と冷水は、案外交わらなくてね、海面近くは、はっきりとした二層に分かれるんです。スクリューが下の層に入っていると、いかに推進力を効かせても、動くには下の層の海水で、上の層にある船体を進めることができない。その現象は、おそらくそういうことでしょう」

「ええっ？　しかしあの夏だけでっせ」

「その年が、記録的な暑さだったんでしょう？」

「はあ、そうです。そうかあ……、しかし、ほんなら子供が溺れたんも」

「同じ原理でしょう。足が下の冷たい層に浸かっていたら、どんなにキックしても、体は進まない。びっくりしてパニックになれば、水泳が得意な子供でも、溺れることはあり得る」

神主は驚いてしまい、言葉を失った。

「では、もしかして、キョンボックンも？」

麗羅が言った。

「キョンボックン？」

「韓国の潜水艦です。行方を絶ったんです。新品で、進水したばっかりなのに」

御手洗が訊くので、経緯を麗羅は話した。すると御手洗はうなずく。

「そうかも知れない。アメリカ海軍にも昔、同様な事故があったんだ。温層と冷層とは、容易に交わらないばかりじゃなくて、まるで壁があるようにセパレートされて、突っ切れないことがあるんだ。この境界面に当たったら、潜水艦ははね返されて、冷層に乗っかってしまって姿勢が変わることはあり得る」

「逆立ち……、ですか？」

「うん、冷水の層に乗って進行し、山型の頂に達して、これを通過したら、今度は逆さになって海底に落ちていってしまう」

「ああ、前方の船底に海水入れていたら……」

「よけいに勢いよく落下する。そして水圧に耐える限界を越えれば、押し潰されてしまう」

「ああ、そういうことかあ」

「アメリカの事故と同じなら、そういうことに思えるね」

「じゃあ、龍神につぶされたんじゃなかったのか」

御手洗はうなずく。

「龍神がいなくても、潜水艦は破壊され得る。海とは、危険なものなのさ」

「では御手洗、あれは」

私は思い出した。

「あの、潜水艦の探知機械、なんて言ったっけ？」

「対潜哨戒機ですね、Ｐ１」

麗羅が答える。

「そう、そのお腹から撒く……」

「ソノブイ、音波探知装置」

「そう、その音波探知の画像に、でっかい海蛇みたいのが映ったって、二十メートルもあるっていう画像、うねうねってなってて……」

「音波探知なら、温水層、冷水層の境界線は感知するね。それが蛇みたいに波打っていたなら、そのかたちが線状の画像になる」

「線状……、そうか、それを、龍神だと思ったのか」

「ああ、そうですね。でも海自自身はそうは言ってませんけど」

「でもそんなに温度差があるものなのか、海って」

「それが日本海ならば、核施設の排水が疑われるね」

御手洗は言った。

「原発の冷却排水は、温度が高いんだ。海水の常温より、通常七度高いっていわれている。それだけの差があれば、排水が大量なら、海水は二層に分かれるかも知れない」

「福井県の原発銀座」

「それもあるね、そして韓国の原発もある。日本海に温水層、冷水層の二層ができていても不思議はないね」

「なるほどねー」

私は感心してうなずいた。

「あと、まだありましたな、不思議な事件」

神主の手塚が言う。

「何でしたっけ」

私が言った。

「鴇田丸が見た言う、第二蔵王丸の怪談です」

「え、それは知らない」

私は言った。

「言うてませんでしたかなぁ、鴇田の兄弟三人が、沖で停泊していた蔵王丸の船内を見たら、カレーが用意されていて、スープもコーヒーも湯気を立てていた。カラシの匂いがして、しかし船内には誰一人おらん。そしたらそこに、ものすごい水柱が船のそばで立って、龍神さんが浮かんできたみたいやったから、急いで逃げたて。

伊根湾に入ったら、嘔吐感がきて、頭痛がして、しばらく三人ともに気失うてたら、蔵王丸が帰ってきて、乗組員はちゃんとおって、鴇田の者が寄っていって船長に訊いたら、知らん、わしらずっと船におったでて言うて、龍神も何も見とらんて、そう言うんですわ。あれは何ですやろ」

「正確にそのような現象でしたか？」

「そう聞いとります」

御手洗は黙った。そして、

「それは解りませんね」

と言った。

「あんたはんでも解りまへんか」

「説明をつけることは可能だが、しかし北の労働党がそこまでするかな。蔵王丸の人は、土地で重要な人物ですか？」

「はあ、割り方大物です」

「奥さんや兄弟はいるでしょう？」

「おりまへん、独り者、わいとおんなじ」

「ふうん、それならね、あるいはね」

「あるいはどういう……」

「入れ替わったんでしょう、船長が」

「入れ替わった？　誰と」

「そっくりな人間とです。カラシの匂いはマスタードガスで、これで乗組員は殺されたんでしょう。そこに北の潜水艦が浮き上がってきて、船長とそっくりな人間が蔵王丸に乗り込んだ」

「そっくりて、それ別人でっしゃろ。そんなん都合よくおりますかね」

「国の中から見つけてきて、あるいはいたからこんな計画を立てて、さらに彼の顔を整形してまったく同じにして、何年もかけて言葉や動作の癖をトレーニングして、船長の替え玉を作り、タイミングを見はからって船に乗せたんでしょう。神主さん、よければ調べてみてください。この考えで当たっているかどうか。しかし万一そうであっても、気づかれないように充分注意してね、非常に危険ですから」

「しっかし、そこまでやるもんですか」

「コスト・パフォーマンスが引き合うと思えばね」

「げげげ、おっそろしいもんやなあ」

「その水柱の龍神は」

「潜水艦だね」

「ははあ、国際政治の現場は、怖いものだね」

聞いて、私たちはため息をついた。

「さあ、もういいかな、疑問にはすべて答えたかな」

御手洗は言う。声が少しかすれ、疲れが浮いている。

「あっ」

私は言った。

「思い出した。小屋の屋根に乗った軽四輪だ！　龍神が持ち上げて置いたっていう」

　私は大声を出した。

「ああ！」

　麗羅も大声を出し、うなずいた。

「あれは、なんだろう、どうしてあんなことが起こっていたんだろう。龍神はいなかったのに」

「そんなことが起こっていたのかい？」

「そうなんだ。でもこれは無理だよね、君は現場を見ていないし、推理の材料がまったくないもの」

　すると御手洗は何故か笑った。

「ところがどうして、これが最も答えを出しやすい」

「え？」

「耳鼻地区の土壌は、かなり特殊なんだ。雨水による塩素の流出とか、カルシウムイオンが溶けだした過去があるらしくて、土壌が強い酸性の特徴を示している。酸性土は、農作物の育成を助けるバクテリアを死滅させるし、そもそも作物が育ちにくい。そのために、農地を必ず中和する必要があるんだ。これに使われる農薬が、生石灰なんだよ」

「生石灰……、ふうん。それが？」

「石岡君、『最後の一球』事件を忘れたかい？」

「……ああ！」

私は考え、思い出した。

「生石灰は、水がかかると発火するんだ。もしも大量にあれば、爆発する。この種の事件は昔からよくあるんだよ。生石灰を入れた容器を車の下に置いておいて、予想していなかった大雨でも降れば、大爆発を起こして軽四輪くらいなら、軽く空に噴き上げるんだ」

「ああ、そうか、それで車が屋根に。なるほど」

「おそらく、畑仕事をしていた誰かが、うっかりそんなミスを犯したんじゃないかな」

私はうなずき、ため息をついた。

私は放心し、しばらく時間ができた。が、

「あの、あとひとつ……」

麗羅がおずおずと言い出した。

「龍神の、あの吠える声は……」

「ああ、そう！　龍神さんの遠吠えや」

手塚も言った。

「大きゅうて、恐っそろしい声やったわ」

「あれは何ですか？」

すると御手洗はわずかに沈黙し、考えていた。それから言う。

「その声が聞こえたのは、強風のおりだけだったんじゃないかな」

「ああ、そういえば、普段は全然聞こえたことないな」

私は言った。

「裏山の岩場に入ったんだね？　その岩場の岩は、灰色だったかな？」

「そんなことが関係あるの？　いや、黒かったけどな」

「あのあたり、地質図を見ると、石灰岩が剝き出した地層があるんだ。これは雨に溶けるからね」

「はあ、それが？」

「おそらくそれと関係がある。上空の岩の裂け目は、ずっと高い場所まで続いていなかったかな？」

「ああそうです！　天井がなくて、割れ目がずっと上の方まで続いていました」

麗羅が言った。

「おそらく、山頂まで抜けていたのだろう。何万年という歳月で、岩が雨に溶けて、入り口から山頂までの長い穴が空いたんだ。そして入り口には扉があったんだろうね、でもそれをきちんと閉めなかったんじゃないかい？」

私は首をひねった。閉めたと思ったのだが。それに、扉の前は石や、草の入った箱を積んで、岩の裂け目や扉を隠すような仕掛けになっていた。それらを、しっかりもと通り積んだつもりでいたが、急いだから不充分だったのだろうか。

「なにしろ、木製の扉で、もう古くなっていたからなぁ、あとで開いたのかな、きちんと閉まっていなかったのかも。風で開いたのかもしれないね」

「そこから風が吹き込んで、山頂まで抜けたんだ。海からの強い風か、その逆か、ともかく山の中心に空いたその細い亀裂を強い風が無理に抜けると、岩山が笛の効果を発揮して、山全体が鳴るんだ」

「ああ……！」

「おそらくその音だよ」

言われて、私たちは声もなかった。

なるほど、そういうことかと全員が思っていた。そして、誰も思いもしなかったことだ。

6

時間になり、私たちは一階のロビーにおりてきた。

御手洗が語った予報の通り、雪も風もやんで、表はほぼ無風状態だった。そして車寄せにはタクシーが停まっていた。夜はまだ明けていず、眼下にあるはずの天橋立はまだ見えない。

このタクシーを、またここに戻すから、君たちはこれで耳鼻に戻ったらいいと、御手洗は言った。

どこに行くんだと訊いたら、この上のドライヴインの駐車場にアパッチを駐機していると言う。そのあとはと訊くと、但馬（たじま）の駐屯地だと言った。そこで飛行機に乗り替えるのだろう。

その時、カツカツとせわしない靴音がして、ホテルの中から戦闘服の隊員が駈けてきて、ガラスドアを押し開け、車寄せに出てきた。

痩せて背が高い印象の人物で、金髪をオールバックにし、ひっつめふうの髪型にしていた。隊員は早足になり、私たちの居並ぶ鼻先を素早く横切る。経験のない香りがして、私は仰天し、息を呑んだ。

女性だった。それも、モデルと見まがう超一級の美女だった。彼女は私たちには何も言わず、いきなりタクシーの後部座席に滑り込んだ。その直前にちょっとこちらを振り返り、微笑みながら、右手の指二本を何度か折り曲げて見せる、独特の挨拶を送ってきた。それきりで、タクシーの奥に消えた。

思わず私たちも、少し手をあげて彼女に振った。

「軍の規則があってね、彼女を紹介することはできないんだ」

御手洗は言った。

「石岡君、ぼくはきっと帰る、しばらく待っていて」

御手洗は最後に言い、膝を折ってタクシーに収まる。すると間髪を入れずにドアは閉まり、タクシーは走り出した。

あっけない別れだった。私たちは何も言えず、ただ去っていく車に向かい、夢遊病者みたいにふらふらと手を振った。

実際にその言葉は適切だった。場に立ちつくす三人とともに、たった今目の前で起こったできごとが、現実とは思えていなかった。少なくとも私は、間違いなく夢を見たと思っていた。

「あの人が、ミサイルを撃ったの？」

タクシーが消えると、唖然とした表情のまま、麗羅がつぶやいた。

「NATO一の腕?」

私が言った。

「すごい綺麗」

麗羅がつぶやいた。神主はと言うと、完全に声を失っていて、何のコメントもなかった。

「この三時間で、彼女は仮眠を取ったんだね」

私は推察を言った。

それからたっぷり五分間、私たちは茫然自失の体のまま、車寄せに立ちつくしていた。何をするべきか、少しも思いつかなかったからだが、しかしそれは、結果としてはまったくの正解だった。タクシーが間もなく戻ってくるはずだったからだ。


翌日、海保の船が来て耳鼻の湾内を掃海し、海底に潜水艦の残骸を見つけ、投棄されていたジャベリンも見つけた。

御手洗が言う通り、これを撃たれていれば、たとえ米田家にいなくとも、至近距離の私たちは危なかった。あの超絶美女のピカ一の腕と決断に、私たちは救われたのだった。

その翌日、南吉さんの遺体が上がった。妻の嘉さんの遺体も、洞窟の奥から見つかった。親兄弟のいない南吉さんには、遺族というと逮捕された三人の息子しかなく、彼らはすでに連行され、もう伊根にはいなかったから、伊根の漁協が代理人になって、手塚の指揮のもと、依田南吉と、妻嘉の葬儀を神式で執り行った。依田家の居間だから小ぢんまりとしたものだったが、花で埋まった立派なもので、仏式と変わるところはなかった。私と麗羅はそれに出席してから、また麗羅の車で横浜に帰った。

馬車道に帰ると、私はまた以前通りの生活に戻った。伊根では終始一緒にいた麗羅だったが、横浜に帰れば、別段会う理由もないのだった。私は住まいの周辺にある電源のある喫茶店に順繰りに通っては原稿を書き、麗羅は大学に戻って忙しくやっているらしい。

私は伊根での冒険を、原稿にしはじめた。まだ日にちは経っていないから、懐かしさはない。ただ生々しい興奮の記憶があるばかりだ。御手洗とは三日とあげずにメイルで話しているが、彼としても、大学の教員としての日常があるばかりで、格別のことはないらしい。

伊根の村での冒険の後日談は、まださして報告すべきことがない。金漢率を狙撃した工作員の死体は、予想通り上がらなかった。逃亡したのであろう。遠山も、拘束されたという報告はない。祖国に逃げ帰ったのだろう。捕まったのは南吉氏の息子ばかりで、日本生まれの彼らの非合法な工作活動は、遠山らの洗脳によるものだったから、理不尽なことだった。しかしスパイ防止法のない国で、しかも傷害に直接加担したわけではないのだから、いずれ解放されるであろう。解放後は、一般市民の生活に戻って欲しいと願う。そのためには、伊根の地を離れる方がよいかも知れない。

十日ばかりして、金漢率は退院したときいた。そして世界のどこかにある、彼の隠れ家に戻った。その場所は秘密だったし、御手洗の様子から、もうスウェーデンではないらしかった。

彼が北の祖国に、主席として帰還できそうか否かは、まだまったく未知数だ。密談は成功裡に進んだらしかったが、その後に何かがあったらしく、計画は止まったそうだ。このことには、北とロシアの急接近も、関係しているらしい。ロシアへの派兵は、あの国の軍部の激動だ。戦線で発射されている砲弾の半分は、北の製造だという噂もある。

しかし、漢率の願いがついえたわけではない。その後の世界情勢は目まぐるしく変化し、大きな進歩のためには、国際情勢の沈静化が必須であると聞く。それがあれば、あるいは突如、劇的にことが進行を始める可能性もあるようだ。今後はそれを見届けることが、われわれのつとめだろう。

私は、中央線沿線のロック喫茶の暗がりに身を沈め、世間から隠れるようにしてレイラを聴いていた無力な二十代の頃を、あれからまた思い出すようになった。あの時代、よど号に乗り込んで海外に消えた左翼は、「明日のジョー」などと呼ばれ、どこか光り輝いていた。周囲の常連客の中には、崇拝者もいた。あれから五十年、彼らの理想郷はぼろぼろの無惨な姿になり、今日のゴールにたどり着いている。そして息も絶え絶えのまま、わずかな延命の糧にすがろうともがいている。

私も歳を取り、あの時代の生き残りとして、なかなか貴重な存在になった。あの頃よりは、多少は手応えのある日々を送っているつもりだったが、足りなかったのだろう。ある日思いもかけず、あの時代の辻褄合わせの大事件を、鼻先で目撃することになった。私は現場に強引に連行され、後頭部を摑まれて、見ることを強要されたのだ。

そのことの意味を、私は連日考えた。あれは、怠惰だったこれまでの自分の生き方への罰則か、叱咤か。いずれにしても、考えることをサボタージュしてきた自分へのきびしい何ものかであって、褒美の類でないことは確かだ。そのことを、私はこれからの日々で、よくよく考えなくてはならない。

その時終始かたわらにいたのは、あの時代の若者が、二十一世紀という未来に投影した、夢とも呼ぶべき娘だった。

だから私は、ＰＣでぽつぽつと原稿を書きながら、麗羅に連絡したいという気分になれないでいる。あの娘は、われわれ世代の者にとって、手を触れることのできない未来の幻なのだ。自身の、おそらくは勘違いした夢の残滓なのだ。

五十年昔の、誤てる時代のスローガンが、いまだにピンでとめられた廃墟めいた部屋に、今私は暮らしている。われわれは、向き合うべきなのだ。

だから、できればこのまま、手を触れずに距離を置き、彼女をそっとしておきたいという気分になる。

【著者】**島田荘司**　しまだ・そうじ

1948年広島県福山市生まれ。武蔵野美術大学卒。1981年に『占星術殺人事件』でデビュー。御手洗潔シリーズ、吉敷竹史シリーズを両輪に、日本の本格ミステリー界を牽引し続けている。2008年に日本ミステリー文学大賞を受賞。また「島田荘司選 ばらのまち福山ミステリー文学新人賞」を企画・選考まで携わり、これまで多くの作家を送り出している。

伊根の龍神

●

2025年3月20日　第1刷

著者…………島田荘司

装幀…………坂野公一（welle design）

発行者…………成瀬雅人

発行所…………株式会社原書房

〒160-0022 東京都新宿区新宿 1-25-13
電話・代表 03（3354）0685
http://www.harashobo.co.jp
振替・00150-6-151594

印刷…………新灯印刷株式会社

製本…………東京美術紙工協業組合

ISBN978-4-562-07506-5, Printed in Japan